Marie Benedict

O MISTÉRIO DE AGATHA CHRISTIE

Marie Benedict

O MISTÉRIO DE AGATHA CHRISTIE

Tradução
Isadora Prospero

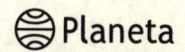

🜨 Planeta

Copyright © Marie Benedict, 2021
Copyright © Editora Planeta do Brasil, 2021
Copyright de tradução © Isadora Prospero
Todos os direitos reservados.
Título original: *The Mystery of Mrs. Christie*

Preparação: Fernanda Guerriero Antunes
Revisão: Thais Rimkus e Bárbara Prince
Diagramação e projeto gráfico: Marcela Badolatto
Capa: Valentina Brenner | Foresti Design
Fotografia de capa: Suzy Hazelwood | Pexels

DADOS INTERNACIONAIS DE CATALOGAÇÃO NA PUBLICAÇÃO (CIP)
ANGÉLICA ILACQUA CRB-8/7057

Benedict, Marie
    O mistério de Agatha Christie / Marie Benedict; tradução de Isadora Prospero. - São Paulo: Planeta, 2021.
    320 p.

ISBN 978-65-5535-485-0
Título original: The Mystery of Mrs. Christie

1. Ficção norte-americana 2. Christie, Agatha – 1890-1976 - Ficção I. Título II. Prospero, Isadora

21-3386   CDD 813

Índice para catálogo sistemático:
1. Ficção norte-americana

Ao escolher este livro, você está apoiando o manejo responsável das florestas do mundo

2021
Todos os direitos desta edição reservados à
Editora Planeta do Brasil Ltda.
Rua Bela Cintra, 986 – 4º andar – Consolação
01415-002 – São Paulo-SP
www.planetadelivros.com.br
faleconosco@editoraplaneta.com.br

Para Jim, Jack e Ben

O COMEÇO

A carta esvoaça na escrivaninha, quase acompanhando os passos retumbantes que cruzam o piso. De lá para cá, de lá para cá, os pés caminham, e o papel de carta espesso estremece no mesmo ritmo. As palavras afiadas em preto, que dominam a página marfim, parecem ganhar vida e pulsar a cada passada forte.

Como você quer que essa história termine? Parece-me que pode escolher entre dois caminhos, o primeiro envolvendo um pouso mais suave do que o segundo, embora nenhum dos dois seja livre de obstáculos e ferimentos, é claro. Essas pequenas lesões são apenas uma consequência necessária deste exercício inteiro, como tenho certeza de que você deve entender a esta altura. Ou o superestimei e você não adivinhou? Não importa. Minha meta - que você sem dúvida considerará inteiramente inaceitável - será cumprida, quer você compreenda, quer não. Libertar-me das correntes do seu julgamento e de sua malfeitoria será um resultado delicioso de sua duplicidade, um resultado que você nunca almejou. Porque você sempre almejou apenas servir a suas próprias necessidades e saciar seus próprios desejos. Eu nunca fui a prioridade em sua vida, nem naqueles primeiros dias, nem enquanto eu ouvia que você devia sempre ser a prioridade da minha.

O cômodo, escuro apesar de já ter amanhecido, torna-se ainda mais sombrio. Segundos depois, uma lufada de vento escancara a janela, encostada de leve, mas destrancada, e as páginas da carta são sopradas da escrivaninha para o tapete. A escuridão cobre as palavras, até que se ouve o estrondo de um trovão – *que apropriado que seja uma noite escura e tempestuosa*, pensa o recipiente da carta –, e o raio ilumina o cômodo de novo, subitamente. As palavras se fazem conhecidas outra vez.

Continue lendo e siga minhas instruções com cuidado se deseja a segurança do primeiro caminho e a garantia de sua conclusão. Não será fácil. Você terá de se manter firme, mesmo quando o caminho for espinhoso e atormentá-lo com dúvidas e vergonha. Só seguindo minhas orientações a cada encruzilhada nesta jornada, a história terminará bem para todos nós.

PARTE I

Capítulo 1
O MANUSCRITO

12 de outubro de 1912
UGBROOKE HOUSE, DEVON, INGLATERRA

Eu não poderia ter escrito um homem mais perfeito.

— Perca seu cartão de dança — uma voz sussurrou para mim enquanto eu atravessava a aglomeração até a pista de dança.

Quem diria algo assim? Especialmente porque eu estava de braço dado com Thomas Clifford, um parente distante dos meus anfitriões, lorde e lady Clifford de Chudleigh, e o alvo da atenção intensa das damas solteiras no baile em Ugbrooke House.

Impertinente, pensei comigo mesma, *até rude*. Imaginei o escândalo que seria se meu parceiro de dança o tivesse ouvido. Pior ainda, e se meu parceiro de dança fosse o homem certo para mim - nosso Destino, como minhas amigas e eu gostávamos de descrever maridos em potencial - e desistisse de me cortejar? Mesmo assim, senti um arrepio me atravessar e me perguntei quem ousaria dizer tal insolência. Virei na direção da voz, mas as notas da "Sinfonia n. 1" de Elgar começaram a tocar, e meu parceiro me conduziu à pista.

Enquanto dançávamos a valsa, tentei identificar o homem em meio à gente aglomerada nos cantos do vasto salão de baile. Mamãe me censuraria por não prestar atenção no jovem sr. Clifford, porém, segundo os boatos, aquele cavalheiro, um bom partido com boas conexões, precisava se casar com uma herdeira e não podia ter interesse legítimo em mim. Eu era praticamente destituída, tendo apenas a herança da Vila Ashfield para oferecer, uma propriedade que muitos considerariam uma maldição em vez de uma bênção, em particular porque eu não possuía os meios para mantê-la, e a vila tinha necessidade de reparos constantes. O sr. Clifford certamente não era uma oportunidade perdida. Mas eu não tinha dúvida de que a oportunidade se apresentaria de fato. Não era esse o destino de todas as garotas? Serem arrebatadas por um homem, então arrebatadas pela maré de nosso Destino?

Dezenas de homens em trajes de gala estavam em pé no canto do salão dourado, mas nenhum parecia um candidato provável a um convite tão atrevido. Até que *o vi*. De cabelos loiros e ondulados, ele esperava nas margens da pista, com os olhos em mim. Não o vi entabular conversa com nenhum cavalheiro nem tentar acompanhar alguma das damas até a pista. Fez um único movimento quando foi até a orquestra e falou com o condutor, então voltou ao seu posto no canto.

As últimas notas da orquestra soaram, e o sr. Clifford me acompanhou de volta a meu lugar, perto de minha querida amiga Nan Watts, que estava sem fôlego após uma volta rápida pelo salão com um conhecido de rosto corado dos pais. Quando a música seguinte começou e um jovem cavalheiro exuberante apareceu para levar Nan, espiei o livreto de dança que pendia de meu punho por um cordão de seda vermelha para ver quem era meu próximo par.

Senti a mão de alguém em meu pulso. Ergui meu olhar para os olhos azuis intensos do homem que estivera me encarando. Puxei a mão de volta instintivamente, mas de alguma forma ele tirou o cartão de dança do meu pulso e entrelaçou os dedos nos meus.

— Esqueça seu cartão apenas por uma música — disse, em uma voz baixa e rouca que reconheci como sendo a do jovem descarado de alguns minutos antes.

Não conseguia acreditar no que ele pedia e estava chocada que tivesse tomado meu cartão. Não era aceitável permitir que um homem interrompesse a escalação do seu cartão de dança, mesmo quando este tivesse sumido.

Pensei ouvir as notas características de uma música famosa de Irving Berlin. Parecia "Alexander's Ragtime Band", mas eu sabia que devia ter me enganado. Lorde e lady Clifford jamais teriam pedido aquela música moderna para sua orquestra. Na verdade, imaginei que ficariam irados com esse desvio do protocolo; músicas clássicas e sinfônicas – combinadas com danças morosas que jamais inflamariam as paixões dos jovens – eram a ordem do dia.

Ele observou minha expressão enquanto eu ouvia a música.

— Espero que goste de Berlin — disse, com um sorrisinho satisfeito.

— *Você* arranjou isso? — perguntei.

Um sorriso encabulado se abriu em seu rosto, revelando covinhas.

— Eu ouvi quando disse a sua amiga que queria algo mais moderno.

— Como conseguiu? — Eu estava chocada não só com sua audácia, mas com sua determinação.

Era, bem... lisonjeiro. Ninguém jamais fizera um gesto tão grandioso por mim. Certamente, nenhum dos variados pretendentes que minha mãe tentou arranjar no Cairo quando debutei na sociedade, dois anos antes, um expediente necessário porque o custo de debutar em Londres – os inúmeros vestidos na moda, as festas a que se ia e que se davam, o preço de alugar uma casa pela temporada – era alto demais para as circunstâncias limitadas de mamãe. Nem o querido Reggie, que a vida toda fora o gentil irmão mais velho das minhas amigas, as irmãs Lucy, mas só recentemente se tornara muito mais que um amigo da família, havia despendido esforço parecido. Reggie e eu tínhamos chegado a um acordo – entre nós dois e com nossas famílias – de que nossa vida e nossas famílias um dia se ligariam pelo casamento. Um casamento futuro e amorfo, mas, ainda assim, um matrimônio. Mas, naquele momento, vendo nossa união no contexto do cortejo ousado, parecia algo plácido, mesmo que confortável.

— Isso importa? — ele perguntou.

De repente, senti-me sobrecarregada. Baixando os olhos enquanto um rubor intenso tomava meu rosto, balancei a cabeça.

— Espero que dance comigo. — O tom dele era baixo e firme.

Apesar de ouvir a voz de mamãe na cabeça me desencorajando de dançar com um homem a quem eu não tinha sido formalmente apresentada, mesmo que ele tivesse arranjado um convite ao baile da Ugbrooke House e destruído meu cartão de dança, eu respondi:

— Sim.

Afinal, pensando bem, que perigo uma dança poderia oferecer?

Capítulo 2
DIA 1 APÓS O DESAPARECIMENTO

Sábado, 4 de dezembro de 1926
HURTMORE COTTAGE, GODALMING, INGLATERRA

A precisão da mesa de desjejum dos James inspira nele uma sensação de retidão e contentamento que raramente sentiu desde que voltou da guerra. Os talheres reluzentes estão dispostos ao lado da porcelana Minton, cada utensílio alinhado exatamente com o seguinte. Os pratos gravados de forma delicada em um padrão Grasmere, se ele não está enganado, se encontram a impecáveis cinco centímetros da beirada da mesa, e um arranjo floral – um misto da estação (contido, mas elegante), com frutas do inverno e folhas verdes – foi disposto no centro. *Por Deus*, ele pensa, *este é o tipo de ordem que pode deixar um homem à vontade.*

Por que seu lar não tem esse nível de perfeição? Por que ele tem que ser constantemente agredido pela falta de rigor doméstico e pelas emoções e necessidades de seus habitantes? Com esses pensamentos, uma indignação virtuosa floresce em seu interior, e ele se sente perfeitamente justificado.

— Acredito que isso pede um brinde — anuncia seu anfitrião, Sam James, com um aceno para a esposa, Madge.

Ela, por sua vez, gesticula para a criada de uniforme, que pega uma garrafa de champanhe gelando em um balde de cristal no aparador.

— Archie, queríamos brindar a seus planos ontem à noite, mas a visita inesperada do reverendo... — Madge começa a explicar.

Um tom claro de rosa começa a se espalhar pelas bochechas de Nancy e, embora ela fique adorável com as faces ardendo, Archie entende que o foco dos James na situação deles é a causa de seu desconforto. Ele, então, no intuito de reconfortá-la, ergue a mão e diz:

— O gesto é muito apreciado, minha querida Madge, mas não é necessário.

— Por favor, Archie. — Madge mantém-se firme. — Estamos muito contentes com os seus planos. E vocês terão poucas oportunidades de celebrar.

— Insistimos. — Sam ecoa a esposa.

Protestar ainda mais seria descortês, o que Nancy entende implicitamente. O senso de decoro é uma qualidade que eles compartilham, e ele fica satisfeito ao vê-lo nela. Torna desnecessária a mão firme garantindo a decência, que ele tem de exercitar em todos os outros campos da vida. Em sua casa, em particular.

— Sam e Madge, obrigado, seu apoio significa muito para nós — ele responde.

Nancy assente em concordância.

As taças de cristal borbulham com o champanhe cor de mel enquanto a criada serve cada um deles. Assim que ela termina a última taça, uma batida soa na porta da sala de jantar.

— Perdoe a interrupção, senhor — diz a voz de uma mulher, com um forte sotaque do interior, através da porta fechada —, mas há uma ligação para o coronel.

Ele troca um olhar confuso com Nancy. Não esperava uma chamada tão cedo – nem esperava uma chamada –, especialmente porque tinha mantido seu paradeiro naquele fim de semana tão secreto quanto possível. Pelo motivo óbvio. Nancy baixa sua taça e dá um toque gentil no cotovelo dele sobre a toalha de linho imaculada. É um reconhecimento silencioso da preocupação mútua sobre a ligação.

— Perdoem-me — ele diz com um aceno aos anfitriões, que baixam suas taças de volta à mesa. Erguendo-se, abotoa o paletó e assente para Nancy com uma confiança que não sente. Sai da sala de jantar a passos largos, fechando silenciosamente a porta atrás de si.

— Por aqui, senhor — diz a criada.

Ele a segue até uma saleta escondida sob a escadaria principal de Hurtmore Cottage, embora chamar a mansão grandiosa de casa de campo seja enganoso. Ali, o telefone castiçal, com o receptor sobre a mesa, o aguarda.

Sentando-se na cadeira à frente, ele leva o receptor ao ouvido e o bocal aos lábios. Mas só fala quando a criada o deixa sozinho, fechando a porta.

— Alô? — Ele odeia a incerteza que ouve em sua voz. Nancy preza sua confiança acima de tudo.

— Perdão, senhor. Aqui é Charlotte Fisher.

Que diabos Charlotte está pensando, ligando para ele ali? Ele tinha confiado seus planos de Hurtmore Cottage a ela com as admoestações mais severas. Embora tenha se esforçado muito em meses recentes para conquistar a simpatia da secretária e governanta da família – será necessário, ele acredita, para efetuar a transição suave pela qual ele espera –, não faz questão de ser delicado e manter a raiva longe da voz. Quaisquer que sejam as consequências.

— Charlotte, achei que a tinha instruído a não me contatar aqui exceto em caso de grave emergência.

— Bem, coronel — ela balbucia —, estou no saguão de Styles, ao lado do agente Roberts, da polícia.

Charlotte para de falar. Ela acha mesmo que a mera menção da presença de um agente de polícia em sua casa deve explicar tudo? O que quer que ele diga? Ela espera que Archie fale algo e, no silêncio, ele é tomado pelo terror. Não encontra palavras. O que ela sabe? Mais importante, o que o policial sabe? Cada palavra parece uma armadilha que ele vai disparar.

— Senhor — Charlotte diz quando Archie não responde. — Acredito que isso se qualifique como uma grave emergência. Sua esposa está desaparecida.

Capítulo 3
O MANUSCRITO

12 de outubro de 1912
UGBROOKE HOUSE, DEVON, INGLATERRA

Um murmúrio de surpresa se ergueu dos convidados conforme a música de Irving Berlin se tornou mais reconhecível. Enquanto os mais velhos pareciam questionar se era adequado dançar uma música tão moderna, meu parceiro não hesitou em me puxar para a pista de dança. Conduziu-me diretamente para um *one-step* ousado, e os demais jovens seguiram nosso exemplo.

Sem os passos intricados da valsa para nos manter a distância, nossos corpos pareciam extremamente próximos. Quase desejei estar usando um vestido antiquado, com sua armadura de espartilho. Esforçando-me para criar algum tipo de barreira entre mim e aquele estranho muito atrevido, por mais artificial que fosse, mantive o olhar fixo sobre o ombro dele. Seus olhos, no entanto, nunca se afastaram dos meus.

Normalmente, meus parceiros de dança e eu mantínhamos uma conversa descontraída, mas não daquela vez. O que eu podia dizer a um sujeito como aquele? Por fim, ele rompeu o silêncio:

— Você é ainda mais linda do que Arthur Griffiths descreveu.

Eu não sabia qual parte do comentário me chocara mais: o fato de que eu tinha um conhecido em comum com aquele homem incomum ou de que ele tivera a audácia de me chamar de "linda" quando não havíamos sido formalmente apresentados. Na minha classe, existiam regras firmes governando nosso comportamento, e, embora essas orientações tácitas tivessem relaxado nos últimos anos, comentar sobre minha aparência logo de cara desrespeitava até as convenções mais frouxas. Se fosse sincera, precisaria admitir que achara sua candura revigorante, mas garotas como eu não deviam gostar de homens diretos. Ele me deixara duas escolhas: sair batendo os pés diante daquela insolência ou ignorá-la por completo. Como o homem me intrigava apesar de suas gafes, escolhi a segunda e perguntei, em tom amigável:

— Você conhece Arthur Griffiths?

O filho do vigário local era meu amigo.

— Sim, ambos servimos na Artilharia Real de Campo, e estou estacionado com ele na guarnição de Exeter. Quando ele descobriu que não poderia vir hoje devido a obrigações oficiais, me pediu que o representasse e a procurasse.

Ah, bem, isso explica alguma coisa, pensei. Encontrei seu olhar e descobri que seus olhos eram de uma tonalidade azul brilhante e notável.

— Por que não o mencionou imediatamente?

— Não sabia que precisava.

Eu não apontei o óbvio, que qualquer homem de boa família sabia apresentar-se de modo adequado, incluindo uma referência a conhecidos em comum. Em vez disso, busquei uma resposta cordial e disse:

— Ele é um bom sujeito.
— Você o conhece bem?
— Não muito, mas é um colega querido. Nós nos conhecemos quando eu estava ficando com os Mathew em Thorp Arch Hall, em Yorkshire, e nos demos bem.

Meu parceiro de dança – que ainda não me dissera seu nome – não respondeu. O silêncio me incomodou, então comecei a tagarelar:

— Ele é um bom dançarino.
— Você parece decepcionada por eu estar aqui em vez dele.

Decidi ver se conseguia alegrar o humor daquele jovem.

— Bem, senhor, esta é nossa *primeira* dança. E, como me liberou do meu cartão, ainda pode ter a chance de outra para provar *suas* habilidades de dança.

Ele riu, um som profundo e rico. Enquanto me girava na pista, passando pelos rostos familiares dos Wilfred e dos Sinclair, eu ri com ele, sentindo-me bastante diferente das pessoas ao meu redor. Mais livre, de alguma forma. Mais viva.

— Pretendo fazer exatamente isso — ele disse.

Encorajada, perguntei:
— O que faz como oficial em Exeter?
— Eu voo.

Eu congelei por um momento. Todo mundo andava entusiasmado pela ideia de voar, e ali estava eu, dançando com um piloto. Era emocionante demais.

— Você voa?

A face dele ganhou um vermelho feroz, visível mesmo na iluminação baixa do salão de baile.

— Bem, na verdade sou canhoneiro no momento, embora seja o 245º aviador qualificado da Grã-Bretanha. Mas em breve entrarei no recém-formado Real Corpo Aéreo. — O peitoral dele, já bem largo, se inflou um pouco com essa afirmação.

— Como é lá em cima? No céu?

Pela primeira vez, ele desviou os olhos dos meus e os ergueu para o teto de afrescos, como se ali, em meio ao céu falso habilidosamente retratado, com abundância de querubins, pudesse reviver a experiência real.

— É emocionante e estranho estar tão perto das nuvens e ver o mundo abaixo tão pequeno. Mas bastante assustador também.

Eu dei uma risadinha.

— Nem consigo imaginar, mas gostaria de tentar.

Seus olhos azuis se anuviaram e seu tom ficou mais sério.

— Eu não decidi voar porque é emocionante, srta. Miller. Se houver uma guerra, e acredito que haverá, os aviões serão vitais. Pretendo me dedicar na íntegra ao esforço de guerra, ser uma peça crítica na engrenagem da enorme máquina militar. Para ajudar a Inglaterra, é claro, mas também para colher os benefícios mais tarde em minha carreira, quando os aviões serão uma parte importante da nossa economia.

Sua intensidade me tocou, assim como a ousadia de sua abordagem. Ele era muito diferente de todos os homens que eu já conhecera, tanto em casa, em Devon, como no exterior, no Egito. Eu estava sem fôlego, e não apenas devido ao ritmo veloz do *one-step*.

As últimas notas de "Alexander's Ragtime Band" soaram, e eu parei de dançar. Estava começando a me separar dele quando ele segurou minha mão.

— Fique na pista comigo. Como você mesma disse, não tem mais cartão de dança. Está livre.

Eu hesitei. Mais que qualquer coisa, queria dançar com ele de novo e começar a solucionar o mistério daquele homem incomum. Mas podia ouvir mamãe ralhando em minha cabeça, censurando-me pela mensagem inapropriada que uma jovem passava ao dançar com um cavalheiro duas vezes seguidas, especialmente uma jovem comprometida. Eu queria algo em troca daquele incômodo.

— Com uma condição — eu disse.

— Qualquer coisa, srta. Miller. Qualquer coisa.

— Diga-me seu nome.

Corando de novo, ele percebeu que, apesar de todos os gestos corajosos, tinha esquecido o protocolo mais básico. Fez uma mesura profunda e então falou:

— É um grande prazer conhecê-la, srta. Miller. Eu sou o tenente Archibald Christie.

Capítulo 4
DIA 1 APÓS O DESAPARECIMENTO

Sábado, 4 de dezembro de 1926
HURTMORE COTTAGE, GODALMING, INGLATERRA,
E STYLES, SUNNINGDALE, INGLATERRA

— Tudo certo? — pergunta Sam quando Archie retorna à sala de jantar.

Embora já tenha pensado numa resposta ao inevitável questionamento, Archie gagueja quando precisa dizer as palavras de fato. Mentir nunca foi fácil para ele, mesmo que circunstâncias recentes lhe tenham apresentado oportunidades abundantes para praticar.

— Ah... é... hã... minha mãe. Temo que esteja doente. — Antes que possa elaborar, Madge inspira com força. Ele toma a mão dela e a reconforta: — O doutor garantiu que não é nada sério. Mas ela está me chamando, então preciso ir.

Sam assente.

— Dever e tudo o mais.

— Bem, se não é terrivelmente grave, pode liberar Nancy para o almoço? — pergunta Madge, recuperada de sua preocupação com a mãe de Archie, com um olhar brincalhão para a amiga. — Sam e eu adoraríamos mantê-la prisioneira por algumas rodadas de uíste.

— Não vejo por que não — diz Archie, dando a Madge e então a Nancy sua melhor aproximação de um sorriso.

Nancy, doce e submissa e adorável em seu vestido azul-claro, merece uma tarde feliz e despreocupada com a amiga.

— Você vai conseguir voltar para o jantar? — indaga Sam.

Archie sente o peso da decepção do casal. Eles foram tão gentis ao planejar aquele fim de semana, e ele está minando seu gesto. Um gesto que ele duvida que outras pessoas teriam feito.

— Eu ligo para avisar se será possível. Se não... — Ele se interrompe, sem ter certeza do que dizer. Não sabe o que vai enfrentar em Styles, não sabe o que a polícia sabe e não pode se planejar para as diferentes eventualidades. A bem da verdade, nem se permitiu considerar essas eventualidades.

Sam vem em seu resgate:

— Não precisa se preocupar, meu caro. Levaremos Nancy para casa se os planos para a noite se provarem impossíveis.

Ele sente uma pontada de gratidão e contorna a mesa para apertar a mão do amigo. Assim que seus dedos se tocam, há uma batida na porta.

— De novo? Aquela maldita criada — Sam grunhe, irritado. Então, grita: — O que foi agora?

— Senhor, há um policial na porta — diz a criada pela fresta.

Archie sente vontade de vomitar. Ele sabe, ou pensa que sabe, por que a polícia aguarda diante da porta da frente dos James.

— Quê? — Sam não poderia parecer mais chocado se a criada o tivesse informado de que seu amado cão de caça tinha espontaneamente se transformado num poodle. Agentes da polícia lidavam com as brigas de trabalhadores vulgares, não batiam na porta da frente de mansões do interior.

— Sim, senhor, um policial, senhor. Ele quer falar com o coronel.

— Por que motivo?

— Não quis dizer. Só pediu para falar com o coronel.

A humilhação de ser intimado por um agente da polícia – revelando sua mentira sobre a doença da mãe – quase supera sua preocupação com a intimação em si. O que Madge e Sam pensarão dele? Como explicará isso aos dois? A Nancy?

Conforme ele percorre a estrada, uma pedra faz seu Delage derrapar, e Archie quase perde de vista o carro da polícia que deve seguir. A separação momentânea do veículo planta uma semente de imprudência nele. E se simplesmente se afastasse, evadindo da situação em Styles? A polícia seria capaz de capturá-lo?

Não, ele vai enfrentar seu castigo como um homem. Não importa como suas ações sejam julgadas – ele não quer ser visto como um homem que se esquiva do seu dever, que foge de seus erros.

Seguindo a viatura, ele vira em uma travessa familiar que leva a sua casa. A poeira do veículo oficial cega sua visão por um segundo, e, quando ela se dissipa, os pináculos estilo Tudor de Styles se materializam, quase tão impressionantes quanto da primeira vez que ele os viu. *Quanta coisa mudou desde aquele dia*, ele pensa, expulsando a lembrança à força.

Archie sabe que, de alguma forma, deve recuperar o controle da situação. Talvez ajude se ele estabelecer o tom assumindo seu papel de direito como patrão de Styles? Com isso em mente, ele não espera o policial sair do carro. Em vez disso, passa marchando pelas outras viaturas estacionadas na frente de Styles e dirige-se diretamente à porta entreaberta. Quando a empurra, fica surpreso ao notar que nenhum dos agentes de uniforme preto, reunidos na cozinha como um enxame de abelhas mortíferas ao redor da rainha, percebe sua presença. Archie se dá conta de que tem uma chance singular de avaliar a situação antes de dizer qualquer coisa.

Ele examina a longa mesa de mogno encostada à parede direita do saguão à procura de qualquer cartão de visita na bandeja de prata. Esta, porém, está vazia, mas ele nota algo incomum. Espiando por baixo dela, há o canto de um envelope, o papel de carta marfim característico da esposa.

Com um olhar de relance aos agentes da polícia concentrados na voz alta, mas estranhamente abafada, de um homem que ele não consegue ver, sem dúvida supervisor deles, Archie desliza o envelope de debaixo da bandeja de prata. Então, mantendo os passos leves, ele se esgueira até o escritório e fecha a porta silenciosamente atrás de si.

Agarrando o abridor de cartas de cabo de marfim da mesa, ele rasga o envelope. A letra larga e afiada da esposa o encara do papel. O tempo urge, mas Archie precisa de poucos segundos para correr os olhos pelas palavras. Ao terminar, ergue o olhar, sentindo como se tivesse acordado de um pesadelo. Quando ela teve tempo – não, a presciência, a sagacidade, o cálculo paciente – de escrever essas palavras? Será que ele jamais chegou a conhecer a esposa?

As paredes estreitas do escritório parecem se comprimir, e ele sente que não consegue respirar. Mas sabe que deve agir. A carta deixou claro que ele não é mais o executor de um plano, porém meramente seu objeto – preso em um labirinto, ainda por cima –, e tem de encontrar uma saída. Jogando a carta na mesa, ele caminha pelo escritório, que se torna mais sombrio a cada segundo devido à tempestade iminente. O que, em nome de Deus, ele deve fazer?

Tem certeza apenas de uma coisa. Embora esteja preparado para cumprir sua pena, não pretende entregar as chaves ao carcereiro. Ninguém pode ver essa carta. Caminhando à lareira, ele joga a carta e o envelope nas chamas e observa as palavras de Agatha queimarem.

Capítulo 5
O MANUSCRITO

19 de outubro de 1912
ASHFIELD, TORQUAY, INGLATERRA

Eu corri pela rua da propriedade dos Mellor de volta para casa, em Ashfield. Estivera alegremente jogando *badminton* com meu amigo Max Mellor quando a criada dele me chamou ao telefone. Era mamãe, bastante irritada do outro lado da linha, me mandando voltar para casa porque um jovem desconhecido estava ali, "esperando eternamente" por mim. Ela tinha dito a ele que eu deveria voltar dentro de quinze minutos, mas, como eu não havia aparecido no horário previsto – e como ele não partiu conforme os minutos passavam e eu não retornava –, ela se sentiu obrigada a telefonar. O pobre coitado, quem quer que fosse, obviamente não notara as muitas indiretas de minha mãe de que ele deveria se retirar.

Exceto pela pressão de mamãe, eu não sentia nenhuma vontade de voltar para casa, dado que Max e eu estávamos nos divertindo muito. A vida em Torquay era cheia daqueles dias preguiçosos. Piqueniques improvisados, passeios de barco, partidas esportivas, excursões a cavalo e tardes musicais. Durante a noite, festas ao ar livre, bailes e reuniões íntimas cuidadosamente planejados. Semanas e meses passavam flutuando como um sonho agradável e despreocupado – enquanto a única meta de uma garota era encontrar um marido –, e eu não tinha vontade de acordar.

Imaginei que o visitante fosse o oficial naval enfadonho do jantar da noite anterior, que me implorara para ler seus poemas desajeitados aos outros convidados. Mesmo assim, embora não tivesse nenhum desejo de retomar nossa conversa entorpecedora, não queria que ele irritasse mamãe por muito tempo. Ela era paciente e doce, especialmente comigo, mas podia se tornar rabugenta na presença de uma pessoa entediante ou que atrapalhasse seus planos. Desde a morte de meu pai, quase dez anos antes, eu me tornara o foco e a companheira de minha mãe, em especial porque meus irmãos mais velhos, Madge e Monty, tinham seguido em frente fazia algum tempo, e eu gostava disso. O relacionamento entre mim e mamãe era ótimo – ninguém no mundo me entendia como ela –, e eu me sentia bastante protetora em relação à minha mãe, embora ela fosse muito mais forte do que parecia à primeira vista. O choque da morte de meu pai e o desafio das circunstâncias financeiras em que ele nos deixou tinham nos unido estreitamente – éramos nós duas contra o mundo e tudo o mais.

Com as faces coradas e quentes depois de correr pela travessa, eu me desvencilhei de meu cardigã e entreguei-o a Jane, nossa criada. Antes de passar da entrada à sala de estar, dei uma olhada no espelho para garantir que estivesse apresentável. Meu cabelo castanho-claro, beijado pelo sol até assumir um tom loiro-escuro cintilante, estava bem bonito apesar – ou talvez por causa – dos fios que tinham escapado da trança. Decidi não enfiar aquelas mechas soltas de volta nos grampos e só alisei o cabelo. Embora não me importasse muito com a opinião do sujeito que eu suspeitava estar sentado na sala adiante, gostava de satisfazer às expectativas de mamãe de que eu fosse uma "garota adorável".

Entrei na sala de estar, onde minha mãe me observou do seu lugar de costume, uma poltrona perto da lareira. Pondo de lado seu bordado a fim de fugir dali assim que a cortesia permitisse, ela se ergueu, seguida pelo homem sentado à sua frente. Só pude ver sua nuca, cujo tom de loiro era bem mais claro do que eu lembrava ser o cabelo do oficial naval.

Segui em direção a eles e fiz uma mesura abreviada. Erguendo o olhar para o rosto de mamãe primeiro, então para o cavalheiro visitante, percebi, com um susto, que não era o oficial que esperava, mas, sim, o homem do baile de Chudleigh: Archibald Christie.

Chocada, fiquei calada a princípio. Não tinha ouvido nada dele nos sete dias desde o baile e começara a pensar que não ouviria mais. A maioria dos cavalheiros teria expressado seu interesse em uma garota dentro de um ou dois dias após um baile – jamais sete.

Mamãe pigarreou e finalmente disse:

— Agatha, esse jovem... tenente Christie, acredito... me diz que vocês se conheceram em Chudleigh.

Recuperando o controle, respondi:

— Sim, mamãe. Esse é o tenente Christie, que serve na Artilharia Real de Campo. Seu posto fica em Exeter, e o conheci no baile dado pelos Clifford em Chudleigh.

Ela o olhou dos pés à cabeça.

— Você está a uma distância considerável de Exeter, tenente Christie.

— Sim, madame. Por acaso, estava passando de motocicleta por Torquay e lembrei que a srta. Miller morava aqui. Perguntei a um morador local com quem cruzei na estrada e aqui estou.

— Aqui está. — Ela suspirou. — Que coincidência ter vindo parar em Torquay.

Ninguém deixaria de perceber o sarcasmo e a descrença na voz dela, e achei surpreendente que minha gentil e adorável mamãe pudesse ser tão afiada com um desconhecido. O que ele lhe fizera em apenas uns minutos para inspirar essa reação incomum? Seria apenas o fato de não ser Reggie? Olhei de relance para o tenente Christie, cuja face corava profundamente. Senti-me mal por ele e me apressei a resgatá-lo:

— Lembro que mencionou no baile dos Clifford que talvez tivesse um compromisso em Torquay, tenente Christie. De natureza oficial, quer dizer.

Um ar de alívio cruzou seu rosto, e ele se agarrou à desculpa oferecida:

— De fato, srta. Miller. E a senhorita bondosamente sugeriu que eu a visitasse quando estivesse na vizinhança.

Essa conversa não enganou mamãe, mas devolveu ao tenente Christie um pouco de sua dignidade. Também forneceu a minha mãe uma licença para deixar a sala de estar. Ao contrário do que acontecia no continente, era costume na Inglaterra que homens e mulheres solteiros fossem deixados a sós, contanto que houvesse acompanhantes por perto ou que eles estivessem dançando.

— Bem, preciso falar com Mary sobre o menu do jantar. Foi um prazer conhecê-lo, tenente... — Ela fingiu esquecer o sobrenome, deixando evidente sua opinião sobre o jovem.

— Christie, madame.

— Tenente Christie — ela disse ao sair da sala.

Acho que ambos expiramos simultaneamente quando mamãe deixou o cômodo. Determinada a aliviar a tensão, sugeri:

— Por que não damos uma volta nos jardins? Faz um dia frio, mas há alguns pontos interessantes em nossa propriedade. E adoraria ver sua motocicleta.

— Seria muito agradável, srta. Miller.

Depois que a criada nos ajudou a vestir nossos casacos – uma caminhada mais longa exigia uma peça mais pesada que um cardigã –, saímos da casa. Passando pelo jardim da cozinha, expliquei ao tenente Christie que não pararíamos atrás de seus muros altos porque lá a única atração era a abundância de maçãs e framboesas da estação. Eu o guiei, em vez disso, ao jardim principal.

Ver o tenente Christie se contorcer sob o olhar escrutinador de minha mãe me deixou mais ousada. Com um sorriso largo, provoquei:

— Posso confiar a você os segredos do meu jardim?

Ele não sorriu de volta. Em vez disso, fixou os olhos azuis brilhantes nos meus e disse:

— Espero que possa confiar a mim *todos* os seus segredos.

Sua intensidade me fez enrubescer um pouco, mas, depois de mostrar-lhe os familiares ílex, cedros e amoreiras, assim como os dois abetos antigamente reivindicados por Madge e Monty, meus nervos se acalmaram.

— Esta é minha preferida, a faia. É a maior do jardim e, quando garota, eu costumava me empanturrar com suas nozes. — Corri a mão pelo seu tronco, lembrando-me dos dias de meninice que passara em seus galhos, que se foram havia muito.

— Entendo por que esse jardim é especial para você, é lindo — ele comentou, então apontou para um bosque denso a distância. — Esse bosque também é seu?

Seus olhos estavam brilhantes e maravilhados. Deve ter imaginado que éramos ricos; Ashfield e os campos que cercavam a propriedade *eram* impressionantes, se a pessoa apertasse os olhos para borrar os pontos de deterioração e tinta descascada. Embora fôssemos ricos na época de meu nascimento, as preocupações financeiras começaram quando eu tinha cerca de cinco anos, e meu pai – que era filho de um americano rico e nunca trabalhou um dia sequer, contando que sua fortuna perduraria – teve dificuldade para sustentar a família. Só alugando Ashfield e vivendo com essa renda no exterior, onde os custos eram comparativamente baratos, mantivemos algum resquício de nosso estilo de vida. O estresse desconhecido causado por essas preocupações afetou sua saúde e provocou o declínio de meu pobre e doce papai, que morrera dez anos antes. Agora mamãe e eu sobrevivíamos graças à benevolência de amigos e familiares, além de uma pequena renda, recentemente reduzida quando a firma de investimentos da qual recebíamos uma porção de nossos escassos ganhos fora liquidada.

— Sim — respondi enquanto o levava pela trilha entre as tílias. — Mas as árvores ali são mais comuns e propiciam menos magia para uma jovem garota. Sem contar os caminhos que levam à quadra de tênis e ao gramado de croqué, que nunca apreciei muito.

— Por que não?

— Acho que vivia mais no mundo da imaginação do que no mundo do esporte quando era criança — expliquei.

O tenente Christie, porém, não respondeu enquanto examinava a quadra de tênis e o gramado de croqué com interesse e satisfação. Ele não podia saber como meu desempenho atlético neles fora decididamente insuficiente, apesar dos meus melhores esforços; só no simples *badminton* eu tivera um pouco de sucesso. Após testemunhar muitas tentativas de partir o coração, mamãe, sempre otimista, direcionou meu entusiasmo à música, ao teatro e à escrita. Nesses campos, eu prosperei, em especial durante os anos de estudo na França, embora nos últimos tempos tivesse abandonado a esperança de tocar piano ou cantar profissionalmente após os conselhos do renomado pianista Charles Furster e de meus instrutores de canto de Londres. Escrever, no entanto, permanecera uma paixão e tornou-se um hábito, assim como minhas amigas passavam o tempo fazendo bordado ou pintura de paisagens. Mas sempre soube que a escrita devia ser mantida como um hobby, algo para passar o tempo, e que meu Destino dependia de meu marido. Quem quer que fosse. Quando quer que aparecesse.

Como o tenente Christie continuou a examinar os gramados sem dizer nada, perguntei:

— Você tinha um lugar especial na infância?

Ele franziu o cenho, projetando uma sombra sobre os olhos.

— Passei meus primeiros anos na Índia, pois meu pai era juiz no serviço público indiano. Assim que minha família voltou à Inglaterra, ele caiu de um cavalo e morreu. Moramos com a família de minha mãe no sul da Irlanda até ela se casar com William Hemsley, um professor da Clifton College, onde depois eu estudei. Então, como pode ver, me mudei muito, nunca tive um lugar especial quando criança... Nenhum lugar para chamar de meu, pelo menos.

— Que terrivelmente triste, tenente Christie. Bem, se quiser, pode dividir os jardins de Ashfield comigo. Venha visitá-los sempre que puder passar por Torquay.

Ele virou aqueles olhos azuis para mim de novo, como se tentasse me capturar com eles.

— Se está falando sério, srta. Miller, eu ficaria honrado.

Eu queria ver aquele homem incomum outra vez. Pensamentos sobre meu compromisso com Reggie começaram a invadir minha mente, junto com certa parcela de culpa, mas me mantive firme.

— Tenente Christie, nada me deixaria mais contente.

Capítulo 6
DIA 1 APÓS O DESAPARECIMENTO

Sábado, 4 de dezembro de 1926
STYLES, SUNNINGDALE, INGLATERRA

Quando sai correndo do escritório, Archie quase tromba com o jovem policial de chapéu redondo que foi buscá-lo em Hurtmore Cottage. Ele dá ao homem um olhar desdenhoso e segue para a cozinha, batendo os pés, até onde um grupo de policiais está reunido. Enquanto marcha, reza para que esteja embarcando na abordagem certa ao interpretar o papel do marido aflito e furioso.

— Qual é o sentido disso? Por que estão aglomerados na minha cozinha em vez de vasculhando as redondezas? — Archie rosna para eles, forçando-se a imbuir o tom de uma mordacidade que não sente.

Um dos policiais, um rapaz mais jovem com feições surpreendentemente delicadas, ignora o arroubo de Archie e diz:

— Senhor, tenho certeza de que tudo isso é muito inesperado. E angustiante, é claro.

— Isso é um eufemismo — retruca Archie, que então endireita todo o seu um metro e oitenta na esperança de tomar controle da situação. — Eu quero falar com o agente no comando.

O jovem policial corre até um homem de meia-idade, vestindo um terno cinza grande demais e um sobretudo amarrotado, que emerge da multidão de policiais. Archie examina o homem com seu peito de barril, as bochechas murchas e a barba por fazer, com algumas migalhas no bigode cor de areia, conforme se aproxima com a mão estendida e um meio-sorriso cordial. É o tipo de expressão que tenta transmitir tanto compaixão como simpatia ao mesmo tempo, uma expressão que o policial empregou em inúmeras outras ocasiões, talvez em seu trabalho como agente da polícia no interior. Parece falsa e, no olhar sagaz do homem, Archie também sente uma subcorrente de suspeita e intelecto latente. Ele precisará tomar cuidado.

— Sr. Christie, gostaria de apresentá-lo ao vice-comissário adjunto Kenward — anuncia o policial júnior, fazendo uma meia mesura para o tal Kenward.

Como esse homem inspira tanta deferência dos subordinados com uma aparência tão desgrenhada?, Archie se pergunta, mas então registra a natureza eminente do título do homem e toma um susto. Por que um agente tão sênior foi designado a esse caso?

Enquanto Archie se atrapalha tentando organizar seus pensamentos e ajustar sua abordagem, Kenward diz:

— É um prazer conhecê-lo, sr. Christie. O quartel-general da polícia do condado de Surrey passou o caso para minha supervisão, e farei o possível para ajudar. — Ele não reage à invectiva de Archie.

Archie aperta a mão um tanto úmida de Kenward e, reajustando sua abordagem, finalmente responde:

— Peço desculpas pela explosão, vice-comissário adjunto Kenward. Como pode imaginar, é um momento angustiante.

Aprecio sua ajuda e sinto muito por conhecê-lo em circunstâncias tão difíceis.

— É claro, senhor, entendemos que as emoções ficam exaltadas em momentos assim. Mas farei o máximo por sua esposa, eu lhe prometo. Assim, não sentirá a necessidade de tais explosões no futuro, espero.

A reprimenda fica implícita: Archie terá margem para um acesso de fúria apenas, e o tagarelar dos subordinados de Kenward cessa às palavras dele. A sala se torna desconfortavelmente silenciosa, uma imobilidade transbordando de julgamentos tácitos.

— Obrigado por entender — diz Archie.

Os agentes da polícia, então, retomam suas conversas.

— Garanto que estamos fazendo todo o possível para localizar sua esposa desaparecida — repete Kenward.

Minha esposa desaparecida, Archie pensa consigo mesmo. Essas três palavras, ditas em voz alta por um agente de polícia sênior, torna o impensável muito possível, e ele se vê incapaz de falar.

Kenward preenche o silêncio:

— Tenho algumas perguntas para o senhor, coronel. Coisas de praxe. Podemos discuti-las em seu escritório?

Archie percebe, de repente, que não quer ser interrogado entre aqueles policiais, que anseia pela privacidade do seu escritório se demônios pessoais devem vir à luz. Também reconhece que precisa da curta caminhada para controlar seus nervos e preparar suas respostas.

Com um aceno, Archie se vira e conduz Kenward de volta ao escritório. Subitamente desconfortável em ter o vice-comissário tão perto da lareira - não pode arriscar que o homem pesque um pedaço remanescente da carta chamuscada entre as cinzas –, ele o encaminha à poltrona mais distante do fogo. Então, seleciona uma para si mesmo de modo que Kenward fique virado para longe das chamas.

Puxando um caderno com capa de couro e uma caneta-tinteiro do bolso interno do sobretudo, o vice-comissário começa:

— São todas questões de rotina, senhor, eu lhe garanto. Estamos tentando estabelecer uma linha do tempo. Quando viu sua esposa pela última vez?

— Na sexta de manhã, por volta das nove. Logo antes de sair para o trabalho.

O arranhar da caneta no papel preenche o ar, e uma onda de lembranças atravessa Archie. O som característico pertence à esposa e geralmente permeia Styles. É o som dos pensamentos dela.

— Lembra-se do que falaram naquela manhã? — indaga Kenward, tirando Archie de seu devaneio.

Com um susto, ele pensa nos criados. Será que a polícia já os interrogou? Ele terá que tomar cuidado.

Forçando-se a não gaguejar, ele responde:

— Não com muita precisão. Imagino que tivemos a mesma conversa matinal de sempre. Agenda, notícias, historinhas sobre nossa filha de sete anos, Rosalind, coisas assim.

— Discutiram planos para o fim de semana?

O policial estaria montando uma armadilha? O que ele sabia?

Archie dá uma resposta vaga:

— Não lembro exatamente. Talvez.

— Quais eram seus respectivos planos para o fim de semana, senhor?

— Minha esposa planejava ir para Yorkshire. Como sabe, eu passei o fim de semana com meus amigos, o sr. e a sra. James de Hurtmore Cottage. Um dos seus homens me buscou lá.

— O senhor e sua esposa passam os fins de semana separados com frequência? — quis saber Kenward, os olhos fixos no caderno.

Prossiga com cuidado, Archie diz a si mesmo. Cada pergunta pode levá-lo para mais perto de uma armadilha.

— Quando a ocasião exige.

— Isso não elucida a minha pergunta, senhor.

— O senhor tem a minha resposta, vice-comissário adjunto. — Assim que as palavras deixam sua boca, Archie se arrepende. Ele sabe que um homem preocupado com a esposa, desesperado para encontrá-la, não perderia a paciência com um policial fazendo perguntas rotineiras. Responderia a toda e qualquer questão de boa vontade. O que o homem deve pensar dele? Kenward é mais astuto do que sua aparência desalinhada sugere, suspeita Archie.

Os olhos de Kenward se estreitam e sua boca se abre, formando um círculo ao redor das palavras de sua próxima indagação. Antes que essas palavras encontrem o ar, porém, a porta do escritório se abre com um baque. Um jovem policial corre até ele e sussurra algo em seu ouvido.

O vice-comissário se ergue de um pulo, com uma agilidade surpreendente.

— Peço licença por um momento, coronel. Houve uma descoberta.

O estômago de Archie se embrulha. Pelo amor de Deus, o que eles encontraram tão rápido? Ele segue o policial até o saguão.

— O que foi? O que aconteceu?

Kenward fala por cima do ombro:

— Eu o avisarei assim que tiver uma chance de investigar pessoalmente. Neste meio-tempo, por favor, permaneça aqui.

Archie reduz o ritmo e, na ausência de movimento, o pânico o domina. Ele se vira, pretendendo retornar ao santuário do escritório para recuperar o autocontrole, mas, antes de chegar ali, encontra Charlotte no corredor. A governanta e secretária de cabelo escuro, com um corte curto que está na moda, mas que não lhe cai bem, carrega uma bandeja com os restos de um desjejum não comido, sem dúvida pertencente à filha dele.

— A srta. Rosalind está perguntando pelo senhor — ela menciona em tom apologético.

— Ela sabe sobre a situação?

— Não, senhor. Mas mesmo uma criança consegue notar que há algo errado, com a polícia em todo canto da casa.

— Vamos manter assim por enquanto, Charlotte. Eu a visitarei no quarto dela em breve.

A voz de Charlotte, geralmente rápida e eficiente, vacila:

— O senhor... o senhor viu a carta?

— Que carta? — Archie assume um ar de inocência, fingindo que não entendeu a criada. Que ela quis dizer outra carta que não a da esposa.

— Aquela da senhora, na mesa do saguão. Eu a vi ontem à noite quando voltei de Londres, mas a deixei para o senhor.

— Ah, sim, aquela — ele diz como se tivesse acabado de se lembrar. Com um tom falsamente casual, pergunta: — Não mencionou a carta à polícia, mencionou? Não tem nada a ver com — ele gesticula para a casa — tudo isso.

— N-não — ela responde.

Sem pensar, Archie agarra o braço dela e aperta um pouco mais forte do que o planejado.

— Ótimo.

Charlotte dá um gritinho, e ele a solta.

— Desculpe. É que estou tão preocupado.

— É claro, senhor. — Ela o absolve, esfregando o braço de leve. — Sinceramente, pensando bem, não lembro se mencionei ou não. A manhã passou num borrão, com a polícia e a srta. Rosalind sentindo falta da mãe. Eu deveria ter mantido a carta em segredo?

Embora Archie não queira dar a impressão errada a Charlotte, uma que ela possa inadvertidamente transmitir a outras pessoas, não pode arriscar que ela fale a respeito disso. Só pode imaginar o que a polícia concluiria de uma carta deixada por uma esposa desaparecida para o marido e, então, subsequentemente queimada por esse marido. Apenas uma conclusão parece provável.

Mas como abordar o tópico com Charlotte para atingir o resultado desejado? Se insistir no silêncio, será que ela vai mencionar essa insistência à polícia? Archie pode imaginar as repercussões. Talvez a exigência possa ser posta como um pedido? Uma escolha?

— Não quero dizer a você o que fazer quanto a isso, Charlotte, mas acho que é melhor deixar o vice-comissário adjunto focar a questão mais importante de localizar a senhora, não acha?

Charlotte baixa os olhos para a bandeja que está carregando e concorda sem entusiasmo:

— Como quiser, senhor.

Ele poderia chorar de alívio, mas mantém o rosto plácido.

— Boa garota. Enfim, a carta se refere a uma questão privada entre mim e minha esposa que antecede os eventos de ontem. Portanto, não pode esclarecer nada sobre o seu paradeiro.

Capítulo 7
O MANUSCRITO

19 de novembro de 1912
ASHFIELD, TORQUAY, INGLATERRA

— Pode ir pro jardim agora, Jack — anunciou Madge enquanto terminávamos o chá.

Eu achava difícil acreditar que o filho dela, James, que todos chamavam de Jack, não era mais um bebê, e sim um garoto de nove anos, cada vez mais alto. Assim que foi libertado de sua prisão na mesa de chá de Ashfield, Jack se ergueu num pulo e correu para o lado de fora, sem dúvida esperando aproveitar a última hora de luz do dia antes de ser encarcerado dentro das paredes da casa novamente.

— Eu também estou liberado? — perguntou Jimmy, o amável marido de Madge.

— Você me conhece bem demais, querido — disse Madge com um sorriso. — Como sabia que nós queríamos bater um papo só entre garotas?

— Depois de todos esses anos, realmente a conheço um pouco, querida. Além disso, tenho uma irmã, que geralmente está mancomunada com você e Agatha nessas conversinhas — respondeu Jimmy, fazendo uma referência à irmã, Nan Watts, enquanto se retirava. Ele mordiscava uma última broa, polvilhando o bigode castanho-avermelhado de migalhas. — Não esqueça que temos que sair em uma hora — disse por cima do ombro quando chegou ao corredor.

Olhei de relance para minha irmã, confiante, seu cabelo castanho habilmente torcido ao redor da orelha, um cordão triplo de pérolas no pescoço e sobre o peito, um cardigã de caxemira carmesim jogado sobre os ombros e um vestido de seda floral. Seu rosto não ostentava uma beleza clássica, mas a maneira como se portava atraía as pessoas quase como um ímã. Eu tentei encontrar seus olhos – e avaliar por que queria ter aquela conversa privada –, mas ela estava encarando mamãe, que assentiu em resposta. O que estavam planejando? Seria essa "conversa" o motivo para a visita inesperada deles a Ashfield? De repente, eu me senti encurralada.

— Mamãe contou que você tem um novo namorado — começou Madge enquanto puxava um cigarro do estojo de prata com monograma. Pensei que ela era o retrato da sofisticação enquanto o batia na mesa, acendia um fósforo e dava uma longa tragada, mas sabia que mamãe desaprovava, achava essa nova moda de fumar extremamente inapropriada para uma dama. — Embora ainda esteja noiva de Reggie Lucy.

Nossa família conhecia os Lucy desde sempre, e Reggie e eu éramos almas gêmeas e crescêramos com o mesmo estilo de vida adorável e preguiçoso de Devon. Ele também não era rico, mas tinha perspectivas bastante sólidas como major na Artilharia. Antes de partir para servir dois anos em Hong Kong, aquele jovem adoravelmente tímido, com belos olhos e cabelos escuros, fez um discreto pedido de casamento – não em um noivado formal, e sim como um acordo informal entre nossas famílias. Mas, na noite de sua partida, me disse para ver outras pessoas – outros homens – em bailes e festas antes de nos estabelecermos. Eu levara suas palavras a sério e seguira com minhas atividades sociais normais, incluindo bailes formais nos quais dançar era imprescindível. Não sentira um pingo de culpa sequer, até que Archie apareceu, e tudo pareceu mudar.

Meu rosto queimou. Eu admirava Madge e ansiava por sua aprovação, então achava especialmente odioso quando ela me tratava como criança. Ou pior, quando a querida mamãe ficava do lado dela e contra mim. Em tais momentos, eu sentia a diferença de onze anos entre mim e Madge tal qual um abismo. Ainda bem que Monty era um irmão ausente; caso contrário, teriam sido três contra um.

Minha coluna tensionou-se, e meus ombros ficaram rígidos.

— Não sei do que está falando, Madge. Reggie não queria que eu ficasse aqui me lamentando. Ele especificamente me instruiu a socializar e até conhecer outros rapazes. Afinal, vai ficar em Hong Kong por dois anos. — Odiei como minha voz soou estridente e defensiva.

— Não acho que ele quis dizer conhecer outros rapazes exclusivamente, Agatha. Digo, do jeito como você está conhecendo esse tenente Christie, até onde entendo.

Ela lançou para mamãe um olhar indecifrável. As duas obviamente vinham discutindo a respeito de mim e Archie pelas minhas costas. Fazia algum tempo que eu sentia que mamãe não gostava dele (embora não achasse que ele lhe dera qualquer motivo para essa antipatia, exceto o fato de não ser Reggie Lucy), mas aquilo confirmava minhas suspeitas. Imaginei se mamãe obrigara Madge a abrir essa conversa.

— Não é como se o tenente Christie e eu tivéssemos um compromisso, Madge. Ele simplesmente se tornou parte do meu círculo íntimo.

Mesmo enquanto dizia as palavras, eu sabia que não eram verdadeiras. Por várias semanas, o tenente Christie tinha acatado minha sugestão de me visitar sempre que possível. Ele passava com frequência e às vezes de maneira inesperada por Torquay, não mais fingindo que um compromisso oficial o levara a Ashfield como fizera naquela primeira visita. Na verdade, tinha confessado a vergonha que passara para conseguir meu endereço com Arthur Griffiths. Apesar de suas muitas visitas, ele continuava sendo um desconhecido, mas eu achava suas peculiaridades - sua intensidade e sua determinação - estranhamente intrigantes.

— Como *seu* amigo, parece. Pelo *seu* convite. Não é como se ele fosse íntimo dos outros. — Madge levantou a voz.

Eu, então, levantei a minha também. Talvez porque soubesse que ela tinha razão:

— Você não sabe do que está falando, Madge — gritei. — Ele não é meu namorado!

— Isso é o que você fica dizendo, embora as evidências sugiram o contrário. — Ela fez uma pausa, então lançou um ataque por outro ângulo. — Não conhecemos a família dele, Agatha. Não como os Lucy. Se pretende levar esse relacionamento à frente, deve saber que uma mulher não se casa apenas com um homem, mas com o clã inteiro dele. Eu sei bem disso — ela disse com um suspiro dramático. Suas reclamações sobre os sogros eram lendárias.

Nós nos erguemos das cadeiras à mesa de chá e nos encaramos.

— Garotas — começou mamãe. — Basta. — A conversa estava evoluindo para uma verdadeira briga e, apesar dos sentimentos de mamãe quanto a Archie, ela simplesmente não podia tolerar aquele nível de embate entre as filhas.

Madge e eu nos acomodamos de volta nas cadeiras, e ela pegou outro cigarro. Mamãe se ocupou com seu bordado como se nada fora do comum tivesse ocorrido. Madge falou primeiro:

— Ouvi dizer que você está fazendo bom uso da minha antiga máquina de escrever Empire em seu tempo livre.

Pelo visto, mamãe não poupava detalhes ao descrever minha vida a Madge. Eu não podia ter nenhuma privacidade da minha irmã mais velha mandona? Havia hesitado em usar a máquina no começo, uma vez que Madge criara seus artigos vencedores de prêmios para a *Vanity Fair* no dispositivo e talvez ainda o quisesse de volta. Mamãe garantiu-me que não era o caso.

— Entre outras coisas — respondi, ainda irritada pelo sermão dela sobre Archie e Reggie.

— Leu algo recentemente? — ela perguntou, sentindo minha frieza e tentando me amolecer com um tópico familiar e compartilhado.

Madge e eu éramos grandes leitoras; na verdade, fora ela que me iniciara no mundo dos romances de detetive. Em noites de inverno gélidas em Ashfield, quando eu tinha sete ou oito anos, ela começou o ritual de ler em voz alta para mim, antes de dormir, as histórias de sir Arthur Conan Doyle. Essa prática continuou até ela se tornar a sra. James Watts, quando eu assumi o controle. O livro que me fez amar o gênero foi *O caso da Quinta Avenida*, de Anna Katharine Green, escrito dez anos antes de sir Arthur Conan

Doyle publicar seu primeiro Sherlock Holmes. Era um verdadeiro enigma: o livro focava um comerciante rico assassinado em sua mansão na Quinta Avenida em Nova York, em uma sala trancada, por uma pistola que estava dentro de outra sala trancada no momento do assassinato.

— Sim — respondi num tom ainda frio. — Acabei de terminar o livro novo de Gaston Leroux, *O mistério do quarto amarelo*.

Os olhos de Madge se iluminaram, e ela se inclinou para a frente na cadeira, aproximando-se de mim.

— Eu também. Achei bem bom. E você?

Com nossa desavença esquecida, entramos numa discussão animada sobre os méritos e as falhas do livro. Eu ficara maravilhada com o crime complexo cujo culpado tinha aparentemente escapado de uma sala trancada, e Madge adorou a adição da planta do piso que ilustrava a cena do crime. Mas, embora ambas tivéssemos gostado do enigma intelectual que o livro oferecia a seus leitores, concordamos que não era nenhum Sherlock Holmes, que permanecia nosso favorito.

— Eu gostaria de tentar escrever uma história de detetive com sua antiga máquina Empire — falei em voz alta o pensamento que vinha girando em minha cabeça fazia algum tempo.

Com as sobrancelhas erguidas, Madge assumiu uma expressão típica e exalou um longo fio de fumaça. Finalmente, disse:

— Não acho que você consiga, Agatha. Elas são muito difíceis de dominar. Até considerei escrever uma, mas é complicado demais.

Implícito na afirmação estava, é claro, o fato de que, se *ela* não conseguia escrever um romance de detetive, de modo algum sua irmã caçula poderia fazê-lo. Eu não ia deixá-la ditar minhas ações – nem com Archie, nem com a escrita.

— De toda forma, eu gostaria de tentar — insisti, com firmeza.

— Você é capaz de qualquer coisa a que se dedique, Agatha — comentou mamãe enquanto bordava. Era um refrão familiar, mas a frequência da repetição não diminuía a intenção de mamãe.

— Bem, aposto que não conseguiria fazer direito. — Madge bufou e, então, se permitiu dar uma risada alta. — Quer dizer, como *você* vai escrever um mistério insolúvel, o cerne de um romance de detetive? Você é completamente transparente.

Ah, eu não posso escrever uma história de detetive, então?, pensei. Fervi de raiva com as palavras condescendentes de Madge, mas também as tomei como um desafio. Embora Madge não tivesse tecnicamente feito uma aposta – de acordo com as regras da família Miller, condições deviam ser estabelecidas para isso –, eu a tomei como uma aposta definitiva. Naquele momento, Madge inflamou uma faísca em mim, e jurei mantê-la viva até transformá-la em chama. A aposta estava feita.

Capítulo 8
DIA 1 APÓS O DESAPARECIMENTO

Sábado, 4 de dezembro de 1926
STYLES, SUNNINGDALE, INGLATERRA

Archie fecha a porta do escritório atrás de si. Apoiado contra a madeira robusta, inspira lenta e profundamente num esforço para relaxar sua respiração. Tem que permanecer calmo. Não pode permitir que seus nervos e sua raiva latente atravessem a fachada de preocupação.

Uma batida suave interrompe seus esforços. Não tem o som autoritário de um policial, mas quem mais poderia ser? Ele alisa o cabelo e o paletó e abre a porta notoriamente rangente.

Olha para o corredor, pronto para receber qualquer policial que queira bombardeá-lo com mais perguntas. Mas o corredor está vazio – ou pelo menos é o que ele pensa até ver Charlotte.

— Perdão, senhor, mas ela insistiu — a mulher se desculpa, envolvendo o braço ao redor de sua protegida e a oferecendo a ele.

É a pequena Rosalind. Archie olha para a filha de sete anos. Por baixo da franja escura e pesada, os olhos azul-claros dela, tão parecidos com os seus, erguem-se para encará-lo.

É incompreensível para ele agora o fato de não ter desejado filhos no passado. Quando Agatha engravidou, ele não tinha um emprego adequado e não queria dividir o afeto da esposa com um bebê. Mas, quando Rosalind entrou no seu mundo e ele se viu no rosto e no temperamento imperturbável da filha, não pôde mais imaginar um mundo sem ela.

Ele a traz para dentro do escritório, deixando Charlotte no corredor, e fecha a porta atrás deles. Rosalind se acomoda na poltrona perto da lareira, os pés balançando acima do piso de carvalho e do tapete turco carmesim. Ela parece pequena e vulnerável, e uma criança típica de sete anos estaria chorando nessa situação, mas não a filha dele. Em vez disso, a garota observa o tumulto fora do escritório com curiosidade plácida, e ele a ama ainda mais por isso.

Archie senta-se na poltrona à frente dela e, por um momento, relembra o interrogatório com o policial. Afastando o desespero remanescente daquela conversa, vira-se à filha de cabelo escuro. Sua face geralmente pálida está corada, mas ele não sabe se é devido ao calor do fogo ou aos problemas em Styles.

— Você queria conversar, Rosalind? — ele pergunta.

— Sim, papai — ela responde num tom calmo.

— Tem uma pergunta?

— Sim. — Ela franze o cenho e de repente parece ter bem mais que sete anos. — A casa está cheia de policiais, e eu queria saber o que está acontecendo.

— Charlotte lhe disse alguma coisa? — ele pergunta, tentando manter o tom tão tranquilo quanto o dela.

Embora tenha avisado a governanta para não contar nada a Rosalind, sabe que a garota é perceptiva e provavelmente tirou as próprias conclusões; talvez até tenha insistido com

Charlotte. Mesmo assim, ele não quer contradizer abertamente qualquer relato que a governanta ofereceu.

— Não, nem uma palavra. E, papai, eu perguntei.

Se a situação não fosse tão grave, ele teria rido ao pensar na filha persistente.

— Bem, Rosalind, a polícia está aqui para ajudar com a sua mãe. — Ele dá a resposta mais inofensiva em que consegue pensar.

As sobrancelhas dela se erguem em confusão enquanto ela processa essa explicação incomum e bastante vaga.

— Ajudar com mamãe?

— Sim, querida.

— Ela está doente?

— Não. Pelo menos até onde a gente sabe.

Rosalind torce o nariz enquanto comtempla outra possibilidade.

— Bem, então ela está com problemas? É por isso que a polícia está aqui?

— Não, nada disso. Eles estão procurando por sua mãe.

— Por que a polícia faria isso? Ela sumiu? — Uma pontada mínima de preocupação emerge no tom dela, e Archie quer garantir que a investida pare por aí.

Como explicar sem causar alarde? Archie decide-se por uma descrição inócua, que se atenha aos fatos, na medida do possível.

— Parece que mamãe decidiu não ir a Yorkshire nesse fim de semana, onde era esperada. E, embora eu tenha *certeza* de que ela simplesmente mudou de ideia no último segundo e se esqueceu de nos contar, a polícia também quer ter certeza. Eles são muito dedicados. Sem dúvida, ela se enfiou em algum canto para escrever. Como já fez muitas vezes.

— Ah — ela diz, a expressão se suavizando.

É uma explicação que faz sentido. Agatha já sentiu a compulsão de escapar de Styles para escrever outras vezes, deixando Rosalind aos cuidados excelentes de Charlotte e, em menor medida, dele.

— É só isso?

— É só isso, Rosalind — ele responde com um aceno.

— Bom — ela anuncia com uma expressão satisfeita.

Enquanto ela se levanta, alisando as dobras do vestidinho azul-marinho com o qual Charlotte atenciosamente a vestiu, Archie sente uma pontada quase física de emoção, que o lembra de que nunca, jamais, abrirá mão de sua filha.

Capítulo 9
O MANUSCRITO

31 de dezembro de 1912
ASHFIELD, TORQUAY, INGLATERRA

— Esse tenente Christie tem mesmo que acompanhar você e seus amigos hoje à noite? — perguntou mamãe quando eu estava de saída. — Afinal, véspera de ano-novo é um momento para amigos próximos e família, não conhecidos de pouca data. Se — ela fez uma pausa — ele é de fato apenas um conhecido, como você insiste.

Será que ela estava me testando? Como eu suspeitava após minha conversa com Madge, mamãe não ficava contente com nossa conexão florescente, e nossa discussão em novembro tinha aberto as comportas. Primeiro, achei que o problema fosse o fato de que "o jovem" ou "esse tenente Christie", como ela o chamava, era quase tão destituído quanto eu. Mas então ela começou a soltar farpas sobre seu caráter imaturo, sua sensibilidade subdesenvolvida e seu rosto excessivamente bonito; eu não entendia a origem dessas observações - exceto, é claro, pelo fato de ele ser obviamente bonito. Eu sabia que ela queria que eu mantivesse os planos traçados com o querido e gentil Reggie, quem acreditava que me faria muito feliz, mas esse desejo realmente justificava os comentários negativos?

— Mamãe, ele já foi convidado. Inclusive, nos encontrará no baile. É tarde demais para uma mudança de planos — eu disse enquanto colocava o casaco.

— Ele nem teve a cortesia de levá-la à festa — bufou, a voz baixa, mas audível o suficiente para eu ouvir sua decepção. — Não é exatamente o comportamento de um cavalheiro.

— Mamãe, a festa é bem mais perto do quartel do que de Ashfield. Ele queria me acompanhar, mas eu insisti que o encontraria lá — eu disse, desculpando-me por ele. Independentemente do que acontecesse no futuro, eu não queria que sua antipatia por Archie aumentasse ainda mais. E nada era mais importante para mamãe que um homem agir como um cavalheiro e uma mulher interpretar seu papel de dama.

Enquanto trocávamos abraços e despedidas, desejando-nos um feliz ano-novo, pensei em como Madge e eu éramos diferentes. Ao contrário de minha irmã, que fora muito estratégica ao se casar, eu pretendia me casar por amor e não tinha certeza de que amava Reggie. Minha esperta irmã mais velha, com sua fama de escritora e uma personalidade forte e fascinante, tivera uma abundância de pretendentes quando chegou a hora de escolher. Ela selecionara o reservado James Watts, que era, previsivelmente, mais rico que todos os outros, assim como o herdeiro de Abney Hall. Embora eu sentisse que ela o admirava e gostava bastante de Jimmy, que era um sujeito decente e muito gentil comigo, eu me perguntava com frequência se ela sentia pelo marido o aperto intenso do amor passional que eu achava necessário para o casamento. Era o tipo de amor que eu estava determinada a encontrar. Eu tinha notado que, desde que conhecera Archie, vinha guardando as cartas de Reggie numa gaveta, sempre com a intenção de lê-las em um momento mais tranquilo, mas nunca as recuperando, em vez de correr para o quarto para lê-las sozinha como fazia antes. Esse comportamento não parecia um sinal de amor. Em contraste, eu me pegava pensando sobre Archie quase constantemente e tinha passado as últimas semanas sonhando acordada em festejar o ano-novo com ele.

O relógio de pêndulo do outro lado do salão de baile indicava quinze minutos para a meia-noite. Deveríamos estar entusiasmadas, preparando-nos para comemorar os primeiros toques de 1913 no baile de ano-novo. Em vez disso, enquanto meus amigos dançavam o *one-step* ao som de "Scott Joplin's New Rag" na pista, Archie e eu estávamos sentados em silêncio num banco.

Eu estava frustrada. Amuado desde o início da noite, Archie se tornava quase taciturno conforme o relógio se aproximava da meia-noite. Sempre que eu tentava entabular uma conversa, até sobre algo que o interessava, como esportes, suas respostas eram aleatórias, como se eu tivesse feito uma pergunta completamente diferente. Mesmo quando Nan arriscou começar uma discussão com Archie, ele respondeu em monossílabos. Nos dois meses e meio desde que o conhecera, eu me acostumara com seus momentos ocasionais de introspecção silenciosa, mas esse comportamento era totalmente novo. Será que eu tinha feito algo errado? Ele não era o homem que eu acreditava que fosse?

"That Whistling Rag" começou a tocar. Archie não me convidou a dançar, então tomei a liberdade de perguntar:

— Vamos dançar?
— Acho que não — ele respondeu sem olhar para mim.
Eu tinha atingido o limite da minha paciência.
— O que houve, Archie? Não está agindo como você mesmo hoje.

Mamãe teria ficado humilhada com meu tom queixoso, uma vez que contrariava suas recomendações sobre permanecer constante e alegre na companhia de um cavalheiro.

Os olhos dele demonstraram surpresa com minha explosão deselegante, mas a resposta até que foi calma:
— Hoje recebi minha convocação do Real Corpo Aéreo.

Fiquei confusa. Por que essa notícia não o deixaria exultante? Fazia meses que ele esperava para se tornar um membro do corpo aéreo.

Como não respondi, ele acrescentou:
— Tenho que partir para a planície de Salisbury em dois dias.

Finalmente entendi; sua partida se aproximava mais depressa do que ele esperava. Será que sua tristeza tinha algo a ver com nós dois ficarmos mais distantes? Meu coração estremeceu quando pensei em fazer alguém sofrer de saudades.

— Sinto muito por vê-lo partir, Archie — eu disse.
— Sente? — Ele me olhou nos olhos pela primeira vez naquela noite, procurando algo neles. Minha afirmação parecia tê-lo reanimado.

— É claro, o tempo que passamos juntos nesses últimos meses foi muito agradável — respondi, sentindo o rosto queimar. Era um eufemismo e tanto, mas, como mamãe me instruíra, uma garota só podia se expressar até certo ponto sem ultrapassar os limites.

Ele tomou minhas mãos e deixou escapar:

— Você tem que se casar comigo, Agatha. Sem falta.

Minha boca se abriu de choque. Sim, eu sentia por Archie algo quase indescritível, algo que nunca sentira por Reggie ou Wilfred Pirie ou Bolton Fletcher, outros pretendentes sérios antes de Reggie e que também eram, é claro, amigos da família. Mas, no meu mundo, decisões monumentais não eram tomadas após conhecer alguém por pouco tempo, e sim baseadas em uma longa história familiar, como Madge deixara abundantemente claro na nossa conversinha, um sentimento com o qual mamãe concordava.

Ele continuou, os olhos azuis vívidos focados nos meus.

— Eu soube desde que a vi no baile em Chudleigh que precisava tê-la.

Uma sensação desconhecida, algo como um anseio, me atravessou. Era a hora de falar a verdade. Mas como eu poderia contar-lhe sobre Reggie *agora*? Eu vinha ruminando o assunto fazia várias semanas conforme suas visitas se tornavam mais frequentes e tinha quase conseguido abordá-lo, mas perdi a coragem no último segundo. Eu me preocupava que, se soubesse sobre Reggie, Archie me acusaria de dar-lhe falsas esperanças quando não havia futuro no nosso relacionamento. Mas simplesmente não era o caso. Reggie me deixara livre para conhecer outros homens, embora não pudesse ter previsto a chegada de alguém como Archie. Nem eu.

— Ah, Archie, é impossível. Entenda... — Inspirei profundamente, então mergulhei. — É que estou noiva de outra pessoa.

Expliquei sobre Reggie, nossas famílias e nosso noivado informal, presumindo que ele ficaria furioso - ou pelo menos magoado. Em vez disso, ele fez um gesto desdenhoso.

— É só romper com ele. Afinal, não sabia o que aconteceria entre nós quando concordou com o noivado. Se é que podemos chamá-lo assim.

— Eu não posso fazer isso.

A imagem do rosto gentil de Reggie, junto com o de suas irmãs igualmente benevolentes, cruzou minha mente, e eu me senti enjoada. Eu desapontaria não apenas Reggie, mas toda a rede de famílias de Torquay à qual pertencíamos. Para não mencionar mamãe.

— Claro que pode. Se eu estivesse noivo de outra pessoa quando a conheci, teria rompido imediatamente — ele disse com total tranquilidade.

— Não posso. Nossas famílias são velhas amigas. Os Lucy são pessoas maravilhosas...

— Não. — Ele cortou minhas justificativas, e percebi que ele nunca pertencera a uma comunidade, talvez nem a uma família, do jeito que eu pertencia. Mas então ele me puxou para perto, e todos os pensamentos que não eram sobre ele sumiram. — Se você amasse esse Reggie de verdade, não teria se casado logo com ele? Do jeito que eu quero me casar com você?

Sem fôlego devido à proximidade e com meu coração martelando no peito, eu dei a ele a explicação que dávamos a todos:

— Pensamos que era melhor esperá-lo voltar, quando nossa situação estaria mais estável.

— Eu não teria esperado, Agatha. Meus sentimentos são fortes demais para esperar por você. — A voz dele estava embargada de desejo.

Ser desejada tão desesperadamente me fez querê-lo ainda mais. Seria esse o amor passional pelo qual eu estivera esperando? Seria essa a paixão intensa sobre a qual só lia em livros?

As palavras de Archie me fizeram pensar. Será que eu já experimentara esses sentimentos por Reggie? Lembrei-me de uma noite de primavera quando nós dois nos separamos do grupo para passear no jardim depois de um grande jantar com os amigos do bairro. Conversamos sobre os barcos que estavam sendo preparados para a próxima regata – sobre nada, na verdade, só as coisas cotidianas de Torquay – quando um arrepio me tomou, embora a noite não estivesse particularmente fria. Sem vacilar o passo ou hesitar na conversa, Reggie removeu a jaqueta e a pôs sobre meus ombros com um toque surpreendentemente gentil para mãos tão grandes. Por um longo momento, nossos olhos se encontraram e eu tive uma sensação de conforto completo, como se soubesse que estaria segura e bem cuidada em seus braços. Mas não sentira nada mais.

Na verdade, eu sabia já fazia algum tempo que não tinha por Reggie os sentimentos que uma esposa deveria ter pelo marido. Em vez disso, sentia um contentamento e uma paz com ele que alguém sente com uma pessoa muito parecida consigo mesma. Era quase como se, juntos, Reggie e eu fôssemos semelhantes demais, certos demais e, sinceramente, entediantes demais. Eu não sentia com ele nenhuma das coisas que sentia com Archie. Archie parecia a *pessoa certa*. Devia ser *meu Destino*. Aquele que as garotas deviam esperar.

Eu ri.

— Você está louco.

Ele sorriu pela primeira vez naquela noite.

— Estou. Por você.

Embora fosse contra o protocolo de baile, ele me puxou ainda mais para perto. Eu pude sentir seu hálito quente na bochecha e nos lábios quando ele perguntou:

— Agatha Miller, quer se casar comigo? Imediatamente?

Sem aviso, o rosto desaprovador de Madge cruzou minha mente junto ao sorriso gentil de Reggie, mas eu os afastei. Então, apesar da censura de Madge – ou talvez por causa dela –, eu respondi do âmago de meus desejos e sentimentos:

— Sim, Archibald Christie. Eu me casarei com você.

Capítulo 10
DIA 1 APÓS O DESAPARECIMENTO

Sábado, 4 de dezembro de 1926
STYLES, SUNNINGDALE, INGLATERRA

Que diabos é esse barulho?, Archie se pergunta. Uma coisa é o murmúrio constante dos policiais e a batida de portas enquanto entram e saem da casa, mas essa voz retumbante e autoritária ecoando pelos corredores de Styles é uma questão completamente diferente. Ele tapa os ouvidos, mas a voz ainda se esgueira pelo corredor até seu escritório, onde um fluxo constante de policiais o sobrecarregou com questões o dia todo. Ele não consegue pensar.

Embora Archie saiba que a decisão implica certo risco, ele tem que silenciar essa voz inquietante. Ele é o marido angustiado de uma esposa desaparecida, não é? *Não mereço um pouco de paz?*, ele quase diz em voz alta, então se controla. Levanta-se, planejando abordar quem quer que esteja falando tão alto para pedir um pouco de silêncio, quando a porta do escritório abre sem a cortesia de uma batida.

É o vice-comissário adjunto Kenward, e Archie percebe que era a voz do detetive que ouviu reverberando pelos corredores de Styles. Esse fato destrói a possibilidade de reclamar; Archie terá que suportar o barulho.

— Sei que foi inundado com perguntas mais cedo, mas posso fazer mais algumas, se o senhor tolerar? — pergunta Kenward, embora não deixe nenhuma alternativa. Ele tira um bloquinho de notas e um lápis do volumoso casaco gabardine.

— Qualquer coisa para ajudar a encontrar minha esposa — mente Archie.

Os homens se acomodam nas poltronas, encarando-se diante da lareira, e Kenward indaga:

— O senhor se incomoda em repassar os detalhes da manhã de ontem, sr. Christie?

Isso de novo, Archie pensa, mas não ousa dizer. Em vez disso, responde:

— De modo algum. De bom grado. Como disse ao senhor e aos outros policiais, eu acordei, me preparei para o trabalho, comi meu desjejum, tudo na hora usual...

— A que hora seria isso, senhor?

— Nove da manhã.

— Tem certeza?

— Ah, sim, eu sigo a mesma rotina todo dia.

— Um homem de hábitos, é?

— Ah, sim — responde Archie, endireitando os ombros.

Ele se orgulha da regularidade do seu cronograma, mas então para de repente, perguntando-se se é a resposta certa. Será que seus hábitos regulares apresentam alguma desvantagem na visão do vice-comissário adjunto?

— Depois de realizar sua rotina usual, viu a sra. Christie?

— Sim, ela desceu para o desjejum quando eu estava terminando o meu.

— O que vocês dois discutiram? — ele quer saber, fazendo anotações no bloquinho.

A falta de contato visual torna mais fácil para Archie repetir a resposta banal que deu o dia todo.

— Tivemos a conversa matinal de sempre sobre trabalho, nossos planos e nossa filha, Rosalind.

— O senhor viu sua esposa após essa conversa matinal de sempre?

Será que houve uma pontada de ceticismo na voz de Kenward quando repetiu a expressão "conversa matinal de sempre"? Ou está imaginando coisas?

— Não, eu não a vi depois de sair para o trabalho ontem — responde Archie.

— E não teve contato com ela ao longo do dia?

— Não.

— Tem alguma ideia do paradeiro dela ao longo do dia?

— Não.

— Mas não disse que vocês discutiram seus planos pela manhã?

— Só falamos sobre planos em geral.

— Essa conversa geral incluiu os planos para o fim de semana?

— Suponho que sim. — Archie tenta adotar um ar casual.

— Diga-me. Quais eram seus planos respectivos para o fim de semana, sr. Christie?

— Minha esposa planejava ir para Beverly, em Yorkshire. E eu tinha combinado de ficar com James em Hurtmore Cottage, perto daqui. Como o senhor sabe.

Já passamos por tudo isso, ele pensa. Ele até já falou isso para Kenward, para não mencionar os outros policiais. Deve haver outro propósito aqui, alguma armadilha sendo montada.

— Vocês passavam os fins de semana separados com frequência?

— Quando a ocasião exigia — responde Archie, deliberadamente vago. Sabe que não é comum que casais façam planos separados para o fim de semana.

— E a ocasião exigia nesse caso?

— Sim.

— Por que sua esposa não foi convidada à casa dos James? — indaga Kenward, a voz cheia de inocência e o olhar baixo.

É aqui que ele queria chegar, pensa Archie, e a raiva começa a crescer dentro dele. Não é da conta da polícia quem os James convidam à casa deles.

Com esse entendimento súbito, ele faz o máximo para recuperar o controle e manter a raiva longe da voz, tentando tornar perfeitamente plausível que a esposa não fosse incluída nos planos dos James.

— É claro que ela foi convidada. Mas os James são amigos com quem jogo golfe, e minha esposa não jogava... joga golfe. Então, quando teve a oportunidade de ir para Yorkshire, ela escolheu fazer isso.

— Não foi o contrário, senhor?

Que diabos esse homem ouviu? E de quem? Prosseguindo com cuidado, Archie diz:

— Não o entendo bem, vice-comissário adjunto Kenward.

— É irritante ter que dizer "vice-comissário adjunto" toda vez que se refere ao homem. Kenward não aceitaria uma forma abreviada do título?

— Quer dizer, o senhor não foi convidado para ir a Yorkshire com a esposa e escolheu ir para Hurtmore Cottage em vez disso?

Archie congela. Com quem Kenward esteve falando? Onde diabos está ouvindo coisas?

— Não sei do que está falando. Fizemos planos separados de acordo com nossos interesses distintos nesse fim de semana específico. — Ele mantém sua posição, repassando as ordens da carta na cabeça e garantindo que esteja seguindo as instruções enquanto responde, ao mesmo tempo que protege seus outros interesses.

Com papel e lápis em mãos, Kenward continua como se eles não tivessem atravessado um terreno escorregadio.

— Quem estava na residência dos James em Hurtmore Cottage nesse fim de semana?

— Ah, vejamos, o sr. e a sra. James, é claro — responde Archie, esperando parar por aí.

— É claro. Mais alguém? — pergunta Kenward, embora Archie suspeite que já saiba a resposta.

— A srta. Neele. — À menção do nome de Nancy, Kenward arqueia a sobrancelha. O pânico toma Archie, que acrescenta, depressa: — Ela serviria como a quarta.

A expressão de Kenward passa de curiosa para confusa.

— A quarta?

— Para o quarteto de golfe. Eu ia lá para jogar golfe. Precisávamos de quatro pessoas.

— Ah. A srta. Neele é uma amiga da sra. James, imagino?

Archie aproveita a oportunidade que Kenward inadvertidamente fornece com a pergunta:

— Sim, sim. Ela é amiga da sra. James. Elas costumavam trabalhar juntas na cidade, até onde sei. Unha e carne, naquela época e hoje.

Abrindo a boca para formular outra pergunta, Kenward a fecha subitamente quando um policial escancara a porta do escritório. A raiva explode em Archie com essa segunda entrada sem convite no seu santuário, mas, antes que possa protestar, o homem se inclina para sussurrar no ouvido de Kenward.

Virando-se para Archie, Kenward diz:

— Lembra que ofereceu ajudar com qualquer coisa para encontrar sua esposa?

— É claro — Archie responde, irritado. — Foi alguns momentos atrás.

— Bem, senhor, parece que terá uma chance de fazer alguma coisa.

— Do que está falando?

— Um carro igual ao da sua esposa, um Morris Cowley, foi descoberto abandonado perto de Newlands Corner. Precisaremos de sua ajuda.

Capítulo 11
O MANUSCRITO

Janeiro de 1913 a novembro de 1914
TORQUAY, INGLATERRA

O casamento não veio com a velocidade nem com as boas-vindas que Archie desejava. Mamãe inicialmente expressou seu desgosto em particular, na manhã do primeiro dia do ano, quando compartilhei a notícia. Lamentou a perda de Reggie como marido e genro e ficou desesperada com a falta de informações sobre aquele estranho que eu tinha escolhido. Seu desgosto não se suavizara até a tarde, quando Archie voltou para lhe pedir minha mão em casamento. Com uma abordagem incomumente franca, ela explicitou algumas de suas preocupações em relação a Archie como marido – para ele.

— Com que renda você pretende se casar? — perguntou-lhe diretamente enquanto ele torcia o chapéu com tanta força que achei que iria destruí-lo.

— Meu salário de subalterno — disse, sem encontrar os olhos de mamãe, que, pela primeira vez, tinha posto de lado o bordado para se concentrar na conversa. — E uma pequena mesada que minha mãe envia.

— Espero que não nutra a ilusão de que Agatha possui um dote ou uma renda significativa — falou, francamente.

Precisei de todo meu autocontrole para não chiar em voz alta. Tais questões deviam ser discutidas de modo oblíquo, tomando chá. *Certamente ela vai parar aí*, pensei. Mas, para meu horror, ela continuou:

— Ela só recebe cem libras por ano pelo testamento do avô. E é tudo que receberá.

As sobrancelhas de Archie se ergueram de surpresa, mas ele não hesitou.

— Daremos um jeito de pagar as contas — ele disse.

Mamãe apenas balançou a cabeça. Ela sabia muito bem como dificuldades financeiras podiam ser debilitantes; elas tinham matado o meu pai. Quando a herança de papai começou a minguar devido a maus investimentos e tendências econômicas fora do seu controle, sua alegria de viver minguou também. E quando ele foi forçado a tentar procurar trabalho - pela primeira vez, já com cinquenta e tantos anos -, não só seu gosto pela vida desapareceu, mas a doença tomou o seu lugar, preenchendo a lacuna. Pouco a pouco, ela o dominou, em corpo e espírito, até que ele cedeu.

Nos dias seguintes, nós consideramos as possibilidades, tentando desesperadamente superar o desencorajamento aberto do Corpo Aéreo ao casamento de seus pilotos, e, claro, informamos a família de Archie. Eu fiquei nervosa no momento em que ele me disse que contaria a notícia, mesmo quando decidiu lhes fazer o anúncio em particular, porque sabia que sua mãe era antiquada quanto a seus costumes irlandeses pragmáticos. Parecia que os anos que passara na Índia com o pai de Archie não a tinham amolecido em sua segunda vida como esposa de um diretor de escola inglês; pelo contrário, a fizeram agarrar-se ainda mais a seus modos vitorianos. Então, quando Archie me contou sobre a reação de Peg Hemsley, não fiquei surpresa por ela ter deixado claro, em seu forte sotaque irlandês, que seu precioso filho não tinha a necessidade de se apressar para se casar com uma garota que usava o colarinho de Peter Pan. Essa nova moda para vestidos, adotada por todas as minhas amigas, nos permitia abandonar os antigos colarinhos altos, com seu aro desconfortável, em favor de um colarinho virado para baixo, inspirado no protagonista da peça de Barrie. Eu amava Peter Pan, mas supus que a antiquada Peg achasse o hábito de revelar dez centímetros de pescoço abaixo do queixo inconcebivelmente atrevido para uma possível nora. Por mais que ela fosse gentil comigo pessoalmente, sabia que o discurso era outro nos bastidores.

Enquanto nossas famílias tentavam frear a nossa pressa, nós nos preparávamos para uma guerra que eu estava segura que nunca viria: Archie treinando com o Corpo Aéreo na planície de Salisbury, e eu fazendo aulas de primeiros socorros e de enfermagem. Quando Archie conseguia uma folga do treinamento, ficávamos grudados, planejando um caminho para o casamento. Isso aumentava o drama e o romantismo do tempo fugaz que passávamos juntos e me deixou mais certa de que tinha que me casar com aquele homem enigmático e intenso. Só a carta triste que recebi de Reggie quando rompi nosso noivado me fez hesitar por um momento.

Depois de toda a espera e dos preparativos, a guerra chegou de repente, exatamente como Archie previra. Durante os vários meses do nosso noivado, eu argumentara que o assassinato de um arquiduque qualquer na Sérvia não tinha nada a ver conosco, que um incidente tão distante não poderia

envolver a Inglaterra no conflito. Mas, em 4 de agosto, a Grã-
-Bretanha não pôde mais adiar sua entrada na guerra.

O Corpo Aéreo foi mobilizado de imediato, e a unidade de Archie foi uma das primeiras a entrar em ação. Como a reputação do Corpo Aéreo alemão era temível, os primeiros aviadores tinham certeza de que seriam mortos. Tentei permanecer estoica quando Archie anunciava tais coisas de um jeito chocantemente calmo, mas no íntimo até pensar neles me causava crises de choro depois que ele partiu. Logo, porém, eu não tinha mais tempo para entreter pensamentos sentimentais.

As mulheres foram chamadas a ajudar no esforço de guerra junto com os homens, embora o trabalho em si, é claro, fosse diferente. Optei por atuar como enfermeira de guerra, sentindo que poderia ter um impacto maior cuidando dos soldados feridos do que tricotando cachecóis e luvas para eles no front. Fui designada a um destacamento perto de Torquay e, no começo, passamos o tempo furiosamente fazendo gaze e cotonetes e arrumando as alas no hospital improvisado no prédio da Prefeitura. Uma vez que os soldados feridos começaram a jorrar pelas portas, pensar tornou-se um luxo. Enquanto eu empurrava os rapazes ensanguentados pelos corredores, ouvia menções de suas batalhas – Marne, Antuérpia, entre outras –, mas meus dias passavam num borrão, limpando penicos e urinóis, esfregando vômito, preparando toalhas higiênicas para os médicos que iam de um paciente a outro, trocando ataduras em feridas supurantes: isto é, o trabalho básico da maioria das enfermeiras de guerra informalmente treinadas.

Eu me surpreendi com meu estoicismo em relação ao sangue e às tripas e ao horror que rotineiramente aparecia na ala. As outras enfermeiras, a maioria garotas de boa família como eu, não conseguiam suportar o estado dos feridos e, com frequência, eu precisava auxiliá-las quando passavam mal com os ferimentos dos soldados. As enfermeiras experientes e treinadas profissionalmente que dirigiam de fato o hospital repararam em mim, e logo me tornei uma presença regular em cirurgias, amputações e cuidado exigido para os pacientes com ferimentos mais graves.

Mamãe, para o meu espanto, não objetou a esse trabalho desagradável, embora achasse curiosa a tranquilidade com que eu encarava o serviço.

— Pelo amor de Deus — ela exclamou numa tarde, estremecendo, enquanto bebíamos chá. — Você fala desses horrores tão casualmente.

Imaginei que ela tolerasse meu trabalho porque esperava que eu conhecesse um jovem mais adequado no hospital e que me distrairia de Archie. Mas ela não sabia como era a realidade das alas, a condição dos soldados - era improvável que os rapazes que eu atendia pensassem em qualquer coisa além da sobrevivência - ou a onipresença da morte.

Na verdade, passar meus dias na presença de soldados feridos e observar os casos mais graves só me ligou mais fortemente a Archie. Os rapazes me lembravam de como era tênue o fio que conectava alguém à vida. Para cada ferida que limpava e cada membro amputado que atava, fazia uma prece silenciosa para que Archie se mantivesse a salvo enquanto empinava e mergulhava nos céus europeus.

Dias se tornaram semanas, e aquelas semanas se tornaram três meses antes que Archie tivesse uma folga. Enquanto eu guardava minhas coisas em preparação para nosso encontro, sempre com acompanhante, pensei sobre como aqueles três meses pareceram três anos, dado tudo o que eu experimentara. Eu me sentia fundamentalmente mudada pelo que vira e fizera. Mas, se a guerra tinha me mudado, eu não podia imaginar como transformara Archie, que vivia em meio a terror, derramamento de sangue, combate e morte todos os dias. Será que reconheceria o homem por quem me apaixonara?

Capítulo 12
DIA 1 APÓS O DESAPARECIMENTO

Sábado, 4 de dezembro de 1926
SILENT POOL, SURREY, INGLATERRA

A aglomeração de policiais bloqueia a vista de Silent Pool. Mas Archie não precisa ver o corpo estagnante de água salobra para saber que se encontra colina abaixo, um pouco além dos homens, atrás de onde disseram que o Morris Cowley está esperando, perto da beirada de um declive de calcário ao lado de Water Lane. Archie esteve ali vezes o suficiente para conhecer sua localização exata.

Sua esposa achava o reservatório escuro e opaco – um pequeno lago, abastecido por uma nascente e situado a cerca de duzentos e setenta e cinco metros de um planalto pitoresco chamado Newlands Corner – estranhamente inspirador. Sombrio e cercado por árvores tão densas que a luz mal conseguia penetrar, o lugar fornecia inspiração para sua escrita, ela dissera, assim como as lendas a seu respeito. O folclore local conectava Silent Pool ao lendário rei John, que supostamente raptara a linda filha de um carpinteiro. Diziam que as investidas amorosas indesejáveis do rei forçaram a garota a entrar na água enganosamente profunda do lago, onde ela se afogou. Mas o afogamento não silenciara a jovem, diziam os locais; se alguém tinha o azar de estar próximo do lago à meia-noite, podia presenciar sua ascensão das profundezas. Era bobagem, é claro, e ele dissera isso a Agatha.

Quando foram morar em Styles, Archie a acompanhara a contragosto em caminhadas ao redor do lago. Ela queria que o marido entendesse sua magia. Mas, nos últimos anos, ele se recusara a ir a esses passeios, preferindo a ordem, a tradição e os espaços amplos do campo de golfe e seus companheiros ali. Nos últimos meses, Agatha começara a visitar Silent Pool sozinha.

— Coronel Christie, por aqui — chama Kenward.

Ele não quer ver o que a polícia descobriu, mas um homem desesperado para encontrar a esposa desaparecida correria em direção a qualquer pista de seu paradeiro. A carta o deixou constantemente atento sobre como agir e, na verdade, o instruiu a unir-se a quaisquer buscas que pudessem ocorrer. Como consequência, ele corre até Kenward.

Os homens de uniforme abrem espaço para permitir que ele entre em seu círculo sinistro. Ali, no centro, há um Morris Cowley cinza com seu nariz de garrafa. O veículo está a meio caminho entre um declive gramado e Silent Pool. Arbustos espessos escondem o capô e evitam que ele deslize pela colina íngreme em direção ao declive de calcário.

— Pode confirmar que é o carro de sua esposa, coronel? — pergunta Kenward.

— Sem dúvida é da marca e do modelo do veículo dela. Se é dela, não sei dizer... — Sua voz falha e suas pernas parecem inesperadamente frouxas.

Archie não antecipou que a visão do carro da esposa o faria estremecer. Ela tinha comprado o Morris Cowley com os ganhos dos três primeiros romances publicados e adorava dirigir pelo campo. Ele mesmo só comprou um carro recentemente – um French Delage mais esportivo, usado –, que não é adequado para passeios rurais. Mas, é claro, ele não usa o Delage para esse propósito, não é? Vai e volta do seu emprego em Londres e vai e volta do campo de golfe.

— É caro, o Morris Cowley — comenta um dos subordinados de Kenward.

O vice-comissário dá um olhar descontente para o homem.

— O carro parece ter sofrido poucos danos, coronel. O para-brisa de vidro está intacto e a capota retrátil não foi perfurada. A única parte que parece ter sido impactada é o capô. Pelas marcas de pneu até o carro, parece que alguma circunstância incomum fez o carro desviar da estrada, se é que podemos chamar aquela trilha de terra ali de estrada. E a única coisa que impediu o carro de mergulhar naquele declive de calcário foram esses arbustos. — Kenward chama seus homens. — Vamos dar uma olhada no porta-luvas para nos certificar de que o veículo é dela. — Ele orienta dois homens a vasculharem o banco da frente e o porta-luvas.

Enquanto Archie observa os policiais revistarem o carro, faz uma pergunta que esteve ruminando num canto da mente:

— Como encontraram o carro nesse lugar remoto, vice-comissário adjunto Kenward? E tão rápido depois que souberam do desaparecimento?

— Os faróis devem ter continuado a funcionar quando sua esposa desa... — ele gagueja um pouco, percebendo que deve escolher as palavras com cuidado. — Quando sua esposa deixou o veículo. Ainda estavam acesos às sete da manhã quando um morador local a caminho do trabalho notou um brilho no bosque ao redor de Silent Pool. O avistamento foi relatado e planejávamos investigar mais tarde hoje, mas então fomos avisados do desaparecimento de sua esposa. Só agora conectamos os dois eventos.

Archie assente, ainda observando a polícia revistar o carro. Sob a instrução de Kenward, os policiais verificam o banco traseiro enquanto Archie e o vice-comissário esperam ao lado. Os homens não encontram nada de interessante a princípio, mas então um deles diz:

— Chefe, tem uma mala no banco de trás. E um casaco de pele.

Archie sente que não consegue respirar enquanto vê os desconhecidos apalparem o Morris Cowley da esposa, mas sabe que deve manter a compostura. Os policiais por fim emergem do veículo, cada um carregando um objeto cuidadosamente embrulhado em um tipo de tecido simples e oficial.

— Vamos dar uma olhada. — Kenward gesticula para que eles espalhem os objetos no chão, à sua frente.

Os policiais removem o tecido grosso no qual envolveram os itens, revelando uma mala de toalete e um casaco de pele. Sob o olhar vigilante de Kenward e direções muito específicas, os homens metodicamente abrem a mala e encontram nela apenas algumas peças de roupa femininas e artigos de toalete.

— Está arrumado como se ela tivesse planejado passar o fim de semana em Yorkshire mesmo, não é, chefe? — pergunta um dos homens a Kenward. — Esses planos deram errado, pelo visto.

— Presumindo que seja o carro dela e que esses itens sejam dela — responde Kenward, seco.

Ele claramente não aprova que os policiais teçam teorias na presença de Archie e redireciona o foco deles para o casaco. Os homens apalpam toda a extensão de pele, não encontrando nada além de um lenço de linho simples no bolso.

— Estranho — murmura Kenward, quase para si mesmo. — Já era uma noite fria, e a temperatura caiu de cinco graus às seis de ontem para dois à meia-noite. Ela não teria aproveitado a chance de usar um casaco de pele quente como esse? Não o teria vestido?

Archie o olha de soslaio. Para um policial que ativamente desencoraja os homens de fazer conjecturas na presença de uma parte interessada, a especulação é estranha. Será que está tentando provocar Archie sugerindo que aconteceu algo impróprio com Agatha, já que ela não teve tempo de vestir um casaco quente antes de sair do carro? Ele não vai morder a isca. Inclusive, a carta o proíbe de fazer isso.

— Senhor — grita um dos homens, sacudindo um pedaço retangular de papel. — É a carta de motorista. Estava enterrada no fundo do porta-luvas.

— Tem o nome de...? — pergunta Kenward.

O policial animado o corta:

— Sim, senhor, pertence à esposa.

Visivelmente irritado com a interrupção, Kenward pega o documento das mãos do policial ávido, examina-o por um momento, então diz:

— Bem, coronel, temo que não haja outro plano de ação possível no momento. Devemos proceder com a investigação de um potencial crime.

Capítulo 13
O MANUSCRITO

23 e 24 de dezembro de 1914
CLIFTON, INGLATERRA

Houve uma batida suave na porta do quarto. O barulho me despertou de um sono leve. Sentei-me e olhei ao redor do quarto desconhecido. *Ah, é*, lembrei. Estava em Clifton, na casa dos pais de Archie, para celebrar o Natal. Quando Archie conseguira sua licença, três dias antes, nós nos encontramos em Londres e, depois de alguns dias constrangedores com minha mãe nos acompanhando, pegamos o trem para Clifton sozinhos, onde nos animamos consideravelmente ao dividir uma garrafa de vinho.

A guerra tinha mudado nós dois de jeitos que ainda estávamos descobrindo. Na licença anterior – ele só tivera duas depois de partir –, nós nos cumprimentamos com um abraço desesperado e amoroso, mas dentro de minutos estávamos interagindo como desconhecidos, sem saber quais tópicos discutir e qual tom adotar. Archie agira de modo estranhamente casual, quase desdenhoso, ao falar sobre a guerra e suas experiências, a ponto de me perturbar. Como ele podia ser tão leviano diante de toda aquela terrível destruição? Não era como se eu não conhecesse a realidade da guerra e ele precisasse me proteger; eu atendia a soldados diariamente no hospital, e ele sabia disso. Eu era talvez menos sentimental e menos despreocupada do que a garota que ele conhecera, e levamos alguns dias para nos conectarmos de novo. Mesmo assim, algo havia se perdido entre nós, algo que não tínhamos redescoberto nesta licença também. Ainda não, pelo menos.

Peguei meu roupão e o enrolei apertado no corpo antes de abrir a porta. Ouvira a mãe de Archie fazer outro comentário sarcástico sobre os colarinhos de Peter Pan nos meus vestidos e queria me certificar de que nada mais a escandalizasse se ela estivesse atrás da porta. Mas não era Peg. Era Archie.

Ele entrou no quarto e fechou a porta silenciosamente atrás de si. Envolveu minha cintura e me deu um beijo profundo. A sensação de seus lábios nos meus e o aroma de sua colônia me deixaram atordoada. Nós nos beijamos e nos acariciamos até que senti arrepios. Percebi que nos movíamos para trás, em direção à cama, e, embora quisesse ceder, pensar na mãe dele – e no decoro – me impediu.

— Você não devia estar aqui, imagine o que sua mãe diria — sussurrei, empurrando-o gentilmente.

Ele me puxou para perto, mas não se moveu em direção à cama.

— Temos de nos casar, Agatha. Imediatamente. Vamos fazer isso amanhã. — Ele estava ofegante.

— Mas você disse...

Mais cedo, no trem, ele declarara que se casar durante a guerra era egoísta e errado, apesar da grande quantidade de jovens correndo para o altar e do seu próprio senso de urgência em relação a nosso noivado. Era errado, ele disse, precipitar-se num casamento só para deixar para trás uma viúva e talvez um filho. Mas a ideia de casamento continuava a nos manter unidos.

Archie me interrompeu:

— Eu estava errado. O casamento é a única coisa sensata a fazer nas atuais circunstâncias. E simplesmente não posso esperar para torná-la minha.

— Eu sou sua, Archie — garanti.

— Inteiramente minha — ele sussurrou no meu ouvido enquanto me puxava ainda mais para perto. — Pense só, temos dois dias juntos antes de eu voltar. Vamos nos casar amanhã de manhã e, depois de um almoço de Natal aqui com meus pais, pegamos o trem para Torquay, contamos a novidade para sua família e ainda teremos tempo para uma lua de mel no Grand Hotel.

— Vamos conseguir arranjar as coisas tão rápido?

— Falamos com o vigário pela manhã. — Enterrando o rosto na curva do meu pescoço, ele disse: — Depois, quando terminarmos os deveres familiares, não tenho intenção de deixar você sair do nosso quarto no Grand Hotel até ter de me apresentar para o serviço.

A manhã não nos trouxe nem a ida veloz ao altar que Archie esperava, nem a bênção materna. Peg ficou horrorizada com a nossa pressa e desatou em lágrimas histéricas só de pensar na nossa "corrida" para o casamento, embora - na privacidade da minha mente - eu tivesse pensado que não merecia ser chamada de corrida, dado que estávamos noivos fazia anos. Mas entendia o lado dela e estava hesitante também, mesmo que Archie e eu nos conhecêssemos por mais de dois anos. O gentil padrasto de Archie, William Hemsley, tomou o controle da situação, acalmando Peg e nos incentivando. Com sua bênção, corremos por Clifton tentando cuidar da burocracia necessária, quaisquer ressalvas que eu tivesse sobre nossa pressa e nosso descaso pelo protocolo foram varridas pelo entusiasmo de Archie.

Em uma tentativa de acelerar os procedimentos, abordamos um diretor eclesiástico na escola em que o padrasto de Archie trabalhava para ver se ele tinha autoridade para nos casar, mas foi em vão. Uma visita ao cartório de registro civil para avaliar se eles podiam realizar a cerimônia legal resultou em uma bronca desmoralizante, dado que não tínhamos feito o pedido com os catorze dias de aviso prévio exigidos. Desanimados, paramos nos degraus do cartório, lamentando nossa sorte, quando um tabelião saiu e nos viu, desesperados e melancólicos com nosso dilema.

Uma faísca de reconhecimento brilhou em seus olhos quando ele viu Archie.

— Meu caro garoto, você mora aqui em Clifton, não é?

— Sim.

— Com sua mãe e seu padrasto, os Hemsley, se não me engano?

— Isso mesmo, senhor.

— Bem, contanto que mantenham alguns pertences na casa deles aqui em Clifton, vocês podem chamar Clifton de lar. Nesse caso, não precisam de aviso prévio de uma quinzena para se casar aqui. Podem comprar o que é chamado de licença ordinária e oficializar o rito na igreja da paróquia hoje mesmo.

Archie deu um grito de alegria, agradeceu efusivamente ao atencioso tabelião e me girou no ar. Apressamo-nos a seguir as instruções do homem e emprestamos as oito libras necessárias do padrasto de Archie. Com a licença em mãos, rastreamos o vigário na casa do amigo, onde estava tomando chá, e ele concordou em realizar a cerimônia naquela tarde.

No entanto, mesmo enquanto subíamos os degraus da igreja da paróquia de Archie, não tínhamos certeza de que o casamento se realizaria. Notamos que a licença exigia uma segunda testemunha para a cerimônia, e Peg se recusava a sair da cama, onde havia desabado em desespero com o nosso anúncio. O padrasto de Archie concordara em servir como testemunha, mas ainda precisávamos de outra.

Talvez nossa inabilidade de prosseguir seja para o melhor, pensei. Afinal, mamãe ficaria extremamente decepcionada em perder o evento, para não falar de Madge e de minha avó, que chamávamos de tia-vovó. O casamento de minha irmã fora um evento grandioso, com quase uma dúzia de pessoas na cerimônia e festividades que duraram dias, envolvendo todos os nossos parentes e amigos de família. Embora ninguém antecipasse uma festa parecida durante a guerra, Madge, mamãe e tia-vovó, pelo menos, gostariam de ser incluídas em qualquer celebração que fizéssemos.

Mas, quando levantei esse ponto, Archie discordou e insistiu em seguir em frente.

— A decisão foi tomada — ele anunciou. — E que impressão passaríamos se mudássemos nossos planos de última hora?

Ele me puxou para a rua da igreja para ver se poderíamos abordar um completo desconhecido e pedir seu serviço como segunda testemunha. Foi então que ouvi meu nome ser chamado. Ao virar, fiquei chocada ao ver Yvonne Bush, uma velha amiga com quem me alojara em Clifton vários anos antes, quando nem sequer conhecia Archie.

Archie apertou minha mão e exclamou:

— Estamos salvos! — Virando para mim, acrescentou: — Eu disse que estava destinado a acontecer. Pergunte a sua amiga se ela não quer ser nossa testemunha.

Eu corri até ela e, mesmo antes de cumprimentá-la direito, fiz o pedido. Yvonne aceitou alegremente o papel de dama de honra de última hora, e, com ela ao meu lado e William Hemsley junto a Archie, o vigário realizou a cerimônia. Rendendo-me à inevitabilidade daquela cerimônia apressada, quase ri de mim mesma como noiva, usando um vestido diurno, um casaco e um chapeuzinho roxo como meu único adorno. Mas sabia que não importava.

Porque eu não era mais Agatha Miller. Eu era Agatha Christie.

Capítulo 14
DIA 2 APÓS O DESAPARECIMENTO

Domingo, 5 de dezembro de 1926
SILENT POOL, SURREY, INGLATERRA

Mesmo sabendo como as notícias se espalham no interior de Surrey, Archie fica pasmo com a rapidez com que o desaparecimento da esposa atinge Shere, Guildford e Newlands Corner. No domingo de manhã, não só toda a população desses vilarejos sabe que sua esposa está desaparecida, como muitos se voluntariaram para procurá-la. Confrontado com rostos cheios de expectativa – para não mencionar as suposições dos policiais e as restrições da carta –, Archie não tem escolha exceto mobilizar-se junto.

Os voluntários marcham para o matagal e para o emaranhado de árvores e arbustos que cercam Silent Pool como uma unidade militar heterodoxa. Sob a supervisão da polícia, eles se dispersam em todas as direções, as mãos dadas em linhas organizadas para esquadrinhar a grama e os arbustos altos. Afinal, a vegetação atinge quase a altura da cintura em alguns lugares, o suficiente para esconder uma mulher caída. Eles varrem o sudeste, incluindo Newlands Corner, Shere e os bosques que abrangem Silent Pool, e o noroeste, até mesmo uma área conhecida como os Roughs. Archie caminha sozinho, é claro. Não seria apropriado para ele andar de mãos dadas com os camponeses, não em sua situação atual.

Embora o Morris Cowley esteja a alguma distância de Silent Pool, os voluntários são atraídos aos arredores do corpo de água desagradável como se possuísse algum fascínio macabro e magnético. Archie considera o que atrai os moradores locais ao lago estagnado. As lendas antigas e violentas? Será que esperam encontrar o corpo de sua esposa boiando nas águas turvas? Ele presume que a explicação seria essa, já que não emergiu nenhuma evidência para conectar o carro às águas.

Ontem à tarde, depois que descobriram o carro, Archie se uniu à busca preliminar empreendida pela polícia e os agentes especiais, homens de Surrey inscritos na força policial para auxiliar no caso de uma emergência. Kenward achou melhor considerar a possibilidade de que sua esposa fora lançada do veículo para a vegetação espessa e está ou vagando, perdida e possivelmente ferida, ou inconsciente no matagal. Mas aquela inspeção inicial não desenterrou qualquer pista, e eles retomaram a busca hoje, lançando uma rede mais ampla com o grupo heterogêneo de voluntários. Embora, conforme as horas passam, a teoria de Kenward se torne cada vez menos provável.

Archie não queria se unir novamente à investigação. Preferiria ter ficado em Styles, mas a reação de Kenward a essa sugestão deixou claro o modo como a decisão poderia ser percebida. Para não mencionar as palavras daquela maldita carta que sua esposa deixou e que o assombram: "Siga minhas instruções com cuidado se deseja a segurança do primeiro caminho".

Então aqui está ele hoje, distraidamente cutucando os arbustos com uma bengala e espiando embaixo deles, enquanto pensamentos aterrorizantes o atormentam. O que vai acontecer se Charlotte der com a língua nos dentes? Ele sabe que a polícia a interrogou junto com o resto dos empregados ontem, mas até agora ela manteve silêncio. Talvez ele devesse convidar a maldita irmã dela – aquela Mary de quem ela não para de falar, dando indiretas de que gostaria de chamá-la para ficar na casa – a fim de mantê-la ocupada e longe da polícia. *É por aí mesmo*, ele pensa. E terá a vantagem adicional de distrair a pobre Rosalind.

Um pouco encorajado por esse plano, ele retorna à tarefa de pisotear a vegetação e os arbustos e ao redor de córregos e riachos, exageradamente cutucando cada galho e ouvindo a conversa dos voluntários. Pelo visto, essas pessoas parecem gostar de tal missão, quase como se fosse uma brincadeira mórbida. O que as fez romper com suas rotinas dominicais para procurar uma mulher que nem conhecem? Ele certamente não faria isso. Inclusive, não teria se juntado à busca hoje se não fosse o pavor da alternativa.

Mesmo que Archie não consiga ver os voluntários e esteja escondido deles, consegue ouvi-los tagarelar. Eles falam sobre suas vidas diárias e fofocam a respeito dos vilarejos, mas então ele ouve a voz de um jovem dizer "Hurtmore Cottage" e seu coração começa a martelar loucamente. Archie supôs que seu paradeiro na noite de sexta e na manhã de sábado permaneceria secreto, porém isso foi idiota da sua parte. Por que presumiu que a polícia seria mais discreta que os moradores locais? Ele é um imbecil. Afinal, os policiais são pouco mais que camponeses também.

Ele congela, esforçando-se para ouvir o que o homem e seus companheiros vão dizer em seguida. Além da palavra *James*, não consegue distinguir mais nada e começa a relaxar, reavaliando as especulações deles. *E o que tem de mais?*, pensa. *Por que um homem não poderia passar um fim de semana jogando golfe na casa de um amigo sem a esposa?* Até onde qualquer pessoa sabe, essa era a natureza precisa dos seus planos.

No entanto, Archie espera com todas as forças manter os James, Hurtmore Cottage e Nancy longe dessa bagunça. O que ela deve estar pensando hoje conforme mais detalhes emergem? Ele ligou para Sam e Nancy ontem à noite quando a polícia estava ocupada em uma reunião de logística na cozinha. Depois que explicou a situação a cada um deles – que já a tinham ouvido dos fofoqueiros locais –, eles decidiram que não deveria haver mais comunicações até que a situação se resolvesse. Mas agora ele deseja não ter concordado com isso. Anseia por vozes familiares.

Em vez disso, Archie segue em frente com aquela farsa de busca, sofrendo na tarde enregelante. Só quando a luz do dia começa a minguar, Kenward finalmente manda cessar as buscas e vai até ele. Galhos quebram e folhas são trituradas sob o peso do vice-comissário adjunto enquanto este segue em direção a Archie.

Ofegante pelo esforço, Kenward começa:

— Odeio dizer, coronel, mas acho que a probabilidade de sua esposa ter sofrido algum pequeno acidente e desabado em algum lugar no bosque ou saído vagando confusa está diminuindo.

Kenward o encara, avaliando sua reação. O que, em nome de Deus, ele espera que Archie diga? A futilidade dessa busca é evidente até para o camponês mais simples. Mesmo assim, Archie diz:

— Sinto muito ao ouvir isso, vice-comissário adjunto Kenward.

— Vice-comissário adjunto! Vice-comissário adjunto! — um dos homens de Kenward o chama.

Dois policiais correm em direção a Archie e Kenward. Archie nota que o detetive nem oferece a seus homens uma versão mais curta do seu título; deve querer que sua posição elevada seja atirada por todos os lados, lembrando-lhes de quem está no comando.

— Sim, homem, diga logo — Kenward rosna ao sujeito arquejante.

— Chegou um relatório de Albury. — O policial faz referência a um vilarejo próximo como se isso explicasse a urgência e a pressa.

— E?

— Uma funcionária do hotel de Albury viu uma mulher que combina com a descrição da esposa do coronel. Ela foi avistada.

Capítulo 15
O MANUSCRITO

14 de outubro de 1916
ASHFIELD, TORQUAY, INGLATERRA

Subi a colina e virei à esquerda na trilha que levava a Ashfield. Enquanto caminhava, passava por casas que tinham praticamente transbordado de vida na minha infância. Croqué na casa dos MacGregor, bailes na dos Brown, piqueniques de verão idílicos e *badminton* na residência dos Lucy – quase toda casa ao longo do caminho derramava lembranças de risos e de moradores de Torquay pelas ruas. Agora aquelas vilas e casas e ruas estavam escuras e silenciosas; a guerra os havia fechado, de um jeito ou de outro. Eu me perguntei se minha perspectiva seria diferente se tivesse me casado com Reggie em vez de Archie, um evento que ocorrera incríveis dois anos antes. Simultaneamente ontem e há uma vida inteira.

Assim que atingi o topo da colina onde ficava Ashfield, olhei para o panorama dominante do mar, pensando não a respeito das aventuras de barco na minha infância, mas sobre a frota naval atualmente combatendo os alemães. Eu vira muitos daqueles marinheiros enquanto trabalhava como enfermeira, feridos de forma terrível após suas batalhas, e agora, encarando as cristas brancas do oceano tempestuoso, não pude evitar pensar nas pobres almas que jaziam no fundo arenoso do mar. Embora me preocupasse constantemente com Archie voando nos céus europeus enquanto combatia a guerra aérea, a morte solitária do marinheiro era um medo que não tinha contemplado até então.

Quando abri a porta da frente de Ashfield e entrei em sua acolhedora e perfumada sala de estar, foi como voltar no tempo. Cada objeto, cada superfície, cada tapete, cada tábua do piso me fazia voltar à infância, e eu me senti com doze anos outra vez. Corri o dedo por uma estatueta de cachorro que papai particularmente adorava, percebendo quão diferente o cão de porcelana – e minha mão também – parecia agora, com meu anelar acariciando-o em vez de meu dedo infantil sem anel, que o tocava todas as noites. Fiquei encarando a mão de uma mulher que esperava sua vida real começar.

— Agatha, é você? — A voz familiar soou pelos corredores de Ashfield.

— Sim, mamãe — respondi, dirigindo-me aos fundos da casa.

— Como foi seu dia, querida? — A voz ficou mais alta enquanto eu me aproximava do solário onde minha mãe e minha avó passavam a maior parte do dia sentadas, lado a lado, em cadeiras acolchoadas, duas senhoras quase imobilizadas que fingiam ser a cuidadora uma da outra.

A sala tinha muitas correntes de ar, devido a tantas janelas, mas a dupla sempre selecionava aquele cômodo em vez de qualquer um dos outros, buscando cada raio de luz como um par de pássaros tropicais.

Espiei ao redor da curva e lá estavam elas, como eu imaginara.

— Sim, querida, conte-nos — minha avó acrescentou em sua voz trêmula, virando o rosto enrugado para mim. Suas cataratas a deixavam quase cega, então ela se inclinou na direção da minha voz.

Eu queria enfiar uma cadeira entre as delas e me enrodilhar como um gatinho. Ou uma garotinha. Em vez disso, sentei-me à sua frente e perguntei:

— Devo contar sobre os venenos que administrei hoje?

Tia-vovó deu um risinho com a pergunta dramática, e até mamãe riu um pouco. Era um risco seguro ouvir sobre meu manuseio de líquidos e tóxicos no dispensário de Torquay – embora o risco de fato fosse bem pequeno – e dava a elas um pouco de emoção sem o medo real que acompanhava as discussões da guerra. Afinal, embora ele tivesse passado um longo período gastando o dinheiro alheio graças a golpes na Inglaterra e na África e vivendo muito além de suas posses, meu irmão Monty estava de volta ao Exército e sua segurança nunca se mantinha longe de nossos pensamentos.

Elas me olharam com expectativa, e fiquei impressionada ao ver como se pareciam uma com a outra. *Será que é a luz?*, me perguntei. Afinal, não eram mãe e filha biológicas, só em termos legais, embora tivessem uma ligação de sangue. Tia-vovó adotara mamãe quando ela era uma garotinha, quando sua mãe biológica – a irmã mais nova de tia-vovó, que chamávamos de Vó B – enfrentara momentos difíceis. Seu marido, um capitão de navio, morrera e a deixara com cinco filhos e uma pensão escassa. Tia-vovó, que se casara com um viúvo mais velho e rico com filhos, mas que nunca teve filhos próprios, ofereceu-se para adotar uma das crianças, e Vó B selecionara mamãe, a única filha. Minha mãe nunca se recuperara completamente da sensação de ter sido entregue. O fato de ter tido uma vida mais afluente do que os irmãos porque se casara com o enteado de tia-vovó, meu pai, não suavizara os sentimentos de abandono.

Com os olhos arregalados, minha mãe e minha avó aguardaram para ouvir os detalhes do meu dia. Eu havia deixado a enfermagem e passado a trabalhar no dispensário depois que uma gripe severa no ano anterior me forçara a abandonar o hospital e voltar à minha cama de Ashfield, temporariamente imobilizada. Quando me recuperei, descobri que minha velha amiga Eileen Morris dirigia o dispensário e me queria na equipe, com um salário maior e horas mais favoráveis, que me permitiriam ajudar mais em casa, o que era importante, dado que tia-vovó se transferira para Ashfield mais de um ano antes. Mas o que começou como um emprego de conveniência se transformou numa posição com benefícios únicos. Eu adorava a ciência – e o perigo latente – do dispensário.

— Esta manhã começou com um pedido pela solução de Donovan, da qual um médico precisava para tratar um soldado que sofria de diabetes. Agora, esse medicamento contém uma quantidade razoável de arsênico, que, como vocês sabem...

Mamãe interveio:

— Altamente venenoso. Espero que tenha tomado cuidado, Agatha.

— Sempre — eu disse, dando tapinhas em sua mão. — Mas, assim que terminei de misturar a solução, notei que nosso farmacêutico, que estava preparando outra para uma bandeja de supositórios, errara um ponto decimal no ingrediente-chave. Isso os teria tornado muito tóxicos.

Tia-vovó inspirou com força, e mamãe perguntou:

— O que você fez?

— Bem, se eu mencionasse o erro diretamente ao farmacêutico, ele teria negado e distribuído um lote de supositórios muito perigosos. Então, fingi tropeçar e derrubei a bandeja toda no chão.

— Brilhante, querida — disse mamãe, aplaudindo.

Eu apreciei o jeito como me mimavam.

A maior parte do dia no dispensário se passava bem devagar, uma vez que o trabalho era monótono; incidentes como esse e minha própria imaginação eram as únicas coisas que afastavam o tédio durante as horas em que aguardávamos pedidos. Mas eu sabia que não deveria reclamar sobre o tédio da guerra enquanto a maior parte das pessoas enfrentava perigos inimagináveis.

Tia-vovó bateu palmas também.

— Como é esse farmaceuticozinho, afinal? — ela perguntou.

— A senhora achou a palavra certa para ele. É um homenzinho, com o ego e a atitude defensiva de um homenzinho. Mas tem um lado pouco convencional, atraído pela adrenalina, que é um tanto perturbador em alguém de sua profissão.

— O que quer dizer, Agatha? — indagou mamãe, impaciente.

— Bem, uma semana depois que o conheci, ele me disse que mantém um cubo de curare no bolso, uma dose letal. Confessou que o deixa ali porque o faz se sentir poderoso.

Minha mãe estremeceu, e minha avó fez um som de desaprovação, dizendo:

— Não quero mais que ele prepare minhas receitas.

Eu me deliciava com meu conhecimento recém-adquirido – com muito esforço – de medicamentos e venenos, um dos benefícios intrigantes do emprego. A fim de trabalhar no dispensário, eu tinha estudado para prestar a prova desafiadora da Associação de Boticários. Por meses, passei fins de semana sob a tutelagem de químicos comerciais, além de seguir farmacêuticos para aprender técnicas de preparo e memorizar livros de medicina e vários sistemas de medição. Jamais ousaria comparar minha experiência a um diploma farmacêutico, mas certamente sabia o suficiente para ser perigosa.

Aquelas mulheres haviam me apoiado e torcido por mim incondicionalmente, então por que eu estava relutante em discutir com elas a outra coisa em que trabalhava durante as longas horas, quando tínhamos pouco a fazer enquanto esperávamos instruções de doutores e hospitais? Por que hesitava tanto em contar a elas que escrevera um romance? E não qualquer romance – eu já tentara outras vezes ao longo dos anos e completara um livro, como ambas sabiam e tinham me incentivado a fazer –, mas finalmente uma história de detetive.

Será que minha relutância se devia à origem desse livro? Eu gostava de pensar que a inspiração vinha apenas dos venenos enfileirados nas estantes do boticário e do fato de saber como alguém poderia empregá-los de modos perigosos e secretos, mas, na verdade, a gênese era o desafio de Madge. Eu estava determinada a provar que minha irmã confiante estava errada, que eu *podia* escrever um mistério insolúvel.

As garrafas elegantes de venenos nas prateleiras – tão enganadoramente sedutoras com as formas sinuosas dos vidros e as cores vívidas no interior – só transformaram aquela faísca em uma chama; eu tinha à disposição, literal e figurativamente, as armas para responder ao desafio dela. Talvez por isso evitasse contar do livro a mamãe – não queria que ela soubesse que eu era motivada por uma rivalidade fraternal. Como nunca teve irmã, ela sempre quis que Madge e eu cultivássemos uma relação de amor e apoio mútuo.

— Você não deveria estar preparando sua mala, Agatha? — Mamãe interrompeu meus pensamentos. — Não vai encontrar Archie amanhã de manhã em New Forest? Não me diga que a licença dele mudou de novo.

A última licença de Archie fora cancelada na noite anterior ao nosso encontro. Embora parte de mim tivesse ficado desesperadamente decepcionada por não ver meu marido, outra parte estava um pouquinho aliviada. As cartas dele que antecederam a licença estavam cada vez mais deprimidas, até raivosas, e, ainda que eu certamente entendesse o preço que os voos arriscados cobravam em seus nervos e seu corpo – para não mencionar o fato de ver tantos colegas pilotos morrerem –, eu me preocupava com sua estabilidade. Vacilava entre querer cuidar dele até que ficasse bem e me proteger de sua fúria crescente.

— Não, mamãe. Está tudo certo. Acho que é melhor começar a preparar as coisas.

Eu me ergui da cadeira, mas, antes de deixar o solário, dei um olhar avaliador para as duas senhoras. É claro, não via a hora de reencontrar meu marido, mas ainda estava preocupada com seu estado de espírito, e mamãe e tia-vovó pareciam especialmente frágeis. Meu medo era deixá-las a sós. Havíamos passado por uma série de criadas após Lucy substituir nossa confiável Jane. Uma após a outra, as garotas tinham se juntado à reserva de voluntárias, e como poderíamos reclamar? Elas estavam cumprindo seus deveres em tempo de guerra, assim como eu. Finalmente, duas criadas mais velhas passaram a cuidar de mamãe e tia-vovó, e agora eu também me preocupava com elas – ambas chamadas Mary, por acaso – quase tanto quanto me preocupava com minha mãe e minha avó.

— Tem certeza de que vão ficar bem sem mim por alguns dias? Eu me preocupo.

— Não seja boba, Agatha. Ficamos aqui quando você está no trabalho, não é?

— Sim, mas isso são só algumas horas. E estou aqui na rua, se houver uma emergência.

Minha mãe se ergueu e me deu um olhar penetrante. Ela podia ser estranhamente formidável para uma mulher tão gentil.

— Agatha, quantas vezes tenho que lhe dizer? Você deve encontrar seu marido. Um cavalheiro não pode ser deixado sozinho por muito tempo.

Capítulo 16
DIA 2 APÓS O DESAPARECIMENTO

Domingo, 5 de dezembro de 1926
STYLES, SUNNINGDALE, INGLATERRA

Archie anda de um lado a outro do escritório. Abre um sulco no padrão complexo do tapete turco carmesim, quase como se o estivesse cortando em dois. Sabe que não deveria protestar, mas o anúncio do policial o deixou exaltado.

Kenward o encara. Na superfície, a expressão do vice-comissário é preocupada e séria – totalmente profissional –, mas Archie sente o deleite presunçoso que espreita sob essa fachada. A alegria que o detetive deve sentir por exercer seu poder sobre um superior em classe e sua irritação quando Archie tenta retomar algum controle.

— Acredito que fiz uma pergunta ao senhor, vice-comissário adjunto Kenward — repete Archie, esfregando a têmpora direita. Sua cabeça está latejando. — Por que diabos está mandando a foto de minha esposa para delegacias e jornais de todo o país? Temo que esteja transformando uma questão privada num espetáculo público.

— Pensei que seria melhor deixá-lo se acalmar antes de responder, coronel.

Agora Archie tem certeza de que vê alegria no rosto do policial enquanto o homem insiste em um curso de ação que Archie detesta. Toda a preocupação fingida é abandonada.

— Não devo ficar mais calmo que isso — fervilha Archie.

Ele sente o aumento de emoção familiar que costumava experimentar com a esposa. Começava com uma leve irritação enquanto ela tagarelava sobre tramas e personagens, então transbordava em fúria e uma dor de cabeça latejante conforme Agatha continuava com fantasias e discussões indecentes de sentimentos, enquanto ele só queria a paz de um jantar tranquilo, a serenidade de uma casa ordenada e o jornal da tarde, além de um fim de semana no campo de golfe de dezoito buracos do clube com uma mulher agradável por perto. Mas, assim que as palavras escapam, ele sabe que são um erro. Não pode deixar que os policiais vejam sua raiva crescente; uma atitude furiosa não combina com a imagem que ele foi instruído a manter - aquela de marido preocupado - para evitar consequências indesejáveis.

— Bem, então, coronel, falarei francamente e explicarei que não podemos mais tratar o caso como uma questão privada. Revistamos uma área ampla ao redor do carro dela e não descobrimos nada. Verificamos estações de trem e cidades próximas e não encontramos nenhum sinal dela. O suposto avistamento em Albury se provou falso. Temos de estender nosso alcance na eventualidade, por mais improvável que seja, de que ela tenha abandonado o carro e ido para outro local.

Archie se obriga a não deixar seu medo transparecer, embora suas emoções estejam à flor da pele. Se a polícia jogar uma rede ampla, os fatos que ele está tentando esconder sem dúvida serão revelados. Mas vai se entregar de qualquer forma, a não ser que controle suas emoções.

Respirando fundo, ele diz:

— Desculpe por soar exaltado, vice-comissário adjunto Kenward. Acho que estou confuso mais do que qualquer coisa. Por que está espalhando a foto e a notícia do desaparecimento dela por todo o país se acha que vai resultar em nada?

— Acho que não foi isso que eu disse, coronel. — A voz de Kenward é fria, e ele também não está mais mantendo as aparências. — É um procedimento padrão da polícia e pode fornecer pistas importantes sobre o paradeiro de sua esposa. Por que está tão relutante em divulgar a informação amplamente?

É a vez de Archie ignorar uma pergunta.

— Há medidas adicionais que podemos tomar?

— Só entrevistas com os seus criados. — Kenward pausa e então diz: — Estamos quase chegando ao fim da lista, exceto por uma empregada de meio período que está difícil de encontrar. E essas conversas estão se provando esclarecedoras.

A raiva desaparece e é substituída por uma pontada de medo. O que os empregados contaram à polícia? Archie não ousa responder e não ousa objetar outra vez.

— Devo compartilhar nossos achados com o senhor? — pergunta Kenward. — Sei que faria qualquer coisa para ajudar a localizar sua esposa.

Archie ainda não diz nada. O que Kenward sabe? O terror o paralisa.

— Tomarei seu silêncio como um sim, coronel — diz Kenward com um sorriso satisfeito. — Deixemos de lado o desjejum que tomou com sua esposa na manhã de sexta e discutamos o que ela fez depois que o senhor saiu. De acordo com a criada, Lilly, seu cozinheiro, o jardineiro, e a babá e secretária da família, a srta. Charlotte Fisher...

— Charlotte? — O nome escapa da boca de Archie antes que ele possa se segurar.

Ele tinha presumido que a mulher que atua como babá de Rosalind e secretária da esposa ficaria calada na interrogação policial. É uma empregada muito leal, e Archie imaginou que a presença da irmã Mary em Styles a distrairia. Que diabos ela disse a Kenward que o deixou tão animado?

— Isso, Charlotte Fisher. Ela trabalha aqui em Styles, não é?

— É.

— Depois de interrogar os empregados, montamos uma linha do tempo dos movimentos de sua esposa na sexta-feira, na esperança de que isso lançaria alguma luz sobre o atual paradeiro dela. Parece que o senhor e sua esposa conversaram no desjejum...

Kenward pega suas anotações e Archie se pergunta se está imaginando ou se o policial realmente usou a palavra *conversaram* em um tom irônico. Erguendo suas notas, Kenward continua:

— Aqui está. Depois do desjejum, ela brincou com sua filha por um tempo antes que a srta. Fisher levasse Rosalind para a escola, seguindo a rotina normal delas. Então, deixou a casa no Morris Cowley por um tempo, presumivelmente para cuidar de alguma tarefa, mas voltou para o almoço. Em seguida, ela e Rosalind foram de carro até Dorking para tomar chá com a sua mãe, a quem Agatha disse que ia a Beverly no fim de semana. Então elas deixaram a casa de sua mãe por volta das cinco para voltar a Styles. Lá, ela brincou mais um pouco com Rosalind, trabalhou por um tempo e sentou-se para jantar. Sozinha. Então, recebeu uma ligação algum tempo após o jantar, por volta das nove ou dez. A criada não tinha certeza.

— Tudo isso parece bastante normal. Não entendo como isso nos diz o que aconteceu com ela mais tarde, na sexta à noite.

— Acho que nos dá uma ideia de seu estado de espírito, o que por sua vez pode nos ajudar a entender o que aconteceu naquela noite. — Kenward inspira profundamente, expandindo o peito já largo. Ele não se dá ao trabalho de mascarar seu prazer enquanto compartilha a próxima notícia. — É claro, a briga que vocês tiveram na sexta-feira de manhã pode ter influenciado tudo que aconteceu.

Archie pensa em negar a briga, mas sabe que é inútil. Presumivelmente, vários empregados ouviram as vozes elevadas e corroborariam o depoimento uns dos outros. Mas ele pode amarrar um torniquete na ferida para evitar que seja fatal.

— Aonde quer chegar, vice-comissário Kenward? — ele pergunta, no tom mais calmo possível.

— Acho que sabe aonde quero chegar, coronel Christie. O senhor e sua esposa tiveram uma discussão acalorada na sexta de manhã sobre onde passariam o fim de semana.

— Os detalhes do nosso desentendimento estão errados. Não sei quem lhe informou que foi essa a natureza de nossa divergência.

— Cada um de seus empregados nos contou sobre isso. Todos relataram os mesmos fatos: sua esposa queria que o senhor a acompanhasse a Yorkshire, e o senhor queria ficar com seus amigos, os James, em Hurtmore Cottage, para jogar golfe. Os criados estavam cientes dessa briga porque o senhor e sua esposa estavam gritando um com o outro. As vozes podiam ser ouvidas por toda Styles.

Eu estava certo em não negar a briga, pensa Archie. Mas pelo menos Kenward não sabe mais do que isso.

— Pessoas casadas têm discussões, sabe?

— De acordo com os criados, essa foi a pior briga já ouvida entre vocês dois. — Ele consulta as anotações. — Além das vozes elevadas... "gritos", foi a palavra usada pela criada, Lilly... Todos eles ouviram vidro e porcelana quebrando. Quando essa mesma criada parou na porta da sala de jantar para limpá-la, o senhor tinha saído, e ela encontrou sua esposa chorando no chão, com lacerações nas pernas e nas mãos devido à porcelana e ao vidro quebrados. Ela chamou a srta. Fisher antes de entrar, acreditando que, dado o relacionamento íntimo entre ela e sua esposa, a sra. Christie preferiria que a srta. Fisher a ajudasse. Lilly voltou à sala de jantar enquanto a srta. Fisher ajudava a sra. Christie a se levantar para que pudesse limpar a porcelana.

O corpo de Archie fica rígido ao ouvir a manhã de sexta recontada. É como se Kenward estivesse falando sobre algo que aconteceu a outra pessoa. Essa não pode ser a sua vida. Mas, se ele se irritar ou resistir à descrição de Kenward de qualquer forma, vai contrariar os limites estabelecidos na carta, as ordens de que ele interprete o papel do marido angustiado.

Archie não quer dizer nada – quer fugir desta sala e deste pesadelo e escapar para os braços de Nancy. Só neles pode encontrar consolo. Mas sabe que não pode. Se a procurar, como anseia por fazer, só vai levar a polícia diretamente até ela e aumentar o interesse numa nova figura.

Mas não pode deixar esse relato da manhã de sexta passar sem um comentário. Mesmo um marido desesperado e preocupado se defenderia em alguma medida. Então ele diz:

— Os empregados têm a tendência a exagerar, vice-comissário adjunto Kenward. Eu não lhes daria muito crédito sobre os detalhes de minha interação com minha esposa. De toda forma, aquela manhã e o desaparecimento de minha esposa não estão conectados, e me parece que o senhor deveria consultar seu superior antes de tomar um caminho equivocado.

— O senhor não deve se preocupar com qualquer negligência da minha parte, coronel Christie. Dado que Styles está na fronteira entre os condados de Berkshire e Surrey, o caso será supervisionado não apenas por mim, mas também pelo superintendente Charles Goddard, que é o chefe da polícia de Berkshire. Como resultado, duas forças policiais e dois chefes de polícia investigarão o desaparecimento de sua esposa. Haverá muitas consultas antes de escolhermos qualquer linha de raciocínio.

Capítulo 17
O MANUSCRITO

18 de outubro de 1916
NEW FOREST, HAMPSHIRE, INGLATERRA

Archie me puxou de volta para a cama. O colchão do hotel era encaroçado e desconfortável, mas não nos importávamos. Afinal, não o usávamos para dormir.

Com seus braços me envolvendo sob o calor da manta de algodão, eu me sentia segura. Quase tão protegida quanto naqueles dias de verão em Ashfield, quando eu era criança e todo mundo que eu amava estava reunido com segurança sob um mesmo teto. Sentindo-me tola por ter duvidado do estado de espírito do meu marido, eu me rendi a seu abraço e me entreguei à fantasia dessa segurança, sabendo que era temporária e desapareceria no momento em que Archie retornasse aos perigos da guerra. Sua sobrevivência até agora era milagrosa, e eu temia que a sorte nos abandonasse.

— Tenho algo pra contar a você — ele sussurrou naquela curva vulnerável do meu pescoço, mantendo o rosto ali.

Suas palavras fizeram um arrepio percorrer minha coluna. Depois do encontro desconfortável e embaraçoso na última licença dele e dos estranhos acessos de fúria das cartas recentes, tínhamos achado um lugar onde nos entendíamos perfeitamente: a cama.

— Algo agradável, espero — sussurrei de volta.

Ele me afastou de leve, o suficiente para transmitir que a revelação não era romântica, e vi temor em sua expressão. O que ele tinha para contar que o estava deixando ansioso?

— Sabe como tenho problemas com sinusite quando voo? — ele perguntou, enterrando o rosto de volta no meu pescoço.

Desde o início de seu treinamento de aviação, Archie sofria terrivelmente de sinusite – seus ouvidos nunca equalizavam e a pressão era frequentemente insuportável no ar e no chão –, mas ele insistia. Eu achava sua coragem e perseverança nessas circunstâncias extremamente atraentes, mas sabia da sua extrema dificuldade em voar.

— É claro. Você é tão forte por aguentar toda aquela dor pelo bem da Inglaterra.

— Eu fui dispensado. Para sempre.

Entendi, então, que ele escondera o rosto no meu pescoço porque não conseguia me olhar nos olhos. Estava arrasado por suas contribuições de guerra serem interrompidas e temia que minha estima por ele diminuísse. Mas ele estava pensando na garota inocente que eu costumava ser e que ficara arrebatada por um jovem piloto. Será que não percebia que eu não era mais exatamente essa garota, que presenciara sofrimento e morte, que só me importava com a sua segurança? Será que estivera preocupado com a novidade enquanto me escrevia aquelas cartas perturbadoras?

Eu sabia o que tinha de dizer, e as palavras eram sinceras:

— Graças a Deus! — exclamei.

Ele se ergueu, apoiando-se nos cotovelos e me olhou.

— Está falando sério?

— É claro. Você vai ficar a salvo. É a resposta às minhas preces.

— Não vai ficar decepcionada quando eu não for mais piloto de guerra? — A voz dele tremia.

— Como pode pensar isso, Archie? Você serviu por dois anos e sobreviveu, e sou abençoada por isso. Nosso país foi abençoado pelo seu serviço. Mas agora basta. Essa dispensa é um presente. Sua vida significa tudo para mim.

— Você também é tudo para mim — ele disse.

Inclinando-se, Archie me deu um beijo longo e intenso, uma mistura indistinguível de paixão e alívio. Eu me permiti ser tragada por ele.

Mais tarde, nós nos afastamos dos confortos – e dos prazeres – da cama e decidimos dar uma volta em New Forest, uma floresta real desde 1079 e um lugar que Archie adorava explorar na juventude. Entrar nos bosques foi como retornar a uma floresta primeva. Naquela mistura encantadora de pastos, bosques e urzais, iluminados com as cores do outono, prosseguimos de mãos dadas em um raro silêncio confortável, não focando o futuro nem o passado, só desfrutando do presente.

Depois de uma hora, mais ou menos, topamos com uma placa pintada à mão com os dizeres "Para a Terra de Ninguém". Archie virou-se para mim com um sorriso largo.

— Sempre quis seguir essa trilha.

Eu sorri de volta.

— Vamos segui-la. Agora.

Ele pareceu hesitante.

— Tem certeza?

— Total.

Ele me puxou para perto e disse:

— Como adoro sua espontaneidade e seu senso de aventura. Vamos lá.

Seguimos com cuidado a trilha de terra para a enigmática Terra de Ninguém. Por fim, o emaranhado selvagem se tornou mais ordenado e percebemos que a Terra de Ninguém era só um pomar de maçãs um tanto abandonado. As maçãs de cor carmesim reluziam, e ficamos tentados a puxar algumas das árvores. Pedi a Archie que esperasse até conseguirmos permissão e, em pouco tempo, avistamos uma mulher.

— Bom dia, senhora. Podemos comprar algumas de suas maçãs? — ele perguntou.

A mulher, com as faces bronzeadas graças a uma vida sob o sol, podia ter trinta ou cinquenta anos. Ela sorriu para nós e, vendo o uniforme de Archie, disse:

— Não precisa pagar. Vejo por seu uniforme que é da Força Aérea, como meu filho. Ele morreu em...

Archie ficou pálido, e eu intervim rapidamente:

— Sinto muito, senhora.

Ela ergueu a mão para parar o fluxo de condolências.

— Ele estava fazendo a sua parte pelo nosso país, assim como o seu rapaz aqui. Comam à vontade e levem quantas quiserem. É o mínimo que posso fazer. — Com isso, ela se virou.

Levamos as palavras a sério, embora sua revelação tivesse tornado a permissão agridoce, e Archie não conseguiu colher maçãs antes de fumar um cigarro, hábito que adquirira desde a última licença. Uma hora depois, com a barriga e os bolsos cheios de maçãs, nos sentamos num tronco de árvore, inteiramente saciados. Conversamos sobre banalidades – com certeza não sobre meu trabalho como enfermeira ou no dispensário e definitivamente não sobre o trabalho dele como piloto –, até que decidi fazer minha própria revelação. Sem sua confissão a respeito da dispensa, não acho que teria tido coragem.

— Tenho algo a contar pra você — comecei.

— Tem? — ele perguntou, simultaneamente curioso e alarmado.

— Eu escrevi um livro. — Eu me forcei a falar as palavras que não tinha dito nem a minha mãe.

Archie me olhou como se não tivesse me ouvido corretamente.

— Um livro? Você escreveu um livro?

Seu tom não era crítico, só perplexo. Ele sabia que, no passado, eu tivera o hábito de escrever – eu explicara que, depois que minhas aspirações musicais morreram, a escrita preenchera o vácuo, com seu ritmo que não era tão diferente do da música –, mas não falava disso havia algum tempo. Parecia tolo e insignificante em comparação à guerra.

Eu lhe dei um sorrisinho um tanto encabulado.

— Bem, você disse para eu me manter ocupada enquanto estivesse fora.

Ele deu uma gargalhada escandalosa, que eu nunca ouvira dele antes.

— Trouxe para eu ler? — perguntou.

— Sim — admiti. — Está no hotel, na minha mala. — Eu não mencionei que tinha escondido o manuscrito no fundo da mala, sem saber se teria coragem de mostrá-lo a ele.

— Que tipo de história é? — Ele quis saber.

— Um romance de detetive.

— Você? — Ele riu de novo. — Minha doce esposa escreveu um romance de detetive?

— Sim. É uma história sobre uma senhora rica que foi envenenada em sua mansão, enquanto vários possíveis culpados estavam hospedados ali a seu convite. Um dos hóspedes, um soldado chamado Arthur Hastings, que está se recuperando da guerra, pede a ajuda de seu amigo, um refugiado belga chamado Hercule Poirot, para resolver o caso.

Eu expliquei a ele como a história e os personagens se revelaram para mim durante as lentas horas no boticário, em particular como meu detetive evoluiu a partir da minha experiência ajudando um grupo de refugiados belgas que tinham se transferido à paróquia de Tor depois de uma fuga angustiante dos alemães. Mas expliquei que, uma vez que concebi Hercule Poirot, ele crescera na página por si só, como se fosse uma pessoa real.

— Parece muito oportuno e engenhoso, sem dúvida. — Balançando a cabeça, ele disse: — Mesmo assim, não acredito que você escreveu um romance de detetive.

Eu ri junto com ele.

— Sei que parece absurdo, mas Madge apostou que eu não conseguiria criar um mistério que um leitor não pudesse resolver e...

Ele terminou a frase, conhecendo a natureza do meu relacionamento com minha irmã:

— E você jamais perderia uma aposta com Madge.

Eu pensei sobre as apostas que Madge e eu tínhamos feito ao longo dos anos, cada uma furiosamente competitiva e com condições bem estabelecidas. Os jogos de gamão que se estendiam até altas horas. Os saltos de cavalo cada vez mais altos que desafiavam a gravidade. As competições de leitura que nos levaram a empilhar volumes por toda Ashfield. Em retrospecto, parecia que Madge, onze anos mais velha que eu, estava tentando fortalecer minha coragem e minha determinação, porque mamãe mantinha-se determinada apenas a me paparicar. Talvez devesse agradecê-la por seus esforços, mas isso arruinaria aquele jogo contínuo e lhe daria uma vantagem que eu não queria ceder.

— Claro que não. — Eu sorri, então hesitei. — Você o leria? Para ver se gosta? Para ver se consegue resolver? Sei que vai tomar um pouco de nosso tempo juntos, mas...

— Eu adoraria — ele disse. Então perguntou: — Como se chama?

— *O misterioso caso de Styles*.

Capítulo 18
DIA 3 APÓS O DESAPARECIMENTO

Segunda-feira, 6 de dezembro de 1926
STYLES, SUNNINGDALE, INGLATERRA

Archie senta-se à mesa de desjejum após uma noite insone. A ordem costumeira da mesa o acalma – os talheres e as taças de cristal dispostos com precisão, o café passado e fumegante, os ovos esperando sob o *cloche* de prata que a criada ergue assim que ele entra na sala de jantar. Até que ele pega o jornal da manhã. Ali, estampada em uma fonte enorme, está a manchete que ele temia, que o fez se revirar na cama a noite toda: "Mistério: escritora desaparecida em circunstâncias estranhas". O artigo cita as realizações autorais de Agatha – seus três romances e as histórias seriais em revistas que a tornaram moderadamente conhecida, mesmo que não famosa – seguidas por um relato detalhado de seu desaparecimento.

Seu estômago se revira de náusea, e ele tem de desviar os olhos da comida – aqueles malditos ovos moles – a fim de se controlar. Como diabos os repórteres ficaram sabendo da história tão depressa? Quando Kenward lhe disse que havia divulgado fotos da esposa ontem, ele imaginou que ainda teria alguns dias para tomar o controle da situação antes que as notícias vazassem, que a informação permaneceria nas mãos das diversas delegacias de polícia. A velocidade com que a imprensa se apoderou da história e começou sua própria investigação é inédita.

O que fazer, ele pensa, preocupado, *para adiar o inevitável? Pare*, diz a si mesmo. Tudo isso se deve à antipatia de Kenward por ele, nada mais. Archie não pode deixar a manchete dramática de um único jornal perturbá-lo.

Apesar de seus esforços, sente uma dor específica e familiar. Esticando-se como um polvo com braços ágeis ela penetra suas têmporas, sua testa e, então, finalmente, seu seio nasal. Com a dor intensa e paralisante, vem o passado. De repente, os ruídos baixos de Rosalind e Charlotte e a conversa dos policiais na cozinha desaparecem, e o rugido de um motor de avião abafa todos os outros sons. Ele não vê as cortinas de seda pesadas e o papel de parede estampado de sua sala de estar, e sim a expansão vasta de céu e nuvens através da vista limitada dos óculos de aviador. Ouve o *rat-a-tat* da artilharia, até que um baque alto interrompe sua lembrança inteiramente imersiva. Erguendo os olhos, ele não vê mais as bordas dos óculos de aviador, e sim Lilly com uma chaleira nova. E retorna ao presente, embora a dor de cabeça permaneça.

Com as mãos trêmulas, pega um cigarro e dobra o jornal para não ver o rosto da esposa o encarando. Em vez disso, começa a ler um artigo sobre a 43ª sessão da Liga das Nações que deve começar hoje em Genebra, qualquer coisa para expulsar o martírio dos pensamentos. Está considerando o ponto central do encontro – o pedido da Alemanha para que a liga abandone uma comissão militar restante da Grande Guerra – quando ouve o telefone tocar a distância.

Não presta atenção, porque o aparelho vem tocando constantemente desde sábado de manhã, e sabe que Charlotte vai chamá-lo se for necessário. Em menos de um minuto, ele sabe que é necessário. É sua mãe.

— Archie, você viu as manchetes? — ela pergunta como cumprimento.

Ele teve uma longa conversa com a mãe no fim de semana sobre o desaparecimento e as buscas desenvolvidas. A mãe, que nunca foi uma grande admiradora de sua esposa, tinha as próprias teorias sobre o caso, mas Archie se recusou a debater com ela.

— Sim, mãe, eu leio o *Times* todo dia.

Ela tem um jeito perturbador de fazê-lo se sentir um garoto de dez anos de novo. Quando usa um tom de voz específico, ele é transportado de volta para seu primeiro dia na Escola Preparatória Hillside em Godalming, sua chegada ao estranhíssimo mundo da Inglaterra depois de passar toda a infância na Índia. Quando o pai morreu enquanto advogava no serviço civil indiano, Archie, seu irmão Campbell e a mãe foram forçados a voltar à Inglaterra para recomeçar depois de uma breve estada na Irlanda, onde a mãe nascera. E ele nunca sentiu que pertencia a um lugar. Até recentemente.

— Não é só o *Times*. Estou falando da *Gazette*, do *Telegraph* e do *Post*. Eu poderia continuar, Archie. Os artigos são curtos em alguns, e há manchetes de primeira página em outros, mas todos estão noticiando o desaparecimento da sua esposa.

— Como você sabe?

— Quando recebemos nosso jornal de sempre com aquela manchete horrível, mandei seu padrasto ir até a banca.

Ele comprou uma edição dos outros, e todos trazem alguma versão da notícia.

— Meu Deus.

Agora ele entende que o vice-comissário Kenward enviou aos repórteres mais do que apenas uma foto da esposa desaparecida. Para obter esse tipo de cobertura, Kenward deve ter insinuado haver algum escândalo no cerne do caso... e que Archie se encontraria nele. O maldito é responsável pelo fato de o desaparecimento de Agatha estar estampado em todos os jornais.

— É terrível, Archie. Toda essa exposição pública da sua vida privada. — Ela pausa e, então, sussurra: — Quem sabe o que pode ser revelado?

— Sim, mãe, entendo isso melhor que ninguém — diz, desesperado para que a cobertura dos jornais seja o fim, ao mesmo tempo que entende que é apenas o começo.

Archie não pode deixar esses jornalecos fuçarem ainda mais fundo na sua vida privada; eles poderiam descobrir sobre seu relacionamento com Nancy, e isso não pode acontecer.

Depois que devolve o telefone ao gancho, atravessa a porta e quase tromba com Charlotte e Rosalind. Elas estavam saindo enquanto ele estava ao telefone com a mãe, a caminho da escola de Rosalind. Por que tinham voltado? Ele está com problemas demais na cabeça para garantir que a filha frequente a escola. Isso cabe a Charlotte e, em menor medida, a sua esposa.

Archie tenta evitar as duas, mas sem sucesso.

— Coronel Christie, coronel Christie! — Charlotte o chama, embora ele esteja a poucos metros dela.

— Estou aqui, Charlotte. — Ele tenta não soar irritado. Muita coisa depende da discrição de Charlotte, e ele percebeu que a presença da irmã dela em Styles só a distrai até certo ponto.

— Senhor, está um circo lá fora. Não é seguro para a menina ir à escola.

Enquanto Charlotte ajuda a filha dele a tirar o casaco, Archie nota pela primeira vez que o cabelo da mulher está desgrenhado sob o chapéu. E a governanta sempre está impecável.

— Como assim?

— Coronel, deve haver uns quinze...

— Vinte, papai — intervém Rosalind. — Contei vinte repórteres no jardim da frente. Alguns com blocos, vários com câmeras. Os flashes eram tão fortes que machucaram meus olhos.

Ele se agacha ao lado da filha, que está mais serena do que Charlotte. É incrível, dadas as circunstâncias. Afastando uma fina mecha castanha que caiu na frente de seus olhos, ele abafa a fúria crescente com o fato de a filha ter que lidar com essa invasão. Ela não pode ver como está transtornado; ele tem de permanecer calmo em sua presença.

— Você está bem, querida?

— Sim, papai. Eram homens muito bobos. Bem estúpidos, na verdade. Ficavam perguntando onde mamãe estava. Eles não sabem que ela está escrevendo em Ashfield?

— Acho que não, querida.

— Eu quase contei, mas Charlotte disse que eu não devia falar com eles.

— Ela tem razão, querida. Os homens são desconhecidos, e você mesma disse que são bobos. — Ele se levanta. — De qualquer forma, eu vou pedir para darem o fora, então você não terá mais que se preocupar com eles.

— Papai! — Rosalind dá um gritinho com a expressão rude de Archie. "Dar o fora" é definitivamente proibido para a filha.

Ele aperta a mãozinha dela, então transfere os cuidados a Charlotte. Endireitando os ombros, abre a porta da frente, pronto para mandar a imprensa sair de sua propriedade com um rugido autoritário. Ele vai expulsá-los de sua casa independentemente da posição impossível em que se encontra, preso entre as acusações implícitas da polícia enquanto investigam um desaparecimento que cada vez mais aponta para ele e as instruções explícitas deixadas na carta da qual seu futuro depende. Mas, quando Archie abre a porta e estreita os olhos contra o clarão dos flashes, ele compreende a magnitude da opinião pública e percebe que nada jamais será como antes.

Capítulo 19
O MANUSCRITO

2 de fevereiro de 1919
LONDRES, INGLATERRA

Eu esperava que o Archie que tinha voltado da guerra fosse o mesmo Archie que havia partido para lutar. Ou pelo menos o mesmo Archie daquela licença mágica mais de dois anos antes. Mas o Archie que voltou para mim era um homem diferente.

A figura galante e enigmática se tornou ao mesmo tempo inquieta e sedentária, infeliz e incompreensível, e não mais de um jeito romântico e intrigante. Cada um dos estresses da vida diária parecia piorar o seu humor e, às vezes, qualquer barulho disparava suas dores de cabeça e sua fúria. Nada parecia satisfazê-lo – nem a infinita sequência de cigarros que fumava quando seu humor piorava, nem o seu emprego. Ao retornar da guerra, ele assumiu um posto na Força Aérea Real, mas sustentava que não havia um futuro de longo prazo para ele ali, embora eu tivesse questionado a veracidade dessa afirmação. Na privacidade de meus pensamentos, acreditava que, a partir do momento que a sinusite lhe roubara a habilidade de pilotar, também roubara seu entusiasmo por voar, e era doloroso para ele estar próximo de pilotos e aviões. Eu não gostava de imaginar que ele pudesse sofrer de um dos estados depressivos que ocasionalmente vi quando cuidava de soldados feridos em combate. Mas não conseguia imaginar qual paixão poderia substituir seu antigo amor de voar. Certamente não parecia ser eu.

Os conselhos matrimoniais de mamãe cruzavam minha mente dia e noite: um marido demandava atenção e supervisão. Comecei a pensar que, se apenas cuidasse de Archie do jeito certo, poderia fazê-lo voltar ao seu estado anterior. Se pudesse servir-lhe as refeições perfeitas, limpar o apartamento até ficar reluzindo, abrir conversas cintilantes no jantar e tornar-me a amante ideal, então ele ficaria contente. Acreditava que era meu dever devolvê-lo àquele estado, e essa meta tornou-se o foco de meus dias após a guerra. Era o mínimo que eu podia fazer por meu marido, um dos poucos que chegaram a voltar para casa.

Eu subi as escadas até nosso apartamento em Northwick Terrace, com a cesta de compras no braço. Tentei manter meu passo leve enquanto subia os três lances, não querendo atrair a atenção da sra. Woods. Embora costumasse apreciar os conselhos domésticos e a gentileza da síndica do nosso prédio, ela era estranhamente crítica de minhas habilidades de selecionar vegetais e carnes no mercado local. Nunca achava a escassez de muitos alimentos no pós-guerra uma desculpa justa para minhas escolhas. Mas pelo visto meus passos não foram leves o bastante.

— Sra. Christie. — A voz ascendeu os dois lances de escada que eu já subira.

Seria rude ignorá-la, então desci tudo novamente.

— Boa tarde, sra. Woods — cumprimentei-a, tentando esconder minha irritação.

— Que bom que a encontrei, sra. Christie. Quando estava no mercado mais cedo, havia uma verdadeira abundância de cenouras e tomei a liberdade de escolher algumas para a senhora e seu marido.

— Que gentil. — Enfiei a mão na bolsa. — Deixe-me pagá-la.

Ela balançou o dedo para mim.

— Não, não, imagine. É por minha conta. — Espiando na minha sacola, ela acrescentou: — E que bom que tomei a iniciativa, pois seus vegetais já viram dias melhores.

Eu lhe agradeci de novo enquanto me arrastava pelos degraus até nosso apartamento de dois cômodos. Inicialmente, ficara grata pela instrução em todas as artes domésticas; mamãe nunca pensou em me ensinar além de como gerenciar criados que eu não tinha mais. Nos últimos tempos, no entanto, os conselhos da sra. Woods tinham se tornado insuportavelmente invasivos.

Deixei a carne de porco, os vegetais e as batatas na pia, lavei-os e comecei a preparar nosso jantar, seguindo a receita à risca. Depois que coloquei no forno, olhei ao redor do apartamento em busca de mais alguma tarefa. O principal conselho de mamãe sobre como cuidar de um marido estava sempre em minha mente, mas me perguntava como poderia fazer isso se ele se encontrava no trabalho e todas as tarefas de casa estavam feitas. Eu passava horas sozinha, sabendo que todos os meus esforços deveriam ser dirigidos ao cuidado dele. Era um enigma.

Quando topei com um anúncio de aulas de culinária, pensei que encontrara meu foco. As aulas me davam algo para fazer depois que tudo estava arrumado e comprado, e Archie só voltava para casa à noite. Mas elas não ocupavam meu tempo completamente e, sem um calendário social, dado que todos os meus amigos moravam em Devon exceto por Nan Watts – e ela vinha de uma classe econômica tão diferente que eu não podia convidá-la a minha casa –, eu tinha horas vagas. Mesmo o curso de contabilidade e taquigrafia que eu decidira fazer preenchia apenas uma fração de minhas horas livres. Embora devesse ser grata por meu marido e sua segurança, sentia falta da camaradagem do hospital e do dispensário, da comunidade familiar de Torquay e especialmente da companhia de mamãe e até de tia-vovó, que permaneceram em Ashfield com criados adicionais.

De tempos em tempos, quando o jantar estava pronto e Archie ainda não tinha chegado, meus pensamentos se voltavam a *O misterioso caso de Styles*. Archie declarara o romance "bastante bom", até "insolúvel", para minha alegria, com uso engenhoso de venenos para enganar os leitores, e sugerira que eu o apresentasse para publicação.

— Não parece meio frívolo em um tempo de guerra? — eu tinha perguntado.

Ele apertou minha mão em apoio.

— Agatha, as pessoas *precisam* de distração, até frivolidade, durante a guerra. Seu quebra-cabeça deve mantê-las distraídas por um tempo.

Incentivada por ele, eu enviara o manuscrito a várias editoras, incluindo Methuen e Hodder & Stoughton, e todas me responderam com cartas de rejeição. Eu não esperava sucesso; afinal, era apenas uma dona de casa, sem treinamento formal em escrita. Mas as rejeições haviam machucado, e eu não tentara escrever outro romance mesmo quando as ideias me ocorriam, o que me deixava com horas desocupadas em excesso, nas quais refletia sobre meu marido.

Consequentemente, quando eu não estava limpando a casa para Archie ou fazendo compras para ele ou cosendo para ele ou cozinhando para ele, estava pensando nele. Meus pensamentos giravam em torno de um ponto central: ele mudara. Em meus momentos mais sombrios, eu me perguntava se esse era o Archie verdadeiro e se só agora eu passara a conhecê-lo.

Eu bani o pensamento desagradável da mente porque, naquela noite, tudo mudaria. Seu humor, nosso casamento, nosso futuro.

— Como está a carne? — perguntei, esboçando um sorriso largo.

Uma careta cruzara brevemente o rosto dele ao dar as primeiras mordidas, e eu nunca tinha certeza se era minha comida ou o estômago surpreendentemente sensível do meu marido. Os Miller de Torquay eram conhecidos por apetites saudáveis e estômagos de aço, então essa delicadeza era uma experiência nova para mim.

— Surpreendentemente boa, mas veremos como desce — ele disse, esfregando a barriga.

A mesa de jantar se tornou silenciosa de novo. Archie parecia confortável com o silêncio, mesmo durante as refeições, que sempre foram uma fonte de conexão e risadas em Ashfield. Eu não devia ficar surpresa; tomar chá na casa da mãe dele era sempre uma ocasião tensa.

— Como foi o seu d... — Eu parei antes de terminar a pergunta.

Essa devia ser uma noite memorável, cheia de maravilha e alegria. Uma conversa sobre seu emprego no Corpo Aéreo Real mataria o clima completamente. Talvez uma mudança completa de tática fosse o jeito. Em vez de esperar o fim da refeição para fazer meu anúncio, decidi mergulhar de cabeça, mesmo que uma hora inteira de prática não tivesse me apresentado as palavras certas. Respirei fundo e disse de uma vez:

— Archie, vou ter um bebê. — Um sorriso incontrolável se abriu em meu rosto.

— Um bebê?

Seu tom me confundiu e me perguntei se entendera errado. Ele não soava tão animado quanto eu esperava. Na verdade, parecia bravo. Quando falou de novo, percebi que não tinha me equivocado sobre sua reação.

— Você vai ter um bebê? — ele perguntou naquele mesmo tom irritado.

Eu fiquei chocada. Como ele poderia estar bravo por eu ter um bebê? E eu achando que ele se ergueria num pulo e me giraria no ar quando ouvisse a notícia. Pela primeira vez, Archie me deixara sem palavras.

Ele se ergueu tão abruptamente que sua cadeira caiu ao chão. Enquanto andava de um lado a outro da sala de jantar, meu marido calado disparou um fluxo constante de palavras cruéis, a maioria das quais eu esperava nunca mais ouvir.

— Você percebe que isso mudará tudo entre nós, Agatha? Um bebê sempre muda as coisas... — Ele praticamente rosnou.

Por mais que eu soubesse que ele não queria dizer que as mudanças seriam positivas, tentei lançar uma luz mais suave sobre suas afirmações.

— Sim, Archie. É claro que haverá mudanças. Mas elas serão maravilhosas.

— Não serão! — ele gritou. — Seu foco será o bebê, e não eu. Eu ficarei esquecido.

De repente, percebi que esse bebê, em vez de nos unir e trazer um pouco de alegria para meu marido inquieto, poderia nos destruir. Eu jamais deixaria isso acontecer. Afinal, era meu trabalho cuidar dele e de sua felicidade.

Levantei-me, fui até Archie e apoiei minha mão consoladora em seu ombro.

— Prometo que você sempre será meu foco. Você e mais ninguém. Nem esse bebê.

Capítulo 20
DIA 3 APÓS O DESAPARECIMENTO

Segunda-feira, 6 de dezembro de 1926
NEW SCOTLAND YARD, LONDRES, INGLATERRA

Archie para ao passar pelo portão de ferro e entrar nas profundezas da Scotland Yard. Será que está sendo tolo ao se colocar nas mãos das autoridades? Não pensou assim quando partiu de Styles furioso com a multidão de repórteres acampados em seu jardim. Só queria retirar a si mesmo e essa maldita investigação da atenção sufocante da notoriedade pública – em que aquela maldita carta dita como ele pode se comportar e o que pode dizer –, além de fazer uma autoridade mais alta tirar a investigação das mãos de Kenward (que tem clara antipatia por ele e parece determinado a incluir a imprensa em todos os passos da investigação). Pelo menos assim ele poderia proteger Nancy.

Mesmo quando completou a viagem de uma hora e meia, estacionou no Victoria Embankment seu Delage e olhou o quartel-general da Scotland Yard – um prédio similar a uma fortaleza, com listras de pedras vermelhas e brancas, um tanto reminiscente de um uniforme de prisioneiro e margeado de um lado pelo rio Tâmisa –, ele acreditou nessa decisão. Mas agora, dentro do prédio com ares de penitenciária, entre os grupinhos de policiais animados usando chapéus redondos, com cassetetes de madeira a postos para subjugar quaisquer suspeitos e algemas para imobilizá-los, ele se pergunta se cometeu um erro fatal.

— Algum problema, coronel Christie? — pergunta William Perkins, seu advogado, virando-se. Ele deve ter ouvido a hesitação dos passos de Archie.

— Não, não, não é nada. É só, só que... — Ele se embaralha. E então diz: — Estou estudando a estrutura. — *Resposta estúpida*, ele pensa. *Mas melhor que a verdade.*

— Não há como se enganar sobre o propósito desse prédio, não é? — pergunta o advogado. É o mais próximo de uma piada que Archie já ouviu o homem contar. A máscara de impassividade retorna, e Perkins acrescenta: — É melhor não pararmos. Não queremos nos atrasar para nosso encontro com o comandante Reynolds. Ele é conhecido por prezar a pontualidade.

Archie alarga seus passos, caminhando ao lado do advogado. Perkins nem esboçou reação quando Archie ligou para ele pela manhã, exigindo que agendasse um encontro com a Scotland Yard para tirar a questão das mãos de Kenward e da imprensa. Mas, é claro, Perkins é extremamente recalcitrante. Archie supõe que essa qualidade seja excelente na sua profissão; ele não pode decepcionar se jamais promete demais ou reage em excesso.

O aroma muda conforme eles adentram o prédio labiríntico. O fedor desagradável de peixe podre e lixo do rio Tâmisa se dissipa e é substituído pelo odor de policiais que não tomam banho há algum tempo, fumaça de cigarro e algo menos definível. Mas o quê? Archie não quer especular.

Eles passam por policiais uniformizados e detetives em ternos comuns, todos ocupados em realizar o trabalho importante da Polícia Metropolitana. Ele vê uma placa para o Escritório de Impressões Digitais, que usa um método ultramoderno para identificar criminosos; quando espia lá dentro, vê que está lotado com homens de terno ou de uniforme. Será que está imaginando os olhos dos homens pousados sobre ele? Será que eles o estão julgando?

Archie e seu advogado são conduzidos até um escritório grande num canto do segundo andar do prédio. O cômodo está escuro, mesmo que não sejam nem duas horas. Ali, sentado atrás da mesa, nas sombras cavernosas do seu escritório, está o comandante Reynolds.

Assim que olha o comissário nos olhos, Archie sabe que cometeu um erro ao vir aqui. Este homem descobrirá seus segredos se ele não tomar cuidado. É seu trabalho ler a alma das pessoas, não é? Decidir se elas são culpadas ou inocentes? Archie sente que não consegue respirar, mas tem que seguir em frente.

— Sinto muito pelo desaparecimento de sua esposa, coronel Christie.

— Obrigado, comissário Reynolds. Agradeço por ter tirado tempo hoje para me receber. — Archie torce para que sua voz não trema.

— Como posso ajudá-lo? — Embora a expressão do comissário seja amena, seu tom revela certa impaciência. Claramente, ele gostaria de concluir a visita quanto antes.

— É sobre a investigação.

— Sim?

— Temo que suas forças policiais mais... — ele hesita — *rurais* não têm as habilidades dos policiais da Scotland

Yard, habilidades que podem ser necessárias para localizar minha esposa. No processo, os detetives passaram a atiçar a imprensa para conseguir uma cobertura ampla do caso... — Archie, ao dizer isso, pensa que um marido preocupado talvez queira essa cobertura ampla e percebe que deve mudar de abordagem. — Temo que a falta de experiência deles em casos policiais mais complicados possa não obter o resultado desejado.

— Entendo. — As mãos do comissário formam um triângulo e ele as olha como se estivesse perdido em pensamentos. Então, abruptamente ergue os olhos e diz: — Mas o vice-comissário adjunto Kenward liderou a investigação sobre o francês Jean-Pierre Vaquier... o assassino de Byfleet... e foi bem-sucedido, não foi?

Archie não faz ideia de quem seja esse assassino de Byfleet ou que papel Kenward teve no caso, mas sabe o que seria esperado dizer.

— Suponho que sim. Mas me parece que seria recomendável eles terem um pouco de supervisão. Um controle das rédeas, digamos assim.

— Ah, *entendo*. — Reynolds se levanta, contorna a mesa e se inclina nela enquanto fala com eles. — Coronel Christie, não duvido que esteja — Ele junta as mãos num triângulo de novo e os considera antes de continuar: — perturbado pelo desaparecimento de sua esposa e pela extensa cobertura da mídia. Mas a Scotland Yard não pode intervir na investigação a não ser que os policiais de Surrey ou Berkshire encarregados do caso peçam assistência. Essa é a lei.

Perkins deu a entender que a Scotland Yard não poderia meter o nariz na investigação, mas nunca mencionou que era de fato contra a lei. Archie presumiu que a política de não envolvimento da Scotland Yard era uma regra tácita, então seguiu em frente com a reunião. Mas agora ele vê que isso foi perda de tempo – potencialmente perigosa, ainda por cima. Por que seu maldito advogado não explicou tudo a ele?

O comandante deve tomar o silêncio de Archie como decepção, porque continua:

— A Scotland Yard pode pôr um anúncio a respeito de sua esposa na *Gazeta da Polícia*, alertando as delegacias de todo o país sobre o desaparecimento, se desejar.

— Agradeço muito a oferta, comandante Reynolds, mas sinto que os jornais já alertaram todas as delegacias, além da população em geral.

— E talvez essa tenha sido a intenção do vice-comissário adjunto Kenward e seu colega superintendente Charles Goddard?

— Talvez — responde Archie.

— Há um motivo para não querer uma cobertura ampla nos jornais sobre o caso? — Reynolds cruza os braços e arqueia as sobrancelhas.

Archie tem certeza absoluta de que se pôs na linha de fogo ao vir aqui. Assim que eles saírem da Scotland Yard, vai dizer poucas e boas a Perkins por não o impedir de marcar essa reunião.

Archie não pode ignorar a questão com esse homem; não haverá como esquivar-se como ele fez com Kenward. Ele dá a única resposta possível:

— Tenho uma filha pequena, comissário. E ela vem achando a presença constante da imprensa e todas as especulações sobre a mãe extremamente perturbadoras.

— Parece-me que ela acharia a ausência da mãe ainda mais perturbadora, sr. Christie.

A insinuação é clara e, com isso, a reunião se conclui.

Com a rapidez de um pássaro, Reynolds se vira para Perkins.

— Acredito que seu cliente esteja em boas mãos com o vice-comissário adjunto Kenward. Tenho total confiança de que ele resolverá esse mistério. — Reynolds então examina Archie dos pés à cabeça, capturando seu olhar, e diz: — Farei a cortesia de manter sua visita hoje confidencial e não informar o vice-comissário Kenward e o superintendente Charles Goddard. Acho que não seria bom para suas relações nessa investigação.

Capítulo 21
O MANUSCRITO

Agosto de 1919 a janeiro de 1920
LONDRES, INGLATERRA

Embora minha gravidez tivesse sido atormentada por náuseas e temores, uma onda de alívio me percorreu quando fiz planos de ficar em Ashfield pelo último mês e para o parto. *Mamãe cuidará de tudo*, eu disse a mim mesma quando Archie e eu fomos para casa. Minhas esperanças se tornaram realidade quando mamãe me puxou para seus braços e para os cuidados da enfermeira que tinha contratado para o parto e o bebê, a eficiente e simpática Pemberton. As duas mulheres ficaram me paparicando enquanto tia-vovó ria de alegria, e meu medo se tornou antecipação.

Rosalind chegou com a dor e o terror que Madge e minhas amigas tinham descrito. Quando a enfermeira pôs minha filha em meus braços pela primeira vez, eu suspirei de prazer ao ver os dedinhos das mãos e dos pés e seus lábios de botão de rosa, mas lembrei que ela não podia ser meu foco. Não podia permitir que ela deslocasse meu marido do meu norte. Então, eu a entreguei aos cuidados da enfermeira Pemberton e permiti que minha mãe cuidasse de mim.

Enquanto caía no sono, exausta do trabalho de parto, mamãe sentou-se na poltrona ao lado de minha cama de infância, segurando minha mão.

— Mamãe, não vá — implorei. — E se precisar de você à noite?

— Claro que não, querida. Ficarei aqui ao seu lado.

E realmente ficou. Durante as semanas da minha convalescência, foi como se formássemos um casulo ao nosso redor, não tão diverso daquele de minha infância, com Rosalind como visitante ocasional. Naquelas noites em que ansiava por segurar meu bebê nos braços, até dormir com ela na cama, dizia a mim mesma que a distância era um treino necessário. De que outra forma poderia garantir que Archie mantivesse a posição central em meus afetos? O que ele pensaria se Rosalind se acostumasse a dormir na minha cama? Com o tempo, tornou-se cada vez mais fácil, e eu me senti mais como uma filha do que como mãe de uma filha.

Mantive minha promessa a Archie. Rosalind não mudou nada. Nada, pelo menos no que se referia a ele.

Quando voltamos a Londres, a primeira ordem do dia foi entrevistar babás, depois de encontrar um apartamento adequado para nossa pequena família, é claro. Eu só seria capaz de manter o equilíbrio que atingira em Ashfield com uma babá que morasse conosco e uma criada para ajudar com a casa. Depois de conseguir um apartamento - tarefa nada fácil no pós-guerra - e conhecer e rejeitar várias candidatas, finalmente encontrei Jessie Swannell e passei a criar o tipo de vida que pensava que Archie queria. Encontrei, aluguei e decorei um apartamento de quatro cômodos em West Kensington, perto de Holland Park, de modo que Rosalind e Jessie tivessem um espaço amplo para si, separadas de Archie e de mim. Preparei receitas que sabia que ele adoraria e jantávamos a sós, focados exclusivamente no dia dele em seu novo emprego como financista no centro. De vez em quando, aceitávamos ou fazíamos convites sociais, embora Archie não gostasse de socializar, mas, geralmente, éramos só nós dois. Eu suavizei minha exuberância e tagarelice naturais porque Archie as achava enjoativas e até infantis. Olhando de fora, eu tinha criado a vida perfeita, uma vida que mamãe, com seus avisos e conselhos, aplaudiria. Uma vida perfeita para Archie, pelo menos, e na qual ele pareceu se assentar como se nada em nossa existência tivesse mudado.

— Há uma carta com cara de oficial para a senhora na mesa do saguão — avisou Jessie quando entrei no apartamento com minha Rosalind, de cabelos e olhos escuros.

Era a única tarde da semana que eu levava o bebê para passear no carrinho em vez da babá, porque Jessie precisava lavar as roupas.

A caminhada rápida por Kensington com Rosalind em seu carrinho pesado tinha sido fria e cansativa, e eu a deixei com a babá enquanto ia pegar a correspondência. No topo da pilha de cartas esperando Archie, havia um envelope para mim cujo remetente era a editora Bodley Head.

Bodley Head? Eu não tinha submetido *O misterioso caso de Styles* a eles uma vida atrás? Por que estavam me escrevendo depois de quase dois anos?

Minhas mãos tremiam enquanto eu rasgava o envelope com o abridor. Dele saiu uma carta do editor John Lane. Erguendo-a contra uma lâmpada a gás um tanto fraca, eu li: "Convidamos a senhora a marcar uma visita ao nosso escritório para discutir o seu romance, *O misterioso caso de Styles*".

A Bodley Head queria falar comigo sobre o livro? A notícia era inesperada e quase inacreditável. Eu queria dançar pelo apartamento, mas a respeitável e comedida sra. Archibald Christie não se entregava mais ao comportamento extravagante da srta. Agatha Miller. Em vez disso, fui até minha escrivaninha e escrevi uma resposta ao sr. John Lane, informando-o de que visitaria seu escritório no dia seguinte.

Quando me apresentei à recepcionista da Bodley Head no dia seguinte, toda a empolgação e a confiança que tinha sentido na noite anterior haviam desaparecido; na verdade, começara a minguar assim que provei todos os conjuntos que possuía e encontrei apenas um que ainda cabia em mim após o nascimento de Rosalind, confirmando as declarações um tanto insistentes de Archie de que eu não perdera o peso que ganhara na gravidez. Minha exuberância foi substituída por temor. Quem eu achava que era, dizendo ao sr. Lane que chegaria a seu escritório precisamente à uma da tarde, como se ele não tivesse mais nada a fazer além de receber uma dona de casa? Eu havia esquecido completamente meu lugar e minha posição quando escrevi a carta; agora teria de colher o que semeara. *A única parte boa é que eu não contei a Archie sobre a carta ou o encontro*, pensei, *e serei poupada da humilhação da rejeição nesta tarde*. O pensamento me deixou triste por um momento, pois teria adorado contar ao antigo Archie sobre aquela novidade promissora e inesperada, e não escondido dele pela minha proteção e pelo conforto dele. Mas aquele era um Archie diferente.

Sentada na beira da cadeira na recepção, cogitando uma fuga, quase pulei quando um homem chamou:

— Sra. Christie?
— Sim?
Um cavalheiro mais velho com barba grisalha e aparada e olhos azuis vívidos veio em minha direção com a mão estendida.
— Eu sou o sr. John Lane — ele disse. — É um prazer conhecê-la.

Depois que apertamos as mãos, ele me conduziu a seu escritório, um ambiente bastante austero, decorado com pinturas deprimentes dos antigos mestres e fracamente iluminado, exceto por uma poça de luz sobre a superfície da mesa, graciosamente fornecida por uma lâmpada com cúpula verde. Suponho que precisava da iluminação para revisar manuscritos. Eu me acomodei no assento do outro lado da mesa e esperei.

— Bem, sra. Christie. Peço desculpas pela mudança de ideia sobre seu manuscrito. — Ele pegou uma pilha de papéis, que reconheci como meus. — Inicialmente, tinha recusado a obra porque as primeiras páginas não me conquistaram. Mas então, semana passada, quando tive a chance de ler mais, comecei a acreditar que seu livro pode... e enfatizo *pode*... ser uma possibilidade.

— Acha mesmo? — deixei escapar, repreendendo-me imediatamente. Eu deveria soar confiante sobre meu trabalho, não surpresa com o elogio.

— Acho, sim. Teríamos de fazer uma edição considerável... por exemplo, a senhora teria de eliminar a cena no tribunal no fim com aquele detetive Poirot... mas tem muito potencial. Com as mudanças certas, acredito que podemos publicá-lo como uma série. Seu uso do veneno como arma do crime certamente demonstra engenhosidade.

Eu mal conseguia respirar, então pareci sem fôlego quando respondi:

— Que notícia maravilhosa, sr. Lane.

— Mesmo as alterações? — ele perguntou.

Recuperando a força da voz, respondi:

— Não serão problema algum, sr. Lane. Para ser sincera, eu mesma estava pensando que a cena no tribunal deveria ser cortada. — Eu não tinha pensado nada do tipo.

O sr. Lane se recostou na cadeira e bateu palmas.

— Excelente, sra. Christie, excelente. — Ele mexeu em alguns papéis na mesa e juntou uma pequena pilha. Então, pegou uma caneta-tinteiro e me entregou a papelada. — Tenho confiança de que poderemos tirar proveito de *O misterioso caso de Styles* — ele disse com um aceno para a pilha de papéis no meu colo.

— E isso seria...?

— Seu contrato com a Bodley Head, é claro. Tudo padrão para o mercado. Dez por cento em qualquer venda em inglês além de duas mil cópias. E o direito de primeira escolha para os seus cinco próximos romances.

Meu contrato? Ele tinha dito contrato com a Bodley Head? Meu coração acelerou e me perguntei se devia esperar para consultar Archie. Mas e se o sr. Lane mudasse de ideia no meio-tempo? E, afinal, Archie não consentira com o contrato implicitamente quando sugeriu que eu enviasse o livro para publicação? Eu não podia parar de pensar no que poderíamos fazer com a renda extra. Com o salário dele e minha pequena renda de um fundo familiar, nossas finanças iam bem no dia a dia, mas, se quiséssemos comprar uma casa, precisaríamos de mais. E essa poderia ser a fonte da renda.

Fingi ler as páginas do contrato, mas a verdade era que minha cabeça girava e as palavras nadavam na página. Assinei onde estava indicado e então devolvi os papéis e a caneta ao sr. Lane.

— Bem-vinda à família Bodley Head. Sabe — ele parou, olhando para o teto por um momento —, temos um interesse considerável em histórias seriadas ultimamente. A senhora parece ter talento para o gênero.

Endireitando os ombros um pouco - afinal, agora eu tinha um contrato com a Bodley Head -, respondi:

— Gosto de pensar que sim.

— Bem, então talvez ainda a transformemos numa escritora, sra. Christie.

Capítulo 22
DIA 3 APÓS O DESAPARECIMENTO

Segunda-feira, 6 de dezembro de 1926
STYLES, SUNNINGDALE, INGLATERRA

Há quanto tempo Kenward está esperando?, Archie se pergunta ao mesmo tempo que espia o policial através da janela, andando de um lado a outro do salão principal de Styles. Quando estaciona o Delage na frente da casa, passando pelos repórteres acampados no jardim, considera se o vice-comissário ficou sabendo de sua tentativa de falar com a Scotland Yard pelas suas costas, apesar das promessas de Reynolds. Armando-se com uma litania de defesas justas e ignorando os repórteres que gritam seu nome, ele abre a porta de Styles e entra no saguão.

— Coronel Christie. — Kenward o cumprimenta com um sorriso estranho.

Parado à esquerda há outro homem, vestindo o uniforme preto de policial, mas com um estilo diferente daquele dos homens de Kenward.

— Sim, vice-comissário adjunto?

— Houve um desenvolvimento interessante. Mas, antes de discuti-lo, gostaria de apresentá-lo a meu colega da polícia de Berkshire, o superintendente Charles Goddard. Já mencionei ao senhor que compartilharíamos a liderança dessa operação. — Ele gesticula para o outro homem; não inteiramente desdenhoso, mas também não cheio de respeito. Fica claro que Kenward acredita estar no comando.

Enquanto aperta a mão desse novo policial, a mente de Archie está focada no "desenvolvimento interessante" que Kenward mencionou. O que aconteceu? Será que Kenward descobriu mais sobre seu relacionamento com Nancy graças às iscas incessantes que lançou à imprensa?

Archie repara que o tal Goddard está vestido meticulosamente e nota seu uniforme passado de modo impecável, com uma dobra como o fio de uma lâmina ao longo das pernas, uma mudança bem-vinda das roupas desleixadas de Kenward. Quando Goddard tira o chapéu, Archie repara que o cabelo quase preto do policial está tão cuidadosamente ajeitado quanto seu uniforme. A similaridade com seus próprios hábitos de cuidados pessoais o acalma e lhe dá a esperança de que esse policial seja mais inclinado a acreditar nele do que Kenward. Mais inclinado a acreditar que ele é inocente, isto é.

— Então, que desenvolvimento é esse? — pergunta aos dois homens, tentando não soar excessivamente preocupado e ao mesmo tempo ansioso para notícias sobre o paradeiro da esposa.

Ignorando Goddard por completo, Kenward diz:

— Parece que seu irmão recebeu uma carta de sua esposa.

Que peculiar, pensa Archie. Os dois sempre tiveram um relacionamento amigável, mas certamente ele deve ter ouvido errado.

— Meu irmão?

Kenward consulta seu bloquinho onipresente.

— Capitão Campbell Christie, instrutor na Academia Militar Real em Woolwich. É seu irmão, não é?
— Sim — Archie responde com cautela.
— O senhor não parece particularmente feliz com essa missiva — observa Kenward.
— Não, é só que... — Archie busca uma explicação. — Estou surpreso. É só isso.
— Sua esposa não tinha o hábito de escrever cartas ao seu irmão? É por isso que está surpreso? — Kenward lança as perguntas antes que Archie possa inquirir sobre o conteúdo da carta.
— Ela não tinha um hábito regular de se corresponder com ele, até onde eu sei. Exceto talvez por um eventual convite para jantar ou algo desse gênero.
— Ela endereçaria as cartas ao local de trabalho ou à casa dele?
— Não sei dizer, dado que ela não tinha o hábito de contatá-lo de forma alguma. Mas, se tivesse que chutar, suponho que ela endereçaria a correspondência à casa dele.
— Então essa carta de sua esposa ao seu irmão... se tal carta de fato existiu... seria duplamente estranha. Não apenas pelo fato de ter sido escrita, mas também porque o capitão Christie nos disse que foi entregue ao escritório dele. Triplamente estranha, na verdade, se pensarmos que ela escreveu uma carta a seu irmão, não ao senhor, o marido dela.

As palavras de Kenward permitem que um alívio momentâneo atravesse Archie; o homem ainda não ouviu sobre a carta que Agatha deixou para ele. Esse fato o preocupa, até que Goddard pigarreia, presumivelmente em resposta ao comentário inapropriado de Kenward. Ou talvez Goddard objete ao tom de Kenward? O vice-comissário parece ignorar os sinais de Goddard, porque continua seu discurso:

— Aparentemente, o capitão Christie não estava ciente do desaparecimento de sua esposa, então, quando recebeu uma carta dela ontem em seu local de trabalho, não deu muita importância para isso. Mas, quando viu os jornais hoje, falou com sua mãe, a sra. Hemsley, e contou a ela. Curioso...

Archie fica irritado por a mãe escolher discutir seus assuntos pessoais com o irmão, e essa carta peculiar de Agatha para Campbell é inquietante. Ela escreveria para ele? Não é como se fossem particularmente próximos. E de que tratava essa estranha carta?

Corado com essa reviravolta, Archie pergunta instintivamente:

— O que é curioso?

— Que seu irmão não o contatou diretamente para informá-lo sobre a carta — responde Kenward, deliciado por Archie morder sua isca.

Archie quer se estapear por cair direitinho na armadilha de Kenward.

— Meu irmão e eu não conversamos com frequência, mas ele fala com minha mãe regularmente. Imagino que quisesse falar com ela primeiro sobre o assunto. Não há nada de curioso nisso. — Archie redireciona a conversa, perguntando: — Como descobriu tudo isso? Falei com minha mãe nesta manhã e ela não mencionou nada.

— A sra. Hemsley ligou ao meu escritório mais tarde, ainda nesta manhã, quando não conseguiu encontrá-lo. Estava fora, imagino? — ele pergunta com uma única sobrancelha erguida.

Ele sabe sobre a Scotland Yard, Archie pensa. O gesto de Kenward deixa claros seus sentimentos em relação à visita de Archie a Londres, mas o que o inescrutável Goddard pensará? Será que Archie será punido de alguma forma por tentar contornar as autoridades locais e falar direto com a Scotland Yard?

— O que a carta dizia? — Archie faz a pergunta esperada.

— Seu irmão disse que sua esposa mencionou algo sobre visitar um spa por motivos de saúde. Mas é estranho... — comenta Kenward, que, então, pausa por um longo momento.

Archie não vai ser levado a perguntar de novo, então Kenward é forçado a continuar:

— Ele jogou fora a carta, então não sabemos o que ela realmente escreveu. Só temos a palavra dele sobre sua existência... e sua recordação do que ela dizia.

— Suponho que faça sentido ele não ter guardado a carta, não sabendo que Agatha tinha desaparecido.

— É verdade. Mas ele fez questão de guardar o envelope no qual a carta foi postada. É tudo muito peculiar. — Ele encara Archie. — Talvez a briga na sexta de manhã seja a razão de ela não se sentir bem?

Archie escolhe encarar essa pergunta como retórica.

— O que o carimbo postal mostrava?

— Que a carta foi carimbada às nove e quarenta e cinco da manhã de sábado na área SW1 de Londres, o que significa que foi postada em algum momento no sábado de manhã. Sugere que ela estava viva.

Archie tenta abafar sua irritação com a interferência do irmão, que foi provavelmente incitado pela mãe. A palavra *firme* daquela maldita carta que a esposa lhe deixara vem à mente, e ele tenta seguir sua diretiva: *Você terá de se manter firme, mesmo quando o caminho for espinhoso.* Na tentativa de reagir como um marido preocupado e ao mesmo tempo desviar a atenção de Kenward da ideia de possíveis outras cartas, ele diz:

— Mas são ótimas notícias, não são? Mostra que minha esposa está bem em algum lugar, talvez até em Londres. E podemos cessar essa busca terrível em campos e florestas.
— Ele pensa, mas não diz, que isso talvez desencoraje os repórteres também. Sem a possibilidade de um corpo ensanguentado a ser encontrado nos campos, talvez o desaparecimento de Agatha se torne menos intrigante a eles.

Kenward abre a boca para protestar, mas Goddard se insere na conversa. Finalmente.

— Tem razão, coronel, é um desenvolvimento positivo e deve ser um alívio enorme ao senhor. Mas não vimos a carta e não podemos ter certeza de que sua esposa a escreveu e postou ou se outra pessoa fez isso em nome dela. — Goddard se vira para Archie e pergunta: — Não desejo perturbá-lo, senhor, mas temos de considerar todas as possibilidades. Não é possível que a carta tenha sido postada muito mais cedo e carimbada depois? E não é possível também que a sra. Christie tenha encarregado outra pessoa de postar a carta? Fiquei contente com a notícia, mas não estou seguro de que confirme uma linha do tempo ou o paradeiro dela. Até determinarmos esses fatos e realmente a localizarmos, teremos de continuar com as buscas. É o protocolo.

Embora Goddard dê a notícia desagradável de que a busca não cessará – acompanhada pela cobertura de imprensa que ela gera –, transmite-a com um tom mais suave do que Kenward. Como se pensasse que há uma chance de que Agatha ainda esteja viva. Como se, ao contrário de Kenward, ele ainda não tenha decidido que Archie assassinou a esposa.

Capítulo 23
O MANUSCRITO

18 de dezembro de 1921
ASHFIELD, TORQUAY, INGLATERRA

— Que bom que Archie não se opõe à sua escrita — disse mamãe.

Bebericando uma xícara de chá fumegante, ela suspirou de satisfação. Se era pelo chá ou pela minha escrita, eu não podia ter certeza.

Mamãe, Madge e eu estávamos sentadas à antiga e lascada mesa de chá em Ashfield, um local carregado de memórias. Madge insistira para passarmos o Natal em sua mansão dickensiana e, no passado, a ideia de me retirar para Abney Hall, com seus corredores vastos, recessos infinitos e escadarias inesperadas, e sua decoração de madeira polida e tapeçarias empoeiradas, teria sido sedutora. Afinal, mamãe e eu havíamos passado muitos feriados maravilhosos ali com a família Watts depois da morte de meu pai. Mas Archie sentia-se desconfortável em Abney, embora o marido de Madge e toda a família Watts o recebessem de braços abertos, em especial minha querida amiga Nan, com quem eu retomara contato. O passado de Archie contrastava fortemente com aquele da herança dos Watts, e ele percebia ofensas e indiretas por todo lado, embora eu sentisse que fossem imaginárias. Isso tornava Abney Hall um feriado difícil para mim, então convenci mamãe a ser a anfitriã naquele ano, e Madge e eu chegáramos a Ashfield mais cedo para ajudá-la a organizar e planejar as celebrações.

Madge exalou fumaça de cigarro enquanto se recostava ainda mais no sofá, assumindo como sempre a pose da irmã mais velha confiante e primogênita.

— Sim, quer dizer, imagine só. Archie, entre todas as pessoas, permitindo que a esposa trabalhe.

Eu sabia que não deveria tomar o comentário de Madge como um elogio; sua indireta sobre a falta de sofisticação de Archie era evidente. Pela primeira vez, perguntei-me se a mania de perseguição de Archie não era paranoia, no fim das contas.

— Por que ele deveria se incomodar com minha escrita? Não é como se afetasse a existência diária dele de qualquer forma. Ainda preparo suas refeições e janto com ele todas as noites. A casa e as roupas estão sempre limpas, e Rosalind é muito bem cuidada. Minha escrita é uma parte invisível do tecido de nossa vida.

Forcei-me a abrir um sorriso confiante, esperando pôr um fim no assunto, pois sabia que se transformaria numa briga se a conversa avançasse demais. A inveja motivava a crítica mal disfarçada de Madge. Fora ela quem primeiro mostrara promessa na escrita, com contos publicados na *Vanity Fair*, e o fato de eu experimentar um mínimo de sucesso como escritora a incomodava. *Como era apropriado o título daquela primeira coletânea dela*, pensei. *Contos vaidosos*. E parte de mim ficou tentada a me gabar sobre as cinquenta libras que receberia pela série de *O misterioso caso de Styles* no *Weekly Times*. Eu não devia poder compartilhar meus pequenos sucessos com minha família, afinal? Mas engoli as palavras, sabendo que elas só exacerbariam a situação.

— Ah, posso ver que Archie tem tudo de que precisa — respondeu Madge, não se dando ao trabalho de esconder seu sorrisinho sarcástico atrás do cigarro.

Eu estivera disposta a ignorar seus comentários da primeira vez, mas não da segunda. Na segunda, ela tinha de ser desafiada e chamada a se explicar.

— Aonde quer chegar, Madge?

— Archie tem o que precisa, mas você não está um pouco esgotada? — Ela deu uma tragada longa no cigarro. — Só estou pensando em seu bem-estar, irmãzinha.

A tentativa de Madge de esconder a crítica sob o pretexto de proteção era risível. E insultante.

— Seu marido permitiu que você trabalhasse quando a oportunidade surgiu — eu disse. E então, porque não consegui resistir, acrescentei: — E, se você tivesse um contrato com uma editora, tenho certeza de que permitiria novamente.

Ela estreitou os olhos quando captou a indireta. Uma faísca raivosa inflamou-se neles, e Madge se lançou imediatamente de volta ao campo de batalha. Desta vez, usando sua superioridade financeira como arma, disse:

— Agatha, isso é completamente diferente. Eu tenho uma equipe completa de criados.

Sentindo a discórdia fraternal, mamãe interveio:

— O que importa é que Archie acredite ser a coisa mais importante na sua vida, que ele sempre se sinta prioridade. E, Madge, parece que Agatha está fazendo exatamente isso

— ela parou para dar um sorriso para a filha caçula — enquanto mantém uma carreira de sucesso. *O misterioso caso de Styles* no *Weekly Times* foi um triunfo, Agatha, e suponho que financeiramente vantajoso também. Tenho certeza de que *O adversário secreto* será o mesmo. Só queria que tia-vovó estivesse aqui para ver.

Os olhos de mamãe marejaram com a lembrança da morte da mãe, pouco tempo depois do nascimento de Rosalind. Fiquei surpresa com essa demonstração de emoção, porque sempre achei o relacionamento delas cordial, mas não caloroso.

— Pelo menos ela conheceu Rosalind — comentei, aliviada por mamãe tomar o leme nas mãos e guiar a conversa para águas mais seguras e plácidas.

— Sim, já é alguma coisa, não é? — ela respondeu.

Apesar dos esforços de mamãe, Madge não me deixaria vencer essa pequena escaramuça.

— Mas estamos ignorando o fardo que deve ser para Agatha realizar esse truque de mágica todos os dias. Gerenciar a casa, organizar as refeições, entreter o marido, supervisionar a criança e secretamente escrever livros. Com tão pouca ajuda.

Basta, pensei. *Por que Madge não pode me deixar ter este triunfo? Não posso desfrutar a popularidade mediana de meus dois romances e histórias serializadas?* Não bastava ela ter se casado com um marido rico e ter um status social que eu nunca teria como a sra. Christie? A raiva ameaçou me dominar enquanto Madge se agarrava à farsa de preocupação pelo meu bem-estar, e finalmente eu disse:

— Não é segredo, Madge. Eu tenho o apoio total de Archie. Além disso, por que está falando por mim? Sou uma mulher adulta e, se lhe digo que atingi um equilíbrio feliz, é porque fiz isso.

Torci para soar completamente confiante, mas a verdade era que, em alguns dias, o suposto equilíbrio que eu atingira me sobrecarregava. Não que eu deixasse Archie perceber. Ou Madge. Talvez me pedissem para parar de escrever e eu não podia fazer isso, não podia decepcionar minha família.

— Acho que eu sei o que é o me... — continuou Madge.

— Meninas, meninas, chega de picuinhas — interrompeu mamãe, erguendo a voz.

Era um roteiro familiar: Madge iniciava uma discussão acalorada e, quando eu jogava lenha na fogueira com minhas observações, mamãe apagava o fogo. Ela não tolerava desavenças entre as filhas.

Quando nos aquietamos, ela tomou nossas mãos e as apertou.

— Tenho orgulho de minhas duas filhas e estou feliz que vieram passar as festas comigo em Ashfield. Essa casa ficou sem alegria por tempo demais. — Ela bateu palmas e deu um gritinho. — Já sei. Vamos fazer uma brincadeira. Temos uma hora antes que chegue o trem de Archie, então Rosalind e a babá vão exigir atenção. — Ela sacudiu o dedo para mim. — Cuidado para não mimar a criança, Agatha. Você sabe que um pouco de negligência ajuda bastante.

Ignorando mamãe – eu já ouvira suas opiniões sobre a importância de criar distanciamento dos filhos muitas vezes, o que estranhamente contradizia minha própria criação –, perguntei:

— Do que vamos brincar?

— Ah, já sei — exclamou Madge. — Vamos jogar confissões. Mamãe aplaudiu, feliz.

— Que bela ideia, Madge! Faz tanto tempo que não jogamos.

Enquanto pegávamos o papel e as canetas necessárias para a brincadeira, eu fui designada para escrever, e mamãe e Madge começaram a ditar categorias em que confessaríamos nossas verdades. Virtude preferida, cor favorita, heroína mais amada, pior mentira, estado de espírito atual, maior defeito, característica principal, ideia de felicidade – e por aí vai. Rimos enquanto montávamos nossa lista e conjurávamos lembranças de brincar com papai e Monty, que devia retornar no ano que vem de quaisquer esquemas em que se metera na África. Com todas as suas ausências, meu irmão quase não fazia parte da minha vida, exceto por preocupações que causava a mamãe com sua jogatina e negócios suspeitos.

Assim que nos acomodamos para jogar, uma das duas criadas que permaneciam em Ashfield – as Marys – bateu na porta.

— Sra. Christie — ela chamou pela fenda na porta que entreabrira. — O sr. Christie ligou. Ele ficou preso no trabalho e chegará no trem da manhã em vez de nesta noite.

— Obrigada, Mary — respondi. Fiquei decepcionada, mas o que podia fazer?

Mamãe me deu um olhar e disse:

— Cuidado para não o deixar sozinho por muito tempo, Agatha. Ele precisa de cuidados.

Essas últimas quatro palavras eu proferi junto com ela. Ouvira-as tanto na juventude e na idade adulta que as sabia de cor.

— Não é como se eu controlasse as horas de trabalho e obrigações dele, mamãe. Você sabe que eu cuido dele quando tenho a chance.

— Espero que sim — ela disse. — E espero que crie oportunidades para cuidar dele quando ele não se apresentar.

Embora não tivesse se juntado a essa conversa, Madge interveio:

— Por que nunca diz isso a mim, mamãe? Que Jimmy precisa de cuidados? Que eu não deveria deixá-lo sozinho por muito tempo? Pelo contrário, a senhora me encoraja a visitá-la em Ashfield por longos períodos mesmo quando sabe que Jimmy não pode me acompanhar.

— Não é óbvio, Madge? Você não precisa seguir meu conselho. Seu marido não tem uma sensibilidade rara... nem uma beleza rara.

Capítulo 24
DIA 4 APÓS O DESAPARECIMENTO

Terça-feira, 7 de dezembro de 1926
STYLES, SUNNINGDALE, INGLATERRA

A aurora de um novo dia não diminui as buscas por sua esposa nem a caça implacável da imprensa por informações. Enquanto Archie examina a pilha de jornais locais e nacionais no desjejum, vê que a sede por detalhes sobre o desaparecimento de Agatha só cresceu. Parece que a busca se tornou um fim em si mesmo para os repórteres, em vez de um passo em direção à resolução.

Ele balança a cabeça ao pensar na velocidade com que a imprensa reúne e dissemina material, cogitando, não pela primeira vez, que só o acesso a informações privilegiadas poderia render alguns detalhes mais íntimos. Embora não tenha provas – e não entenda o motivo –, Archie suspeita que Kenward esteve predisposto contra ele desde o começo e que vem alimentando a imprensa com detalhes instigantes, talvez na esperança de inspirar uma reação sua. Mas Archie sabe que é mais do que o simples desejo de um repórter de superar um rival na busca do detalhe mais recente sobre a bolsa de Agatha ou a cor do seu casaco de pele que está causando o frenesi. A ideia de que sua esposa desaparecida – agora mitificada como a romancista em um casamento feliz com um belo herói de guerra – se transformou na vítima de um dos seus próprios livros de mistério é irresistível tanto para repórteres como para leitores.

O que, em nome de Deus, ele vai fazer? Como vai manter a aparência do marido preocupado e amoroso por muito mais tempo? Como certificar-se de que seu relacionamento com Nancy permaneça secreto? Styles é o picadeiro de um circo muito público, e todos estão olhando para ele como se fosse o mestre de cerimônias. E um que se importa, ainda por cima.

Ele esfrega as têmporas doloridas, buscando alívio do estresse e do barulho, quando a porta da sala de estar se abre com um estrondo, fazendo uma pontada de dor estourar em sua testa. Quem ousa ultrapassar os guardas que Kenward instalou para proteger Archie e Rosalind das multidões de repórteres agressivos acampados na frente de Styles? Kenward explicou que os guardas eram para a proteção deles, mas Archie suspeita que o policial tenha encarregado os homens de manter o olho nele.

É Kenward, é claro. Ele passa pela criada, Lilly, que o deixou entrar, e segue diretamente até Archie. Goddard entra depois dele, com meio-sorriso apologético pela interrupção.

— O senhor virá à dragagem? Temos de começar. Os homens e os equipamentos estão a postos, então não podemos enrolar, coronel — rosna Kenward, o que faz Goddard se encolher. — Estamos só esperando o senhor.

— Dragagem? — Archie está confuso. Do que Kenward está falando? — Não tenho certeza se entendo.

— Sei que informei o senhor. Como pôde esquecer? — diz Kenward com um revirar de olhos. — Está tudo pronto para lançarmos redes em Silent Pool e em Albury Mill Pond hoje. Para o caso de a sra. Christie ter caído em um dos lagos ao vagar depois que o carro quebrou. — Ou Kenward não compreende a cena terrível que está pintando para Archie ou plantar essa imagem em seus pensamentos é precisamente seu objetivo.

Qualquer que seja sua intenção, até Goddard parece chocado.

— Vice-comissário adjunto Kenward, acho que podemos estar exigindo demais. Talvez o coronel Christie possa ficar de fora nesse caso. Estamos falando da esposa dele, afinal.

Kenward olha para Goddard como se apenas neste instante tivesse percebido que ele está na sala.

— Mas o coronel Christie pode ajudar a identificar o cor... — Goddard lhe dá um olhar afiado, e Kenward muda de tática. — Ah, sim. Entendo. Suponho que talvez seja uma boa ideia ele ficar de fora.

— Tenho uma ideia, vice-comissário adjunto Kenward. E se o coronel Christie passasse esse tempo comigo? O senhor tem a dragagem sob controle, e o sr. Christie e eu não tivemos chance de conversar a sós sobre a investigação e os eventos precedentes ao desaparecimento. — Goddard se vira para ele. — Isso seria aceitável, coronel?

Se tenho que passar a manhã com um policial, ele pensa enquanto assente, *é mais palatável passá-la com alguém que ainda não decidiu que sou um assassino.*

Uma vez que Kenward e seus homens partem e Lilly serve chá fresco e fumegante em xícaras de porcelana, Archie se acomoda em sua poltrona e submete-se a outra rodada de interrogatório. Imagina que vai se parecer com as outras – uma torrente de perguntas focadas em seu paradeiro e no da esposa no dia em que ela desapareceu, em uma tentativa vã de catalogar e compreender cada um de seus movimentos naquela fatídica noite de sexta-feira. A polícia parece acreditar que só assim vão descobrir o que aconteceu com sua esposa. Mas Goddard não parece ser como os outros policiais.

— Como descreveria sua esposa, coronel Christie?

— Seu cabelo tem uma tonalidade ruiva, mas uns fios grisalhos...

Goddard interrompe.

— Peço desculpas por ser vago, coronel. Como descreveria a personalidade de sua esposa?

— Humm. — Archie fica surpreso com a pergunta que ninguém fez até agora. — Suponho que ela seja como qualquer esposa e mãe em alguns quesitos.

— Mas em outros...?

— Ela tem um temperamento artístico, suponho. Interesses criativos. É uma escritora, sabe.

— Sei e me pergunto se ela tem aquele gênio forte de que sempre ouvimos falar dos artistas. — Goddard diz isso com um sorriso, como se fosse uma grande piada.

— Eu não diria que ela tem gênio forte. Mas tem um temperamento sensível e é propensa a compartilhar suas emoções e seus pensamentos, às vezes com grande emoção. Como o senhor sugeriu, artistas não são conhecidos por seu comedimento.

Goddard se inclina em direção a Archie como se estivessem compartilhando um segredo importante.

— Quanto mais testemunhas entrevisto, mais descubro que elas compartilham sua descrição do temperamento da sra. Christie. Em meus anos de trabalho policial, nos quais encontrei muitas pessoas com o caráter sensível de sua esposa, vi que se essas pessoas ficam sobrecarregadas e... por qualquer motivo... elas podem fugir.

Archie segura o fôlego. Esse policial está mesmo oferecendo uma hipótese para o paradeiro da sua esposa? Uma que não envolve um crime cometido por ele, como aquilo em que Kenward claramente acredita?

— Isso é só uma hipótese, é claro — acrescenta Goddard.

Archie sabe que está sobre uma corda bamba. Arriscando assumir uma expressão esperançosa, ele diz:

— Sabe, superintendente Goddard, acredito que o senhor é o primeiro policial no caso a apresentar esse ponto de vista. Acho que...

A porta do escritório vibra com uma batida firme.

— Coronel Christie, senhor, há dois policiais aqui que precisam falar com o superintendente Goddard — anuncia Lilly.

— Deixe-os entrar — responde Archie.

Dois homens de Goddard, reconhecíveis pelos uniformes, aparecem.

— É uma enxurrada, senhor — relata o mais velho.

— Uma mudança de clima justifica a interrupção de minha conversa com o coronel Christie? — pergunta Goddard, mal contendo a raiva. É um lado diferente do superintendente amável que ele aparentou ser até agora.

— Desculpe, senhor, mas não é esse tipo de enxurrada. Jim Barnes do *Daily News* vem cobrindo o desaparecimento da sra. Christie e acabou de oferecer cem libras por informações que levem à localização da esposa do coronel.

— Entendo.

— Nas duas horas desde que o anúncio foi feito, tivemos quase uma dúzia de relatos de avistamentos. — O policial checa seu bloco e lista: — Ralph Brown de Battersea alega ter visto a sra. Christie em Albury Heath na manhã de sábado, caminhando distraída. A sra. Kitchings de Little London... perto de Newlands Corner... relata que viu uma mulher parecida com as fotos da sra. Christie no jornal caminhando em uma travessa perto da sua casa por volta de meio-dia no sábado. Um carregador da estação de trem chamado sr. Fuett insiste que foi abordado no domingo na estação Milford por uma mulher que combina com a descrição da sra. Christie. A lista continua, senhor.

— Parece que temos algumas alegações para investigar se queremos encontrar sua esposa, coronel. Peço desculpas por ter de encerrar nossa discussão — diz o superintendente Goddard enquanto se levanta. Então, apoia a mão de leve no ombro de Archie e diz: — Tenho certeza de que a encontraremos.

Capítulo 25
O MANUSCRITO

15 de fevereiro de 1922
HOTEL MOUNT NELSON, CIDADE DO CABO,
ÁFRICA DO SUL

— Ah, a senhora embaralha as cartas bem, sra. Christie. Poderia sentar-se conosco e distribuir essa rodada? — perguntou a sra. Hiam.

O que parecia um pedido era, na verdade, uma ordem, e ela sabia que eu não tinha escolha exceto obedecer, agora que Archie estava doente no quarto de hotel outra vez, por período indeterminado, com sabe-se lá qual enfermidade – provavelmente dor de estômago. Pelo menos um dos Christie precisava realizar o seu dever designado para evitar penalizações de nosso anfitrião, o major Belcher.

Eu pretendia aproveitar essa breve folga em nosso itinerário para terminar meu conto. Apesar das demandas incessantes do roteiro da Empire Tour – que ia de África do Sul a Austrália, Nova Zelândia, Havaí e finalmente Canadá antes de voltar para casa –, eu tinha conseguido manter meus prazos com a revista *Sketch*. Mas o próximo estava chegando e havia muito trabalho a fazer. Meu editor na publicação encomendara doze contos de Hercule Poirot, e eu gostava de desenvolver o meu detetivezinho peculiar, que surgira inteiramente de minha imaginação como a deusa Atena irrompera do crânio de Zeus: crescido e pronto para a batalha. Bem, pelo menos pronto para o mistério.

O prazo do meu livro também me pressionava. Nossa jornada no RMS *Kildonan Castle* da Inglaterra à África do Sul, onde começamos a Empire Tour, inspirara uma série de observações para o cenário do meu novo romance, assim como os locais magníficos que tínhamos visto desde que atracamos na África do Sul. Mesmo assim, nada fornecia mais inspiração do que o líder da turnê, o major Belcher. O que lhe faltava em liderança e habilidades organizacionais, ele mais do que compensava em idiossincrasias, que eu podia usar como material para personagens.

Eu não via a hora de escrever. Quando viajava, sentia-me uma pessoa diferente, levando uma vida diferente. Livre das responsabilidades diárias de uma existência normal – pagar contas, cuidar dos afazeres da casa, escrever cartas, gerenciar uma babá e uma criada (que eram o mínimo de pessoal possível), fazer compras no mercado, coser roupas e, mais importante, cuidar de Rosalind –, eu me sentia leve e transbordando de energia para atividades criativas. Cenas inteiras apareciam em minha cabeça completamente formadas, chamando-me ao quarto de hotel e à máquina de escrever, e eu ansiava por negar o pedido da sra. Hiam.

Mas não foi isso que fiz. Não foi isso que disse. Ao contrário, como sempre, eu fiz e disse o que o dever exigia. Mesmo que tivesse deveres próprios da minha profissão, sabia que eles não seriam considerados iguais aos deveres que emanavam do meu marido e de sua posição. Suprimindo qualquer irritação que eu sentisse com essa disparidade, virei-me para as senhoras com um sorriso.

— É claro, sra. Hiam, seria um prazer auxiliá-las — eu disse.

Não sabia se conseguiria suportar outra tarde escaldante na companhia daquelas mulheres enfadonhas e presunçosas que passavam a maior parte do tempo reclamando em vez de admirando as paisagens. Os tópicos preferidos da sra. Hiam eram, em nenhuma ordem particular, a opressão do calor, a abundância de poeira, a ameaça constante de malária e doença do sono, o aspecto desagradavelmente holandês das casas da África do Sul, a impalatabilidade da comida e o zumbido incessante dos mosquitos. Ela retornava a esses assuntos todo dia, assim como provavelmente discutia a chuva e a tuberculose em casa, e eu me perguntava por que tinha se dado ao trabalho de se afastar tanto do lar se ansiava desesperadamente pela Inglaterra.

Enquanto cortava o baralho e embaralhava as cartas, joguei conversa fora com a sra. Hiam, duas outras mulheres hospedadas no hotel cujos nomes me fugiam, e a sra. Belcher, que era - para todos os efeitos - minha chefe. O marido dela, o major Belcher, era o gerente-geral adjunto da Exposição Imperial de 1924, e aquela grande turnê na qual embarcáramos tinha o objetivo de promover a exposição para líderes políticos e homens de negócios importantes nos domínios do Império Britânico. Quando Archie voltou do trabalho em dezembro com a notícia de que seu antigo instrutor de Clifton, o major Belcher, o tinha convidado para se unir à Empire Tour como conselheiro financeiro, eu fiquei eufórica - pelo menos depois de descobrir que fora convidada e que o estipêndio de mil libras que Archie receberia pela viagem cobriria minhas despesas. Eu sonhava que a viagem poderia elevar o astral de Archie – que constantemente pairava entre desanimado e deprimido devido às suas perspectivas na nova firma, Goldstein's, e certos serviços questionáveis que ela realizava – e que finalmente poderíamos reacender a paixão de nossos primeiros dias. Talvez, pensei, até sobrasse tempo e espaço mental para minhas atividades criativas florescerem. O que eu não sabia na época era que nossa principal tarefa na turnê seria cuidar do caprichoso e explosivo major Belcher e acalmar os ânimos exaltados que ele deixava em seu encalço. Com frequência, eu me perguntava o preço que tínhamos pagado pelo privilégio daquela viagem.

Ao pensar no custo da turnê, lembrei-me de Rosalind. Ela parecera ter menos que seus dois anos de idade quando lhe dei adeus do deque do RMS *Kildonan Castle* naquela manhã de janeiro frígida, e eu tinha experimentado uma pontada quase insuportável de arrependimento quando estendeu a mão em minha direção no cais. Mas, uma vez que Archie envolveu os braços ao meu redor, lembrete implícito de sua admoestação para torná-lo minha prioridade, soube que tomara a decisão correta. Eu podia quase ouvir a voz de mamãe na cabeça – ainda mais estridente que de costume – quando pedi seu conselho sobre a viagem: *O dever de uma esposa é estar com o marido, porque o marido deve vir primeiro, antes mesmo das crianças. Se uma esposa deixar o marido por tempo demais, vai perdê-lo.* Mas, embora eu soubesse que Madge e mamãe cuidariam bem de Rosalind, constantemente me perguntava se cometera um erro ao concordar em deixar meu bebê por um ano.

— Sra. Christie?

Ouvi meu nome vindo de longe enquanto embaralhava repetidamente as cartas, perdida em pensamentos sobre a turnê.

— Sra. Christie — chamou a sra. Hiam de novo, praticamente gritando desta vez. Ela se sentia confortável em tomar liberdades consideráveis comigo porque era a amiga mais próxima da sra. Belcher e achava que era minha chefe por tabela. — Acredito que tenha embaralhado o suficiente. Pode parar e dar as cartas.

— Peço perdão, senhoras — eu disse com um sorriso largo. — Meus pensamentos vagaram para a intrigante exposição que vimos nesta tarde no museu da Cidade do Cabo. A palestra sobre pinturas em cavernas e a evolução dos crânios antigos não foi fascinante?

Eu fiquei encantada com a coleção de crânios pré-históricos do museu, do *Pithecanthropus* e além, com todas as variações ao longo do tempo, particularmente na mandíbula e seu ângulo, e fiquei horrorizada ao descobrir que as primeiras escavações tinham perdido partes importantes dos crânios na pressa de arrancar as relíquias da terra. Fora uma das tardes mais esclarecedoras que eu já passara, deixando claro que a evolução da humanidade era muito circular, não o caminho linear que já presumíramos. Talvez este fosse o destino da humanidade: aprender que nenhum dos nossos caminhos era tão direto quanto acreditávamos que fosse.

Recebi um coro de "ah, sim" em resposta, mas minha tentativa de conduzir aquelas senhoras a uma conversa cultural morreu ali. Não era que as mulheres na turnê fossem completamente imunes à atração de artefatos antigos ou práticas culturais peculiares, mas, no momento em que voltavam à familiaridade do hotel ou do navio, também voltavam a conversas e comportamentos do lar. Em alguns casos, era como se não tivessem deixado a Inglaterra.

Fingi interesse pela décima vez só naquela tarde, embora estivesse a um passo de desmaiar de calor e exaustão. O itinerário do dia fora extenuante por si só; eu dormira tarde após tratar a sepse no pé de Belcher até ele recuperar certa mobilidade, tarefa que me foi designada devido a meu trabalho como enfermeira de guerra, e então começamos a manhã cedo com um passeio em uma fazenda após o desjejum e almoçamos com um oficial local, o que foi seguido pela visita ao museu e um passeio nos jardins próximos. Agora tínhamos essa breve pausa antes de uma festa nos jardins da residência do arcebispo. A exuberância que Archie me implorara para abafar agora era essencial para sobrevivermos a esses eventos. Mas não era o cronograma que me exauria, e sim a banalidade implacável das pessoas. Era o mesmo motivo pelo qual eu me mantinha apartada e escrevia histórias em vez de socializar com outras mães e esposas no meu bairro de Londres.

Meus olhos pareciam pesados, e eu corria o risco de cochilar quando avistei Archie no saguão. Meu humor melhorou assim que meu belo marido começou a vir em minha direção. Ele ergueu a mão em um aceno curto e me perguntei se poderíamos dar uma escapada para surfar.

Acabáramos de descobrir o esporte e estávamos viciados. Archie e eu começamos a praticá-lo em Muizenberg, uma baía pitoresca flanqueada por montanhas que mergulhava diretamente no mar e era facilmente acessível do hotel da turnê por um curto trajeto de trem. Quando segurei a prancha de surfe pela primeira vez, a madeira fina pareceu frágil, e me perguntei como me sustentaria deitada nas ondas agitadas, imagine em pé. Mas, com o tempo, depois de arranhar braços e pernas várias vezes na praia arenosa, comecei a pegar o jeito, até mais rápido que Archie. No fim de nossa primeira tarde de surfe, eu surfei as ondas até a praia com relativa facilidade. Lembro-me de sorrir para Archie, água pingando do meu rosto, cabelo e roupa de banho, sentindo-me viva e jubilante, e de ele retribuir o sorriso. A conexão pela qual eu ansiava parecia possível naquele momento glorioso.

Capturando o olhar de Archie, fiz uma mímica de surfe e uma expressão interrogativa para ele. Seu rosto se iluminou, e ele assentiu. Pedindo licença às senhoras, comecei a me levantar da mesa de jogos quando avistei Belcher caminhando diretamente para meu marido. Prendi o fôlego enquanto o major inconstante – tão propenso a ter um chilique quanto a dispensar um elogio exagerado – gesticulava loucamente para Archie. Meu marido se esforçou para manter sua expressão plácida de costume, e pensei que talvez conseguisse resgatá-lo de Belcher se interviesse imediatamente.

Quando me despedi das senhoras e dei as costas para a mesa de jogos, ouvi meu nome. Era a sra. Hiam de novo.

— Ah, sra. Christie, meu vestido de noite marfim certamente precisará ser passado antes do jantar. Ó, como o calor amarrota minhas sedas! — ela anunciou, olhando ao redor para receber as risadinhas que procurava. — A senhora vai me ajudar, não vai?

Olhando para Archie do outro lado da sala, vi que ele estava igualmente impotente; Belcher o tinha convocado para alguma tarefa. Trocamos um sorriso fraco e soube que encontraríamos tempo para ir a Muizenberg de novo. O dever nos chamaria muitas e muitas vezes naquela turnê, mas eu estava confiante de que conseguiríamos arranjar outros momentos brilhantes juntos e voltaríamos para casa mais fortes do que antes.

Capítulo 26
DIA 5 APÓS O DESAPARECIMENTO

Quarta-feira, 8 de dezembro de 1926
STYLES, SUNNINGDALE, INGLATERRA, E O EDIFÍCIO
DA RIO TINTO COMPANY, LONDRES, INGLATERRA

A terça-feira não foi gentil com Archie. A noite começou com relatórios privados da polícia e artigos públicos de jornais sobre a enxurrada de supostos avistamentos. Embora a recompensa certamente tenha incentivado a maioria das alegações – tanto as espúrias como as genuínas –, a revelação de que alguns repórteres chegaram a pagar cidadãos a fim de fazer alegações falsas para inspirar artigos sensacionalistas chocou até a cínica polícia. A noite continuou com os jornais soltando detalhes sobre a carta da esposa para o irmão, focando o comentário de Agatha sobre sentir-se mal: o que, os jornalistas indagavam, ou quem poderia ter feito a sra. Christie sentir-se tão mal a ponto de fugir? Archie teme que esse questionamento os leve até ele.

Sua apreensão se torna realidade. Repórteres e leitores saem em busca de uma razão para a enfermidade de Agatha e, na quarta de manhã, os olhares pousam em Archie. Ele tem certeza de que as sugestões e as indiretas com que Kenward vem alimentando a imprensa – pelo menos é nisso que acredita – jogaram lenha na fogueira. De uma noite para outra, ele vai de belo herói de guerra em um casamento idílico para o suspeito motivador da fuga da esposa.

Kenward e Goddard estão sobrecarregados com os relatos de avistamentos, e suas equipes estão encarregadas de entrevistar os cidadãos envolvidos. Como resultado, a busca oficial foi interrompida hoje, embora os civis ainda vaguem pelos campos e pelos bosques atrás de pistas. Apesar de estar aliviado com a mudança de foco, Archie sente-se sem rumo depois que Charlotte e a polícia acompanham Rosalind até a escola. Decide que precisa de uma dose de normalidade e dirige-se ao seu escritório no Delage.

Enquanto segue em direção a Londres, fica tentado a fazer um desvio e visitar Sam James ou Nancy; para tranquilizá-los, pensa bem nas possibilidades. Então percebe que o verdadeiro motivo por que deseja vê-los é acalmar os próprios nervos, assim como seus temores sobre o que eles podem ter dito às autoridades. Mesmo que todos tenham concordado temporariamente em cessar a comunicação entre si, ele se vê guinando em direção à saída para Hurtmore Cottage e, então, para a casa em que Nancy mora com os pais. Toda vez, quando está prestes a fazer a curva, ele se impede.

Archie se parabeniza por ter tomado a decisão correta alguns minutos depois, ao reparar em um Morris cinza comum seguindo-o até a cidade. Será que o carro o acompanhou o tempo todo e ele estava perdido demais em pensamentos para notar? Ou se tornou paranoico? Pegando uma saída para Londres diferente da usual, ele observa se o automóvel vai imitar sua curva rápida. É o que acontece. Conforme ziguezagueia no trânsito e atravessa ruas laterais para chegar ao seu escritório, o Morris não o perde de vista. Archie começa a ficar irritado com Kenward, que sem dúvida ordenou essa vigilância, mas diz a si mesmo para não se preocupar, porque o protocolo deve exigir esse tipo de coisa independentemente dos sentimentos do vice-comissário em relação a ele.

Em vez de remoer a impressão que Kenward tem dele, Archie permite que Londres o envolva com seu tumulto de carros e caminhões e pessoas ocupadas. O rebuliço o deixa mais animado. Londres não está inteira focada no desaparecimento de sua esposa. A vida prossegue na capital. Ele quer se perder no vaivém das massas e tornar-se anônimo.

Quase se sentindo como si mesmo, ele estaciona o carro na Broad Street. Andando até o edifício da Rio Tinto Company, onde fica seu escritório, nota que os homens que estavam atrás dele na estrada saem do carro e passam a segui-lo. Pelo visto, os detetives de chapéu fedora pretendem manter um olho nele enquanto trabalha. *Bem, fiquem à vontade*, ele pensa. *Podem passar frio aí fora enquanto eu faço as coisas com calma no escritório.* Não há nada para ver exceto as atividades normais de trabalho.

Ele entra no saguão como se fosse qualquer outro dia. Enquanto espera o elevador, imagina um expediente produtivo em sua sala na Austral Limited, em cuja diretoria atua. Quase vibra de empolgação com a perspectiva de papelada rotineira e reuniões de trabalho. Uma vida ordenada e ordinária.

O elevador anuncia sua chegada com um *ding*. Archie estende a mão para abrir a grade quando percebe que há um homem atrás dele. Entrando, aperta o botão para o sexto andar e então vai para o fundo do elevador a fim de permitir que o homem entre. Só quando o sujeito o olha ele percebe que é Sebastian Earl, que ocupa a sala ao lado da dele.

— Bom dia, Sebastian — cumprimenta, como sempre.

— Bom dia, Archie. — Sebastian faz uma pausa e, enquanto hesita, o elevador é tomado por um silêncio desconfortável. — Sinto muito sobre... bem, você sabe.

Como Archie deve responder? Ele não se preparou para lidar com a situação de Agatha no trabalho. Mas não é como se a *morte* da esposa tivesse sido relatada, então por que já está recebendo pêsames? Mesmo assim, tem certeza de que Sebastian é bem-intencionado, então responde com um simples obrigado.

Sebastian continua:

— Devo admitir que estou surpreso de vê-lo aqui.

Archie fica um pouco espantado. Não esperava que ninguém abordasse diretamente o desaparecimento da esposa e seu papel na busca por ela. Antecipou olhares oblíquos e sussurros, é claro, mas nada tão escancarado.

— Entendo — diz, sem saber bem como responder.

— Quer dizer, sua esposa está desaparecida. Imaginei que estaria procurando por ela junto com a polícia e todos aqueles voluntários que vi no jornal. É só isso... — Sebastian se atrapalha tentando evitar qualquer ofensa.

Archie encara o ponteiro de metal que se move devagar para indicar o andar atingido pelo elevador; não vê a hora de chegar ao sexto andar. Esse interrogatório é intolerável, e ele sente que não consegue respirar direito no elevador minúsculo.

— Passei o fim de semana fazendo exatamente isso.

— Mas ela ainda não foi encontrada. Com certeza seu trabalho na Austral pode esperar. Ninguém vai julgá-lo por isso.

Por que Sebastian continua essa linha de questionamento? Archie só queria ter um dia normal no escritório, longe das buscas e das especulações sobre o desaparecimento de Agatha, e a carta guiando seu comportamento não proibiu isso. Raiva e medo crescem nele em igual medida, e ele deixa escapar:

— Não acho que a polícia realmente me queira nas buscas.

— Por que não iam querer? — pergunta Sebastian, todo inocente, embora Archie suspeite que suas perguntas se originam de uma olhada matinal no *Mail* e no *Express*, que estão cheios de suspeitas.

— Eles acham que assassinei minha esposa. — Ele acrescenta depressa: — O que obviamente não fiz.

— Obviamente — Sebastian se apressa em repetir.

Por fim, o elevador para no sexto andar, e Archie se lança para a porta, desliza-a e sai sem outra palavra para seu colega. O júbilo momentâneo que ele experimentou no saguão desapareceu, e ele caminha em direção a sua sala torcendo para não encontrar mais ninguém no caminho. Quando finalmente chega à porta, entra e a fecha depressa atrás de si. Fica a salvo por um breve momento.

Mas quanto tempo vai durar?

— Viu isso? — pergunta Clive Baillieu, seu amigo e chefe, depois que ele passou três horas gloriosas e praticamente ininterruptas fazendo seu trabalho regular. Quem imaginaria que tarefas burocráticas poderiam ser tão satisfatórias? Clive lança um jornal na mesa de Archie.

— Não — responde Archie, pegando a edição vespertina do *Daily Mail* antes que ela caia da mesa.

Clive é a única pessoa nos escritórios da Austral com quem Archie conversou hoje e, sentindo a necessidade dele por um pouco de normalidade, Clive não mencionou sua esposa, focando os negócios.

— O que é?

Olhando para as manchetes, ele tem a resposta: "Marido de romancista desaparecida passou fim de semana jogando golfe em Hurtmore Cottage na noite fatídica". Por Deus, a informação que ele mais queria manter secreta veio a público. Seus medos se tornaram reais. Alguns deles, pelo menos.

O que mais os repórteres sabem? Correndo os olhos pelo artigo, ele vê referências aos James no primeiro parágrafo, seguidas por uma citação de Sam. Como sujeito decente que é, Sam defende Archie vigorosamente e descreve o "inocente" quarteto de golfe deles. Mas, quando Archie lê o parágrafo com mais calma, repara que a declaração foi dada no próprio dia – o que significa que os repórteres já irromperam em Hurtmore Cottage. Graças a Deus ele não passou lá a caminho do trabalho; pode imaginar a reação da imprensa. Ah, a dívida que ele tem com os James...

Só dois parágrafos adiante ele vê que Nancy foi mencionada e congela à visão do nome dela. Quase não consegue continuar, mas se obriga a ler: "A misteriosa quarta pessoa a passar o fim de semana jogando golfe era a srta. Nancy Neele. A funcionária da Associação Imperial Continental de Gás é natural de Rickmansworth, em Hertfordshire, onde mora com os pais. Não foi possível encontrá-la para comentar o caso". Archie relê as frases, achando-as menos incriminadoras do que havia antecipado. Mas então vê a última frase do artigo, que faz referência à misteriosa carta da esposa a Campbell: "Seria a srta. Neele a 'enfermidade' que levou a sra. Christie a fugir – ou pior?".

Archie se levanta tão abruptamente que a cadeira tomba para o chão. Deus, o que ele vai fazer? Um de seus maiores medos se tornou realidade.

— Desculpe, Archie, pensei que você preferiria ouvir de mim do que de algum sujeito na rua — diz Clive. — E odeio jogar sal na ferida e tudo o mais, mas acho melhor você ficar em casa até isso passar. Não podemos ter policiais e repórteres se aglomerando nas portas do escritório, não é?

Archie assente, mal ouvindo a instrução de Clive. Ser banido do escritório poderia ter doído em outras circunstâncias, mas no momento quase não importa. Se a polícia e o público continuarem a acreditar que ele é culpado do desaparecimento da esposa, sua reputação e sua subsistência estarão em risco. Para não mencionar as de Nancy.

Sem dizer nada, ele começa a arrumar a maleta, levando Clive a perguntar:

— Você está bem, colega? Espero que não esteja chateado. Tenho um dever e tudo o mais.

— Não tem problema, eu entendo — diz Archie enquanto sai do escritório. E foi sincero. Ele teria feito a mesma coisa.

Agora deve empreender uma tarefa odiosa para um homem privado: terá de enfrentar o público e contar sua história ou renunciar a sua reputação para sempre. Mas, se for além das limitações da carta, o mesmo destino o aguarda. Qualquer passo em falso vai levá-lo pelo mesmo caminho maldito.

Capítulo 27
O MANUSCRITO

20 de maio de 1923
LONDRES, INGLATERRA

— Rosalind, venha com a mamãe — chamei minha filha, saindo do escritório e entrando no jardim.

O dia estava claro, o céu de um azul vívido quase irreal. Era como se o clima tivesse se cansado de ser inglês e estivesse testando a cidadania italiana ou, quem sabe, australiana. Estreitei os olhos contra o sol; passara as últimas horas, assim como os últimos meses, atrás da minha máquina de escrever, com a mente entrando e saindo do mundo do meu novo romance, *O homem do terno marrom*. A Empire Tour inspirara cenário e personagens desse mistério, e eu não via a hora de escrever a história que crescera em minha mente desde que embarcamos para a África do Sul. Enquanto mergulhava na narrativa, adorei criar um quebra-cabeça inspirado em muitas de minhas experiências recentes: a longa viagem de Londres à África do Sul, incluindo os enjoos e os jogos no convés, a paisagem e a cultura sul-africana, a vista da Table Mountain na Cidade do Cabo quando enfim atracamos, a personalidade do major Belcher e seu secretário, o sr. Bates, que eu transformara nos personagens fictícios sir Eustace Pedler e seu secretário, Guy Pagett, e até o nome do navio em que os personagens viajavam, o *Kilmorden Castle*, era uma adaptação do nosso, o *Kildonan Castle*. Acima de tudo, talvez, eu adorei me perder na protagonista, a intrépida Anne Beddingfeld, o tipo de jovem que eu poderia ter sido, naturalmente destemida e aventureira, mas que no fim acabou mais como eu mesma, uma mulher que fazia sacrifícios pelo homem que amava.

Meus olhos finalmente se acostumaram à luz, e distingui o pequeno espaço verde que constituía o jardim nos fundos do nosso apartamento londrino. Rosalind estava sentada na grama, rolando uma bola vermelha com a nova babá, que chamávamos de Cuco. Mamãe tinha sido obrigada a contratar essa mulher completamente inferior enquanto estávamos viajando depois de se desentender com a governanta anterior de Rosalind, a indomável Jessie Swannell. Embora tivesse ouvido o relato de mamãe uma centena de vezes, ainda não conseguia imaginar o que Jessie podia ter feito para deixá-la tão furiosa; atribuí o caso todo a seus nervos em frangalhos devido aos comportamentos preocupantes de Monty. Ao voltar para a Inglaterra, ele mergulhara imediatamente em seus velhos hábitos, se envolvendo em esquemas e realizando gastos exorbitantes.

A luz do sol refletiu no cabelo de Rosalind e, embora ele fosse escuro e liso, os fios começaram a reluzir no sol inesperado da tarde enquanto ela brincava. *Se houvesse um fotógrafo aqui, que foto daria essa cena*, pensei. Eu queria ir até minha filha, mas, em vez de fazer isso, chamei-a de novo. Precisava ver o que ela faria.

Rosalind não se mexeu. Cuco me olhou e sussurrou no ouvido dela algo inaudível para mim. Enquanto observava as costas de sua cabecinha balançarem de um lado para o outro, entendi que Rosalind tinha enfaticamente negado a sugestão da governanta. E, sem que me dissessem, sabia precisamente que sugestão havia sido: "Vá com a mamãe".

Fazia seis meses que retornáramos da Empire Tour, e minha filha ainda não tinha me perdoado.

Lágrimas começaram a brotar em meus olhos, e eu me virei para longe de Rosalind e Cuco. Por mais irritante que a mulher pudesse ser – com seu hábito de ficar parada fora da porta do meu escritório e, em voz retumbante, dizer coisas para Rosalind que não tinha coragem de falar diretamente para mim –, eu apreciava seus esforços para tentar restabelecer o vínculo entre mim e minha filha. Mas não podia arriscar perder autoridade deixando-a me ver chorar.

Quando voltei ao apartamento, ouvi o som de passos na entrada. Rapidamente, enxuguei a única lágrima que tinha escorrido por meu rosto, apertei as bochechas e mordi os lábios para dar-lhes cor, pintando um sorriso no rosto para receber Archie.

Um gritinho agudo soou atrás de mim e, antes que pudesse chegar à entrada, Rosalind passou correndo por mim até o pai.

— Papai, papai! — ela exclamou.

Eu congelei. Por que ele tinha sido perdoado por nossa longa ausência, mas eu não?

Ouvi enquanto pai e filha se cumprimentavam, deliciados com o reencontro. Ocorreu-me como era estranho o fato de que Archie nunca quisera aquela criança, mas o vínculo deles era mais forte. Eles estavam tão interessados um no outro que não notaram a minha presença. Eu era uma estranha em minha própria casa, e ninguém esperava nas coxias para me convidar a entrar.

Mas eu não podia ficar pensando demais nessa exclusão e entendia que devia me inserir na conversa, convidada ou não.

— Querido, como foi seu dia? — cumprimentei meu marido com um abraço caloroso, como se nada tivesse me chateado. Aquele era um dia para focarmos o triunfo de Archie: seu novo emprego.

Rosalind desvencilhou os dedos da mão dele e a expressão radiante sumiu do belo rosto de Archie. Suas sobrancelhas se uniram, lançando uma sombra sobre os olhos. Ele suspirou em vez de responder, e Rosalind fugiu de nós, de volta para Cuco, no jardim.

— Deixe-me lhe servir uma bebida — balbuciei no silêncio. Praticamente corri para a sala de visitas, apanhei um copo e verti um pouco de uísque para Archie. Correndo de volta a ele, disse: — Aqui, deve ajudar.

— A situação é tão grave assim? — Ele balançou a cabeça diante de meus esforços. — Pareço tão desesperado?

— Não, não — apressei-me a garantir, embora ele estivesse com um aspecto terrível. — Não foi o que quis dizer. É só que é seu primeiro dia em uma nova função, e... e... — Eu não conseguia pensar em outro motivo para minha reação. — Pensei que deveríamos brindar a seu novo emprego.

Ele bebeu o uísque sem sequer encostar o copo no meu.

— Não tenho certeza de que esse emprego merece um brinde, Agatha — disse finalmente.

Ah, não, pensei, com um peso no coração. Aquele emprego deveria resolver os problemas que haviam nos atormentado desde nosso retorno da Empire Tour, quando

Archie descobrira que a Goldstein's não tinha mais trabalho para ele – o que foi um tanto surpreendente, uma vez que a turnê em si fora um projeto governamental e presumíramos que a firma iria tratá-lo com gentileza como consequência. Eu vinha esperando que esse novo emprego, muito procurado e obtido apenas após seis meses de entrevistas humilhantes, aliviaria a depressão e a raiva de meu marido, as quais ele geralmente despejava sobre mim. Quantas noites eu me recusara a deixar seu lado enquanto ele jazia, miserável, em nossa cama ou no sofá, embora Archie murmurasse sem parar que eu não servia de nada para ele? Enquanto me perguntava onde o homem com quem eu me casara – o homem que reemergira na Empire Tour – tinha ido parar?

E o que acontecera com os sentimentos dele por mim? Quanto mais infeliz ele se tornava, mais eu parecia irritá-lo em vez de reconfortá-lo. Minha voz, minhas palavras, meus modos, minha aparência, meu peso, tudo parecia feito para um único propósito: incomodar Archie. Eu me perguntava como as qualidades que já o haviam fascinado agora o exasperavam e comecei a pensar que seus sentimentos se deviam mais ao fato de que eu o via no seu ponto mais baixo – tanto emocional como financeiro – que a uma antipatia real. *Nenhum homem gosta de ser visto em seus piores momentos*, mamãe dissera, sabiamente. Eu estava disposta a dar-lhe o benefício da dúvida. Afinal, não era o que boas esposas faziam?

— O que quer dizer, querido? — perguntei, mantendo o tom o mais alegre que podia.

— Não sei se a empresa está envolvida em trabalho inteiramente legal — ele respondeu, passando os dedos pelo cabelo. — Estritamente falando.

— Tem certeza? — indaguei, servindo outra dose de uísque. Qualquer coisa para evitar que seu humor piorasse ainda mais.

Virando a bebida, ele afastou-se de mim em direção à janela, deixando minha pergunta sem resposta. *Como as coisas chegaram a esse ponto?*, eu me perguntei. Archie e eu tínhamos realmente surfado em pranchas sobre as ondas turquesa do oceano Pacífico até a praia arenosa do Havaí? Tínhamos realmente nos abraçado, eufóricos pelo nosso triunfo, enquanto a água escorria de nossas roupas de banho e o sol quente castigava nossos rostos queimados? Talvez eu não pudesse recuperar aqueles momentos preciosos, mas precisava fazer o possível para evitar outros desastres.

— Talvez, com o tempo, você descubra que o trabalho é mais legítimo do que pareceu no primeiro dia — eu disse para o vácuo deixado pelo silêncio dele.

Archie não respondeu, e eu sabia que não deveria esperar resposta.

Eu o deixei com seus pensamentos e outra dose de uísque e corri para a cozinha a fim de terminar os preparativos da ceia. Não podíamos mais contratar ajuda além de Cuco, que eu não podia dispensar sem abandonar toda esperança de obter uma renda da escrita, então eu limpava, cozinhava, fazia as compras e lavava as roupas. Ashfield e mamãe não haviam me preparado muito para essas tarefas e, toda noite, eu rezava para que não ocorresse nenhuma catástrofe. A ordem, apenas a ordem, poderia restaurar o bom humor de Archie, e era meu trabalho garanti-la.

Com a porcelana disposta sobre o linho, os talheres de prata cintilando na luz fraca das velas e um frango assado apresentável no centro da mesa, eu me sentei diante de Archie, momentaneamente satisfeita com meu serviço. Será que o cardápio de hoje seria suficiente? Era uma questão que eu me fizera toda noite desde que voltáramos a Londres. Observei com expectativa enquanto ele fatiava o frango e levava um pedaço à boca. Ao mesmo tempo que ele mastigava a carne, seus movimentos foram ficando mais lentos e percebi que tinha fracassado em outra refeição.

— O que achou das pessoas no trabalho? — perguntei, esperando levá-lo a falar. Se eu não podia mencionar o serviço, talvez pudesse falar sobre os colegas. Quem sabe fossem um pouco mais satisfatórios que o trabalho em si.

— Não muito melhores — ele respondeu bruscamente, deixando claro que perguntas adicionais sobre seu emprego não seriam bem-vindas. Então, assentou-se num silêncio interrompido apenas pelo som dos talheres raspando na porcelana e de sua mastigação.

Senti que não conseguiria suportar outra refeição em silêncio; tivéramos tantas desde que nos mudamos para aquele apartamento de Londres após voltar da Empire Tour. Fora dançar na mesa de jantar, eu já tinha tentado de tudo para preencher o silêncio, então decidi correr um risco e abordar um tópico que Archie geralmente não acolhia bem: minha escrita. Em certos momentos, quando parecia que ele poderia ser receptivo, eu comentava sobre meu livro mais recente e as questões de negócios que o acompanhavam durante o jantar, embora nunca tivesse certeza de que ele ouvia ou recordava essas conversas.

— Bem, recebi boas notícias hoje — anunciei, certificando-me de manter a voz baixa. Archie odiava sons estridentes.

Ele ergueu os olhos do prato, mas foi só. Fingindo que tinha perguntado quais eram as notícias, continuei:

— Bem, depois de uma troca de cartas e duas reuniões, o sr. Edmund Cork da agência literária Hughes Massie oficialmente concordou em me aceitar como cliente no começo desta semana. — Como ele não respondeu, eu o incentivei. Queria me certificar de que entendia a magnitude da notícia: — Lembra que eu mencionei o sr. Cork algumas semanas atrás?

Archie deu meio aceno, que era mais do que o incentivo usual, e escolhi interpretá-lo como sinal de que se lembrava da conversa anterior. Continuei:

— Ter o sr. Cork como agente significa me liberar daquele contrato oneroso com a Bodley Head. Desde que me aceitou como cliente, suas cartas à Bodley Head levaram a um entendimento de que o contrato vai terminar depois que eu entregar um último livro em vez dos três que eles estavam exigindo. Não é ótimo?

Eu não esperei que Archie respondesse; sabia que no máximo podia esperar por um grunhido de reconhecimento. Esperei conseguir uma reação maior com a novidade principal.

— E nem é a melhor notícia, Archie. Dado que o sr. Cork estabeleceu uma data clara para o término do meu contrato com a Bodley Head, ele pôde informalmente apresentar meu projeto, *O homem do terno marrom*, para outras editoras, outras publicações. Sabe, o livro baseado na nossa viagem?

Recebi outro meio aceno. Sem dúvida, eu já descrevera o cenário e a trama do mistério diversas vezes.

— Bem — eu disse, fazendo uma pausa de efeito —, o *Evening News* fez uma oferta considerável pela série do livro hoje. Quinhentas libras, acredite se quiser. Espero que o dinheiro venha a calhar.

Eu não conseguia conter minha empolgação com essa contribuição potencial a nossos recursos escassos e nossas despesas domésticas crescentes. A notícia tinha me libertado temporariamente da preocupação de que terminaríamos quase destituídos como minha própria mãe depois que meu pai desperdiçou a fortuna Miller, outrora considerável, e imaginei que Archie sentiria algum alívio. Eu esperava diminuir o fardo que ele carregava, mesmo que só um pouco.

A reação que recebi não foi a que antecipava.

— Isso porque eu não fui capaz de ajudar com as finanças recentemente? — ele perguntou retoricamente, sem alegria na voz, apenas gelo.

Archie era incrivelmente sensível em relação a esse tópico, embora eu nunca tivesse mencionado os longos meses que ele ficara sem trabalhar e o peso que isso representara a nossas finanças. A única coisa que ele pôde ouvir em minha notícia foi julgamento.

Eu devia ter sido mais cuidadosa. Devia ter depositado o dinheiro na nossa conta sem dizer nada. Por que eu tinha pensado que ele mudaria?

— Não foi isso que quis dizer, Archie. É só que me senti inútil desde que voltamos para casa e queria tirar um pouco da pressão de você — apressei-me a dizer.

— Acha mesmo que um livro, um pagamento, pode restaurar nossa posição, Agatha? De alguma forma compensar nossas férias de um ano? Temos muito a fazer para expiar nossa autoindulgência.

Capítulo 28
DIA 6 APÓS O DESAPARECIMENTO

Quinta-feira, 9 de dezembro de 1926
STYLES, SUNNINGDALE, INGLATERRA

— Se importa de repetir sua declaração, coronel Christie? Quero ter certeza de que a transcrevi palavra por palavra.

— Nem um pouco — Archie diz ao repórter.

O rapaz do *Daily Mail*, Jim Barnes, não é o que ele esperava. Archie planejava ter uma conversa cautelosa com o repórter – longe dos olhos da polícia, é claro – para garantir que sua posição aparecesse nos jornais de uma vez por todas. Pensou que apresentaria sua perspectiva geral dos eventos para que o público pudesse ver sua natureza sensata, talvez até sugerindo que, não importava o que a polícia alegasse, o desaparecimento de Agatha era, em parte, escolha dela. Desse modo, espera suavizar a percepção que o público tem dele enquanto segue as recomendações da carta. Se tiver que apresentar essas ideias defensivamente enquanto desvia de quaisquer armadilhas dispostas para ele – e há altas chances disso, dado o tratamento que a imprensa lhe dispensou até agora –, então é isso que vai fazer.

Mas o rapaz afável e civilizado do *Daily Mail* é um sujeito bem diferente daquela ralé que fica acampada em Styles manhã, tarde e noite. Articulado e vestido imaculadamente, ele parece familiar, não muito diferente dos colegas dele no clube de golfe de Sunningdale. Um tanto contra a própria inclinação e planejamento, ele começa a gostar do sujeito no momento que se sentam em um pub qualquer. *Finalmente*, ele pensa, *encontrei uma alma solidária*. E baixa a guarda.

— Fico feliz em fazê-lo.

Erguendo o papel de carta no qual escreveu uma declaração formal à imprensa, ele apresenta a posição que preparou: que está terrivelmente preocupado com a esposa; que ela vem sofrendo dos nervos ultimamente; que eles faziam planos separados para os fins de semana com frequência, com base em seus interesses, os quais ele pretendia manter privados; e que está fazendo tudo o que pode para ajudar a investigação.

— Obrigado, coronel Christie. Muito bem dito — diz Jim enquanto termina de rabiscar no papel. — Está pronto para algumas perguntas?

— É claro. Houve muita cobertura extremamente desfavorável sobre meus amigos e eu nos jornais e estou feliz pela oportunidade de apresentar minha verdade.

— É o que eu espero também. Vamos começar. — O jovem sorri e verifica suas anotações. — Quais são as possíveis explicações para o desaparecimento de sua esposa, segundo o senhor e a polícia?

— Há três possíveis explicações para o desaparecimento dela: pode ser voluntário, decorrer de perda de memória ou, e espero que não, ser o resultado de suicídio. Meu instinto diz que é uma das duas primeiras. Definitivamente não acredito que seja caso de suicídio. É meu entendimento que, se alguém está considerando pôr fim à vida, ele ou ela ameaçaria fazer isso em algum momento... o que ela nunca fez. Além disso, uma pessoa que planejava pôr fim à vida dirigiria por quilômetros, removeria um casaco pesado e sairia vagando por aí antes disso? Acho que não, simplesmente não faz sentido. De toda forma, se minha esposa tivesse considerado suicídio, meu palpite é que teria usado veneno. Dados os anos que passou como enfermeira de guerra e trabalhando em um dispensário, era bem versada em toxinas e com frequência as empregava em suas histórias. Então esse seria o método que ela escolheria, não um suicídio misterioso em um bosque remoto; ainda assim, não acho que foi o que aconteceu. — Ele estava divagando um pouco, mas tinha dito o que precisava.

— Então está mais inclinado a acreditar que o desaparecimento da sra. Christie resulta de um ato voluntário ou de perda de memória?

Archie pensa na carta e responde:

— Isso, e estou inclinado a crer mais fortemente na perda de memória.

— Pode me contar um pouco mais sobre o dia em que ela desapareceu?

— Repassei tudo isso com a polícia inúmeras vezes, mas farei de novo aqui para sua edificação. Saí de casa para trabalhar às nove e quinze da manhã, como sempre faço. Foi a última vez que vi minha esposa. Sabia que ela tinha se programado para passar o fim de semana em Yorkshire, e era tudo que sabia sobre seus planos quando saí para trabalhar na sexta. Desde então, descobri que ela saiu de carro pela manhã e almoçou sozinha. À tarde, levou nossa filha para visitar minha mãe em Dorking. Voltou para casa a tempo de jantar, o que fez sozinha. — Archie fica calado. Deveria falar do resto do dia?

Jim pergunta:

— Sabe o que aconteceu em seguida?

Ele não tem certeza de como articular sua posição sobre os eventos subsequentes.

— Não sei ao certo o que aconteceu depois disso, pois estávamos em locais diferentes. Só posso imaginar que ela estava em um estado de intenso nervosismo, por algum motivo que desconheço, e que não conseguiu se acalmar o suficiente para ler ou escrever. Isso certamente já ocorreu comigo e, nesses casos, faço uma caminhada para esvaziar a mente e acalmar meus nervos. Mas minha esposa não gosta muito de caminhar e, quando quer esvaziar a mente, sai de carro.

— Por que a mala, então?

— Bem, ela pretendia ir para Yorkshire, então talvez planejasse seguir para lá depois do passeio. — Archie sabe que esse fato não se encaixa inteiramente em sua narrativa, mas é o melhor que pode fazer.

— Ela levou algum dinheiro consigo? Isso pode ser um indicativo de que o desaparecimento foi planejado ou se foi causado por algum acidente ou perda de memória.

— Não houve quantias sacadas de nenhuma de suas contas bancárias, nem a de Sunningdale para propósitos domésticos, nem a de Dorking, para propósitos privados, antes ou depois do seu desaparecimento, o que sugere que não foi planejado. Na verdade, ambos os talões de cheque ainda estão em casa.

— A seu ver, os fatos parecem apoiar uma partida voluntária ou perda de memória?

— Acho que fui claro que uma perda de memória está em jogo aqui.

— Mas, a título de argumentação, se a partida foi voluntária, o senhor tem alguma ideia do que a teria inspirado? — Ele não encontra o olhar de Archie, mantendo os olhos fixos na lista de perguntas.

Archie sente uma pontada de irritação. Então era aqui que o sujeito queria chegar o tempo todo. Que estúpido ele foi de pensar que esse repórter poderia ser mais solidário em relação a ele. Eles são todos iguais, afinal, em sua busca por um bom escândalo. Mas ele se recusa a deixar a raiva crescente afastá-lo de seu rumo.

Com o cuidado de usar um tom firme e calmo, Archie diz:

— Não consigo imaginar o que teria inspirado uma partida voluntária. Ao contrário do que os jornais relatam, não tivemos discussão ou briga de qualquer tipo na sexta de manhã antes de seu desaparecimento, e ela estivera perfeitamente bem nos meses precedentes, embora tivesse perdido a querida mãe recentemente, é claro. Em resposta a outros boatos vulgares que vi na imprensa, ela sabia onde eu ia passar o fim de semana e quem estaria presente. Conhecia todos os meus amigos, gostava deles e em nenhum momento indicou desprazer com isso. As fofocas e os rumores difundidos nos jornais são repreensíveis e não me ajudarão a encontrar minha esposa. E esse é meu objetivo.

— Outra vez, apenas a título de argumentação, se ela partiu voluntariamente, tem alguma ideia de onde pode estar agora?

— Se soubesse, teria corrido diretamente para lá vários dias atrás. Mas não sei. A única pista que recebemos foi uma carta bem curiosa que ela enviou a meu irmão sobre ir a um spa. Imagino que a imprensa já tenha tomado para si a tarefa de investigar todos os spas e hotéis da região mencionada e não tenha encontrado nada. — E conclui: — Veja, então, que o desaparecimento permanece um mistério. Mas farei o que for necessário para encontrá-la.

Capítulo 29
O MANUSCRITO

20 de março de 1924 a 10 de dezembro de 1925
LONDRES, INGLATERRA, E SURREY, INGLATERRA

Eu levei as palavras de Archie a sério. Se mais trabalho era necessário para expiar o egoísmo de nosso ano na Empire Tour, então eu faria esse trabalho. Terminei *O homem do terno marrom* e o enviei para publicação; assinei um contrato de três livros com a Collins com um adiantamento de duzentas libras por livro e direitos autorais mais lucrativos; entreguei meu último livro sob o contrato da Bodley Head, *O segredo de Chimneys*; e escrevi histórias lucrativas para as revistas *Sketch, Grand, Novel, Flynn's Weekly* e *Royal*. Estava determinada a cuidar financeiramente da minha família, garantir que nosso lar fosse administrado com eficiência e bom gosto, limitar nosso calendário social para que Archie mantivesse as rotinas sossegadas que preferia e tomar conta de Rosalind. Qualquer fórmula que Archie exigisse para o sucesso de nosso casamento, quaisquer alterações na minha personalidade, qualquer elixir que trouxesse de volta o homem que eu conhecia – o homem com quem me casei enquanto ele seguia para a guerra, o homem que eu vislumbrara em momentos durante a Empire Tour. Eu faria tudo. Embora, é claro, desfrutasse da popularidade crescente de meus livros e contos, meu foco continuava sendo a felicidade de meu marido e de minha filha.

Isso era o que eu dizia a mim mesma enquanto escrevia uma história após a outra, quebrando a cabeça para criá--las, ao mesmo tempo que organizava as refeições e a lista de compras, encontrava-me com a criada que finalmente podíamos pagar e supervisionava a lista de Cuco e a educação de Rosalind. Mas seria mentira que tudo que eu fazia, eu fazia por Archie? Na verdade, o único momento em que me sentia eu mesma era quando estava escrevendo. Por mais que tentasse antecipar suas necessidades, não conseguia agradar Archie, e todas as qualidades que ele costumava adorar em mim – minha espontaneidade, meu amor pelo drama e pela aventura, meu desejo de discutir sentimentos e eventos com ele – agora o irritavam. Mas por que Archie estava frustrado o tempo todo? Seria apenas por não ser o centro de toda a atenção? Por eu estar ocupada com minha carreira? Não parecia importar que eu fizesse isso por nossa família. Meus esforços para estabelecer uma conexão com Rosalind não só falhavam como o enfureciam, uma vez que era tempo que eu passava longe dele e tudo o mais. Mas, quando fechava a porta do meu escritório e desaparecia nos mundos de minhas histórias, onde tinha controle completo enquanto inventava enigmas que os leitores não conseguiam desvendar, como Madge um dia me desafiara a fazer, eu me deliciava com a ordem que criava e me entusiasmava com o aumento de meu próprio poder. E de repente entendi o anseio de meu marido por ordem e controle.

Mas todo o entendimento do mundo e meu trabalho árduo não nos aproximou. Enquanto eu dirigia pelos campos no meu Morris Cowley cinza – minha única extravagância com a renda de meu primeiro romance, *O misterioso caso de Styles* –, tive uma epifania. Archie e eu precisávamos, para reatar nosso vínculo, de uma atividade compartilhada, um hobby amado como tinha sido o surfe na Empire Tour. Minha falta de talento esportivo representava um impedimento a muitas opções, mas então me lembrei de tardes de verão preguiçosas em Torquay jogando golfe com Reggie e fins de semana em East Croydon no começo do nosso casamento. *Sim, golfe é a resposta*, eu disse a mim mesma.

— Que tal essa casa? — perguntei, com um rodopio do sobretudo.

Será que via a sombra de um de sorriso no rosto dele? *Qual foi a última vez que ele me achou interessante?*, eu me perguntei. Esses últimos meses passados em qualquer campo de golfe perto de Londres quando conseguíamos um momento livre foram um fardo para mim, dado que não era uma esportista natural, e, embora eu tivesse desfrutado de cada momento ao lado de meu marido, não tinha certeza de que ele sentia o mesmo. Enquanto as horas perseguindo bolinhas brancas nos relvados – e, muitas vezes, no meu caso, entre a grama alta – não me propiciavam exatamente o mesmo prazer que o surfe, tinham se tornado uma rotina de fim de semana pela qual ambos esperávamos ansiosamente. Tanto que Archie sugerira que nos mudássemos de Londres para uma casa a uma distância acessível da cidade, mas mais perto de seu campo favorito, Sunningdale, e tínhamos passado vários fins de semana examinando locais para alugar. Para mim, a área de Surrey-Berkshire não exercia a mesma atração que o litoral brilhante de Devon de minha infância – parecia artificial demais e repleta de homens de negócios cujo único foco era ganhar dinheiro –, mas era mais compatível com o emprego de Archie.

Vagamos através das cercas vivas ladeando a propriedade disponível e passamos por duas lagoas bem projetadas, até chegarmos a dois canteiros de flores orquestrados que se estendiam para os dois lados, embora os botões estivessem dormentes no inverno. Aqueles jardins bem cuidados eram feitos num falso estilo Tudor, com cumeeiras erguendo-se em todas as direções como o cabelo bagunçado de uma criança e janelas de chumbo pequenas com um ar maligno, quase como olhos estreitados. A casa e seu terreno eram relativamente novos, mas construídos com um verniz de antiguidade, como se um morador da cidade enriquecido tivesse construído sua noção do que era uma mansão de campo tradicional. Mas eu crescera no mundo da autêntica vida do campo, onde vilas e seus jardins surgiam organicamente nas colinas de Devon. Para mim, aquela casa e a vida do clube de golfe ao redor da qual ela orbitava como um sistema solar em miniatura parecia forçada, até falsa, e os interiores escuros refletiam a escuridão dentro dessa comunidade aparentemente brilhante. Mas eu sabia que Archie não veria assim; na verdade, para ele, era como pisar em um mundo pelo qual sempre ansiara, porém nunca conseguira encontrar. E sua felicidade vinha em primeiro lugar.

— É muito perto do clube. — Seus olhos se iluminaram um pouco ao pensar na proximidade do campo de golfe.

Será que os vi cintilarem? — Mais do que as outras que vimos. Podemos até ir a pé para o campo com nossos tacos.

Eu lhe lancei um sorriso sob a sombra do chapéu, e ele me agarrou pelos ombros e me puxou para perto. Meu coração acelerou com essa demonstração incomum de emoção.

— Acho que é essa — Archie sussurrou em meu ouvido.
— Podemos construir uma boa vida aqui, Agatha.

— Sério? — perguntei, erguendo o rosto para olhá-lo. Será que eu finalmente fizera algo certo?

Fiz uma prece silenciosa de que a mudança e os longos fins de semana jogando golfe trouxessem de volta pra mim o Archie de outrora. A mudança recente de firma para a mais respeitável Austral Limited, facilitada pelo amigo de Archie, Clive Baillieu, tinha aliviado um pouco seu humor, mas o estado depressivo ainda o oprimia com regularidade.

— Sério — ele me garantiu. Então, para meu enorme espanto, uma faísca travessa emergiu em seus olhos, uma expressão de impulsividade que eu não via desde que ele voltara da guerra. — Eu precisaria ter meu próprio carro.

— Ah, acho que seria ótimo, Archie. Você sabe como eu adoro dirigir por aí no Morris Cowley. Não há nada melhor que o vento no seu cabelo enquanto passeia pelos campos com total liberdade de movimento. — Eu me lembrava bem da primeira vez que ficara atrás do volante e percebi que não estava mais limitada por itinerários ou horários de ônibus ou a distância que podia percorrer a pé. — Tem uma ideia de que tipo de carro poderia comprar?

— Estava pensando num Delage esportivo.

— É uma boa ideia, Archie.

Ele apertou minha mão.

— Devo fazer uma oferta pela casa? Vamos ter que mudar o nome, é claro. Yew Lodge é terrível. Parece uma doença.

Eu ri. Não conseguia lembrar a última vez que Archie fizera uma piada.

— Tenho uma ideia maluca.

— Qual?

— E se a chamássemos como a casa de campo de meu primeiro livro, Styles?

Ele pausou e temi ter arruinado aquele momento perfeito ao fazer referência a meu trabalho. Em vez disso, ele sorriu. Então, inclinando-se, beijou meu rosto, ao que meu coração disparou.

Finalmente, ele falou:

— Está decidido. Será Styles.

Capítulo 30
DIA 6 APÓS O DESAPARECIMENTO

Quinta-feira, 9 de dezembro de 1926
STYLES, SUNNINGDALE, INGLATERRA

O dia passa com excruciante lentidão. Policiais entram e saem do escritório dele, analisando as informações recebidas. Se os relatos fossem legítimos, Agatha vem cruzando toda a extensão da Inglaterra, fazendo paradas em praticamente todos os vilarejos, em diversas linhas de trem. Mas, apesar de todos os avistamentos públicos, ela permanece elusiva àqueles que a procuram.

Cada um dos movimentos dele dentro de Styles é monitorado e registrado por alguns policiais júnior, até as idas ao banheiro. Ele não pode mais fingir, nem a si mesmo, que não é um dos principais suspeitos na investigação, se não o principal. Só pode agradecer o fato de ter conseguido realizar a entrevista com o *Daily Mail* sem interferência em meio a toda essa vigilância constante. Talvez ela mude a opinião pública e a privada.

Suas opções se esgotaram. Provavelmente deveria ligar para a irmã de Agatha, Madge, a fim de atualizá-la sobre a investigação, como prometeu fazer. Mas não quer nem pensar em falar com a condescendente e crítica Madge e estremece só de imaginar o que poderia deixar escapar se for tomado pela raiva. *Não*, ele pensa, *vou esperar que ela me ligue e vou suportar sua fúria.*

Enquanto observa o relógio sobre a lareira ticar lentamente e fuma ininterruptamente, uma porta bate e o desperta de seus pensamentos. Ouvindo Charlotte e Rosalind no corredor de entrada, ele vai ao encontro delas. Está precisando de algo para animá-lo, e a filha geralmente consegue fazê-lo sorrir. Eles compartilham um senso de humor sutil e seco, uma qualidade que os diferencia da ebuliente e sentimental Agatha.

Quando Archie aparece no corredor, as costas de Rosalind estão viradas para o pai. Os braços de Charlotte envolvem a sua garotinha, e a babá está sussurrando no ouvido da filha. Ele ouve uma fungada.

— Está tudo bem, Rosalind? — ele chama.

Elas se viram em uníssono, assustadas com sua aparição. A face de Rosalind está úmida com lágrimas, e ele pergunta:

— O que foi, querida?

Charlotte geralmente deixa a articulada Rosalind responder às perguntas, ao contrário de muitas babás que silenciam as crianças na presença dos pais. Mas hoje não. Hoje, ela responde por Rosalind:

— Não é nada, senhor. Só uma bobagem com as crianças na escola. — Seu sotaque escocês marca as palavras, como acontece em momentos de estresse.

O que ela está escondendo? O que ela sabe?

— Eles disseram que a mamãe está morta — balbucia Rosalind.

— Morta? — Ele tem vontade de gritar ao pensar que até crianças no jardim de infância estão especulando sobre o destino de sua esposa, mas, em vez disso, balança a cabeça como se a ideia fosse ridícula. — Bem, você e eu sabemos que isso é simplesmente absurdo, não sabemos?

Ela funga de novo e o olha nos olhos, procurando a verdade.

— Sabemos?

Os olhos de Rosalind o perturbam, e Archie se pergunta se Charlotte disse algo a ela. Até agora ele vem confiando na discrição de Charlotte diante dos interrogatórios implacáveis da polícia, mas será que sua circunspeção vai durar, ainda mais considerando o fato de ela saber que Agatha deixou uma carta para ele? Essa é uma questão que Archie não pode perguntar. Certamente a presença de sua irmã Mary serviu como apoio e distração para ela e Rosalind, como ele esperava, mas quanto tempo isso vai durar?

Ele volta sua atenção à pergunta de Rosalind.

— É claro, querida. Mamãe foi trabalhar em um dos seus livros em algum lugar. Ela só esqueceu de nos contar onde está. É por isso que todos esses policiais estão por aqui. Querem nos ajudar a encontrá-la.

Com a mão nua, ela enxuga o rosto, sob os olhos e o nariz, e Archie se encolhe. Por que Charlotte não tem um lenço à mão e não corrige seus modos? Não é esse o trabalho dela? Ele abre a boca para fazer uma crítica, então a fecha. Precisa da lealdade da mulher.

— Então você não matou mamãe? — pergunta Rosalind, seus olhos azuis perfurando os dele.

A mão de Charlotte voa para a boca, e Archie fica atordoado com as palavras. Antes de conseguir se conter, ele grita:

— Onde ouviu isso? — Seu tom é irado, e ele se recrimina pela falta de controle.

Como Charlotte vai reagir a sua fúria? A filha já não sofreu o bastante sem ser tratada dessa forma? E não vai ter de suportar ainda mais nos próximos dias? De toda forma, não importa onde ela ouviu esse boato terrível; poderia ter sido em qualquer lugar.

Rosalind corre para trás das pernas de Charlotte, encolhendo-se de medo.

— As crianças na escola estão todas dizendo isso, papai — ela explica numa vozinha fina, enterrando o rosto nas costas da babá.

A expressão de Charlotte é em parte apologética e em parte horrorizada.

Ninguém fala nada. Nem Rosalind, que está aterrorizada demais para falar. Archie sabe que deveria abraçar e confortar a filha, mas não consegue. Parece que algum limite invisível foi cruzado e que agora eles pisam em um território desconhecido.

Ele se sente desequilibrado, como se tivesse desembarcado de um navio após uma longa e turbulenta viagem no mar. Apoiando-se na parede, volta a seu escritório, seu único refúgio. Ou pelo menos era o que pensava até então, Styles não é mais o seu lar - um lugar ordenado para onde pode se retirar em paz após a fúria do mundo imprevisível dos negócios -, e sim uma prisão de onde não consegue escapar.

Capítulo 31
O MANUSCRITO

5 de abril de 1926
STYLES, SUNNINGDALE, INGLATERRA

— Carlo! — eu chamei Charlotte Fisher, contratada para cuidar de Rosalind e atuar como minha secretária.

O arranjo funcionava bem, uma vez que Rosalind estudava na escola de Oakfield em Sunningdale, deixando Carlo, como Rosalind tinha começado a chamá-la, livre durante a maior parte do dia para me ajudar. Quando Rosalind voltava da escola, Carlo cuidava dela para que eu pudesse terminar meu trabalho e me dedicar a Archie. Sua atitude prática de escocesa e seu intelecto feroz, combinados com sua paciência e seu humor, a tornavam excelente nos dois papéis, muito diferente da irritante Cuco, que eu não via a hora de dispensar.

Enquanto esperava, retornei à máquina de escrever. Estava mergulhada na última revisão do meu livro mais recente, que seria publicado em maio, e me sentia satisfeita com o artifício que escolhera para *O assassinato de Roger Ackroyd*. Nessa história, eu levara o desafio que Madge me fizera tantos anos antes – construir um mistério que nenhum leitor conseguisse resolver – a outro nível.

Toda a premissa do livro dependia de uma guinada inesperada: o fato de que o médico modesto que narrava a história era, na verdade, o assassino. Uma vez escolhido esse narrador não confiável quintessencial, mas único, achei fácil escrever com uma linguagem simples que permitia ao leitor focar o enigma labiríntico da trama. Era o primeiro livro de meu contrato com a Collins, e eu queria impressioná-los. Enquanto o relia pela última vez, me ocorreu que somos todos narradores não confiáveis de nossa própria vida, tecendo histórias sobre nós mesmos que omitem verdades desagradáveis e acentuam nossas identidades inventadas.

Depois de revisar a última página, olhei ao redor do escritório, um cômodo revestido de madeira que, como o resto de Styles, não recebia luz do sol suficiente, mas pelo menos tinha estantes em abundância. *Como nossa vida é agradável*, pensei. O trabalho de Archie na Austral Limited, com um chefe que era seu amigo, era remunerativo e satisfatório, e minha escrita era um sucesso inesperado, garantindo não só um sustento financeiro para nossa família, mas também contentamento criativo. Rosalind era uma garotinha energética, mas de temperamento tranquilo, embora um pouco séria e teimosa. Era verdade que nossos fins de semana acabavam dominados pelo golfe; ele jogava duas rodadas de dezoito buracos tanto no sábado como no domingo. Sempre acompanhado por um grupo de amigos do clube, e não por mim, exceto quando eu convidava minha velha amiga Nan Watts e seu marido para formar um quarteto. Mas parecia feliz. E não era esse o objetivo de viver em Sunningdale? Talvez tivéssemos perdido aquele *frisson* que compartilhávamos nos primeiros dias, porém isso não era natural? Pela primeira vez em nosso casamento, eu não me via atormentada por dúvidas e preocupações.

De repente, lembrei-me de Charlotte e me perguntei quanto tempo se passara desde que a chamara. Quinze minutos? Uma hora? Parecia uma eternidade, e eu havia perdido a noção do tempo enquanto escrevia. Erguendo os olhos para o relógio, chutei que a tivesse chamado três quartos de hora antes.

— Charlotte! — gritei de novo.

Ela poderia estar no quarto de Rosalind, dado que organizava os pertences de minha filha e lavava suas roupas quando não estava realizando tarefas para mim. Charlotte não confiava em Lilly, nossa criada, com as coisas delicadas de Rosalind.

O passo *staccato* dos sapatos de minha secretária nos pisos de madeira de Styles ecoaram pelo corredor até meu escritório. Ela devia ter finalmente ouvido meu chamado. A porta se abriu com um rangido e fiz uma nota mental para pedir a Lilly que lubrificasse as dobradiças.

— Sim, sra. Christie? — perguntou Charlotte.

Erguendo o manuscrito como um troféu, eu disse:

— Já pode enviar a versão final de O *assassinato de Roger Ackroyd*.

O rosto de Charlotte se abriu num sorriso largo. Ela sabia como eu tinha me esforçado para esse mistério específico; não porque era especialmente desafiador, mas porque eu queria que ficasse perfeito.

— Parabéns, senhora. Que alívio deve ser finalizá-lo.

— É mesmo, Carlo.

Minha secretária se encolheu um pouco com o apelido, mas eu não conseguia parar de usá-lo. Rosalind a tinha nomeado assim já em seu primeiro dia e, de alguma forma, o nome havia pegado.

— Vamos tomar um xerez e brindar à conclusão? — perguntei.

Eu queria celebrar essa pequena vitória, mas sabia que Archie não seria o parceiro apropriado para a ocasião, mesmo se não estivesse na Espanha a trabalho. Cada vez mais, ele achava minha escrita um estorvo, o que eu atribuía a seu sucesso na Austral e seu salário maior. O que parecia aceitável a ele quando precisávamos de dinheiro estava se tornando um incômodo agora que vivíamos mais sossegados, então eu tentava não falar muito sobre isso.

Charlotte hesitou.

— Eu tenho de pegar a srta. Rosalind em uma hora, sra. Christie. Não quero parecer alterada diante da professora dela.

— Acho improvável que uma pequena dose de xerez a deixe alterada, Charlotte. — Eu me obriguei a usar seu nome correto. Dificilmente seria uma celebração se eu bebesse meu xerez sozinha.

Ela assentiu, e eu servi o licor em duas tacinhas de cristal. Batemos uma na outra e bebericamos.

— Ah, quase esqueci — disse Charlotte. — Chegou uma carta para a senhora.

— É da minha mãe?

Depois de receber uma carta preocupante na letra tremida de mamãe em fevereiro, eu tinha voltado a Ashfield, onde descobrira que ela estava acamada com uma bronquite virulenta que sobrecarregava seu coração já cansado. Ela vinha ocupando apenas dois dos muitos cômodos de Ashfield, uma vez que se não conseguia mais se movimentar direito, com seus pertences empilhados contra as paredes para poder acessar roupas e livros. Uma criada idosa, uma das duas Marys, permanecia lá para ajudá-la a cuidar da casa. Eu passei duas semanas alimentando-a com sopas nutritivas e garantindo que ela descansasse e recuperasse suas forças enquanto eu limpava os cômodos vazios, podava as plantas no ar marinho cortante, estocava a despensa e contratava um jardineiro para fazer o trabalho mais pesado na propriedade quando o inverno acabasse. Só parti porque ela insistiu, mas chorei no trem porque queria ficar e cuidar de minha querida e frágil mãe.

Os olhos de Charlotte ficaram mais sombrios.

— Eu teria trazido à senhora imediatamente se fosse, sra. Christie. Deve saber disso, não?

— É claro, Charlotte. Peço desculpas.

Como eu podia duvidar de que ela entregaria uma carta de mamãe o mais rápido possível? Charlotte sabia como eu me preocupava com a condição de minha mãe. Se mamãe não tivesse pessoalmente me exortado a ficar junto de Archie e me banido de volta a Styles durante minha última visita, eu estaria em Ashfield naquele momento. Em vez disso, Madge chamou mamãe para ficar em Abney Hall, sob seus cuidados.

Examinando o envelope, eu vi que trazia o endereço de remetente de Abney Hall. Deveria ter instruído Charlotte a trazer essas cartas para mim com a mesma urgência do que aquelas escritas por mamãe, ainda mais considerando que nosso serviço de telefonia andava instável ultimamente. Um atraso em ler as cartas de Madge podia ser catastrófico, mas Charlotte não teria imediatamente associado uma carta de Abney Hall com minha mãe, embora devesse ter notado que chegou por correio especial.

Rasgando o envelope, vi uma única página com duas frases na letra de Madge. *Venha imediatamente, Agatha. Mamãe está mal.*

Capítulo 32
DIA 6 APÓS O DESAPARECIMENTO

Quinta-feira, 9 de dezembro de 1926
STYLES, SUNNINGDALE, INGLATERRA

— Por que fez isso, Archie? — a mãe pergunta quando ele atende ao telefone após o jantar. A voz dela está tensa e baixa, quase irreconhecível em comparação ao tom exigente e seguro que ecoa através das lembranças da infância e do início da idade adulta dele.

Não é a pergunta que ele esperava. Não dela, pelo menos. Da polícia, talvez, mas não da própria mãe. E ele não está preparado para responder.

— Está aí, Archie? Ouvi você atender ao telefone.

— Sim, mãe, estou aqui.

— Então por que não me responde? Por que concordou em dar essa entrevista terrível ao *Daily Mail*?

O corpo dele, que estava congelado com a pergunta, relaxa. *Ela só está falando do artigo*, ele pensa. Nada além disso, certamente não de Nancy. Ao pensar no nome dela, ele se pergunta como sua amada estaria aguentando tudo isso.

— Eu queria dar meu lado da história, mãe. A imprensa vem me pintando numa luz desfavorável, e eu esperava corrigir essa impressão.

— É mesmo? Era esse seu objetivo? Bem, com certeza fez isso de um jeito muito peculiar. — O tom familiar da mãe retorna.

— O que quer dizer?

Por que a mãe não chega logo aonde quer? A cabeça dele já está girando depois da conversa com Rosalind, e ele não sabe se aguenta muito mais num mesmo dia.

— Achou que contar às pessoas que você e sua esposa rotineiramente passam os fins de semana separados daria uma bela impressão do seu casamento, Archie? — Ela continua sem esperar uma resposta: — E pensou que anunciar que não quer lidar com a imprensa e todas as "incessantes" ligações faria os leitores simpatizarem com você?

— Sim? — ele responde, confuso. Esperançoso.

— Não vê que isso o faz parecer desalmado e insensível? Um homem que se importa com o paradeiro da esposa aceitaria *todas* as ligações e *todas* as pistas e ficaria grato por elas. Não entende? — Ele ouve a mãe inspirar fundo, como se contivesse lágrimas. — E mencionar as fofocas nos jornais sobre possíveis brigas entre você e Agatha foi uma tolice dos diabos. Dá crédito aos boatos sobre o estado do seu casamento quando não deveria haver nenhum. Se não estivesse preocupado com as fofocas, não as teria mencionado.

Será que ele já ouviu a mãe xingar antes? Ele não sabe o que fazer – pedir desculpas, racionalizar seu comportamento, gritar –, então diz:

— Não foi a minha intenção.

Ela fica em silêncio, o que é esquisito para uma mulher que sempre transborda opiniões. Depois de uma pausa longa, continua:

— Se alguém estivesse na dúvida se você é culpado ou não do desaparecimento de sua esposa, Archie, você os convenceu no *Daily Mail*.

As palavras mordazes são a última coisa de que ele se lembra. Deve ter desligado em algum momento, porque, quando Kenward e Goddard o procuram, está sentado à mesa de telefone com o receptor na mão e a linha está em silêncio. Mas, quando verifica o relógio, uma hora se passou e ele não se lembra do que fez nesse meio-tempo.

— Coronel Christie? — Goddard chama com uma pontada de preocupação na voz.

— Sim?

Kenward responde; não há nenhuma preocupação em seu tom.

— Temos algumas perguntas para o senhor.

— Podemos ir ao meu escritório — sugere Archie, erguendo-se da cadeira. Ele está exausto.

— Não, acho melhor ter essa discussão na cozinha — avisa Kenward.

Por que na cozinha?, Archie pensa, mas não pergunta. Julgando pela atitude de Kenward, ele sabe que não adianta criticar ou discutir.

Enquanto seguem em direção à cozinha, eles passam por Charlotte e sua irmã Mary no corredor. As mulheres, tão parecidas com o mesmo corte bob feioso, mas com olhos tão diferentes - os de Charlotte inclinados à alegria e os de Mary naturalmente abatidos -, estão sussurrando. Embora parem de falar ao vê-lo, Archie pega o fim de uma frase: "conte a eles". O que elas estão discutindo?

Os policiais devem ter instruído os empregados a deixarem a cozinha, porque está vazia quando chegam. Depois que se acomodam em três das quatro cadeiras desparelhadas que rodeiam a mesa de madeira simples em que os empregados fazem as refeições, Kenward diz:

— Seu artigo no *Daily Mail* foi certamente uma surpresa.

— É o que dizem — Archie responde com um suspiro.

Goddard ergue a sobrancelha, mas Kenward persiste:

— Percebe a impressão que passou naquela entrevista, não é? — Ele não resiste a um sorriso maldoso.

Archie não responde. Não quer dignificar a pergunta de Kenward com uma resposta e certamente não quer incentivar mais questões nessa linha. Já ouviu o suficiente sobre esse assunto da mãe e percebe agora que deu um enorme passo em falso.

— Você galvanizou testemunhas até então silenciosas com esse artigo, coronel Christie. É bom para nós, é claro, embora eu tenha certeza de que não foi sua intenção — diz Goddard, para a grande surpresa de Archie.

Ele tinha presumido que esse interrogatório era ideia de Kenward e que, portanto, estaria sob seu controle. Mas Goddard parece estar profundamente envolvido também.

— Não, não era.

Goddard puxa um bloquinho do bolso e o consulta por um momento.

— Após ler sua entrevista no *Daily Mail*, uma criada da família James em Hurtmore Cottage se pronunciou. Ela diz que se sentiu "obrigada a divulgar a verdade diante de suas mentiras". — Ele olha para Archie, que está pasmo.

O que ele disse ou fez na casa dos James que terá de assumir agora? Repassando suas lembranças do fim de semana, ele se pergunta o que foi ouvido ou visto. Não se lembra de nenhuma criada em particular, mas por que lembraria? O papel de uma criada é *evitar* ser notada.

Kenward se intromete, quase eufórico:

— Sabe o que ela nos contou?

Archie não diz nada. Está aterrorizado demais para falar.

— Não? É um fato de que suspeitávamos havia muito tempo, mas para o qual não tínhamos confirmação. Até agora. E, rapaz, que confirmação tivemos! — Ele troca um olhar com Goddard, que, para Archie, parece dizer "Você conta ou conto eu?". No fim, Kenward não consegue se controlar e anuncia: — A criada nos contou que seu fim de semana em Hurtmore Cottage não era uma estada qualquer. O objetivo principal era celebrar seu noivado com sua amante, a srta. Nancy Neele.

Uma onda de vertigem domina Archie, e ele sente que está caindo para trás de uma grande altura, embora, na verdade, ainda esteja sentado na cadeira da cozinha. Detalhes de sua noite em Hurtmore Cottage invadem sua mente – conversas sussurradas com Nancy, o brinde de Sam James, a visita noturna ao quarto de Nancy –, e ele sabe que seria fútil negar por completo as afirmações da criada. Mas de modo algum vai admitir qualquer coisa além dessas alegações. Nancy Neele é a mulher que ele ama, com quem planeja se casar, e fará o que for necessário para proteger a reputação dela.

Goddard se vira, olhando para Kenward como se essa conversa tivesse sido ensaiada.

— Mas o que não podemos deixar de nos perguntar, coronel Christie, é o seguinte: como pode estar noivo da srta. Neele quando ainda está casado com a sra. Christie?

Kenward responde:

— A não ser, é claro, que saiba que a sra. Christie está morta.

Capítulo 33
O MANUSCRITO

18 de abril de 1926
STYLES, SUNNINGDALE, INGLATERRA

Eu nunca me perdoaria por não chegar a tempo para me despedir de mamãe. Embora tivesse corrido para a estação ao receber a carta de Madge, deixando Rosalind aos cuidados da responsável Charlotte, mal parando para pegar qualquer coisa exceto minha mala de mão, foi tarde demais. Mamãe morreu em Abney Hall enquanto eu estava no trem para Manchester. Ela não era mais mamãe quando cheguei a seu lado; tinha partido e era uma sombra pálida e sem vida de seu antigo eu. Não guardei muito dos dias que se seguiram – o planejamento do funeral, a viagem de Abney a Ashfield, a chegada dos familiares, o velório. Talvez as lacunas na memória fossem uma bênção, dado que, de acordo com o que me disseram, eu me tornei um animal uivante e soluçante.

Tudo de que me lembro era querer Archie: seus braços quentes ao meu redor, os lábios na minha testa, suas palavras me dizendo que tudo ficaria bem com o tempo. Eu ansiava pelo conforto que esperava que ele proveria; conforto que não recebia havia muitos anos, mas no qual ainda acreditava. Ele não veio. Com os olhos turvos de lágrimas, Madge leu em voz alta o telegrama de Archie dizendo que não poderia voltar da Espanha a tempo para o funeral. Eu desabei com a notícia, só então me lembrando de como ele detestava demonstrações de emoção e luto. E refleti, pela primeira vez, sobre sua ausência.

Só uma imagem clara do dia do funeral permaneceu comigo: Rosalind e eu em pé com os dedos entrelaçados enquanto ouvíamos o pároco fazer uma prece final sobre o túmulo de mamãe. De mãos dadas com minha filha, vestida de preto, caminhei ao lado do pároco até a cova recém-aberta. Olhando nos olhos sérios de Rosalind, eu assenti, e juntas jogamos um buquê de campainhas e prímulas sobre o caixão de mamãe. Eu queria que ela estivesse cercada pela fragrância de suas flores favoritas enquanto deixava este mundo.

Como minha amada mãe podia ter partido? Eu não conseguia imaginar minha vida sem sua presença constante e reconfortante, fosse em pessoa, fosse em palavras. Eu a envolvera em cada decisão, evento e ideia; como poderia proceder sem sua orientação? Foi aí que percebi que o conforto que desejava receber de Archie era, na verdade, um consolo que apenas minha mãe poderia ter dado.

Do meu escritório, ouvi os passos dele no corredor antes mesmo que a chave soasse na fechadura. Ele estava em casa? Tinham se passado pouco mais de duas semanas desde que fora para a Espanha a trabalho, mas parecia uma eternidade desde que eu vira seus olhos azuis vívidos pela última vez. Meu mundo virara de cabeça para baixo durante esses dias.

Eu me levantei num pulo, deixando cair meu caderno e minha caneta no chão. Depois de pôr Rosalind para dormir, eu havia tentado, sem sucesso, me distrair planejando um livro novo para meu contrato com a Collins, mas não importava mais. Archie estava em casa. Correndo para a porta, abracei meu marido antes que ele pudesse cruzar o umbral.

Com meia risada, ele disse:

— Um homem não pode nem tirar o chapéu antes de ser atacado pela esposa?

Eu ri com a piada rara, uma gargalhada que soube ser um erro no momento que escapou de meus lábios. Soou alta e exagerada, e Archie não ia gostar. Tinha um toque de emoções descontroladas.

Engoli a risada e disse apenas:

— Estou tão feliz que você está em casa.

Ele se desvencilhou do meu abraço, pôs o casaco no mancebo e o chapéu na mesa de entrada, então deixou a maleta no corredor, perto da escada. Em seguida, como se fosse qualquer outra noite após um longo dia no escritório, entrou na sala de visitas para se servir um uísque e sentou-se no sofá verde-sálvia. Eu me sentei ao seu lado.

— A viagem foi longa, claro — comentou enquanto bebericava seu drinque. — Mas bastante tranquila.

— Fico feliz de ouvir isso — respondi, pensando que certamente pularíamos essas preliminares para chegar ao cerne das coisas.

— Os trens são um pouco mais confiáveis que os navios — Archie continuou no tópico de sua viagem para casa.

Eu me esforcei para encontrar uma resposta e me decidi por:

— Acho que não é uma surpresa.

— Não, suponho que tenha razão. — Ele terminou a bebida. — Mas as negociações foram produtivas. Acho que consegui fechar um novo contrato para a Austral.

— Que bela notícia, Archie — tentei exibir o entusiasmo apropriado.

Que estranho, pensei. Ele não ia perguntar sobre o funeral? Mamãe? Meu luto? Tínhamos trocado algumas cartas superficiais desde que tudo acontecera, mas eu não estivera num estado de espírito adequado para discutir detalhes. Ele também não, julgando pela brevidade de suas missivas. Nós nos sentaríamos ali e agiríamos como se uma perda monumental não tivesse acontecido?

Eu esperei. A casa parecia estranhamente imóvel e silenciosa. Rosalind dormia em seu quarto, e os ruídos baixos que Charlotte normalmente fazia estavam ausentes, dado que ela se encontrava em Edimburgo cuidando do pai doente. Archie preencheria o silêncio falando de questões relevantes? Ou continuaríamos a comentar amenidades como dois completos desconhecidos?

Levantando-se do sofá com um suspiro cansado, ele foi até a área de bebidas e se serviu um uísque duplo sem nem perguntar se eu gostaria de um. Em vez de sentar-se de volta ao meu lado no sofá ou até perto de mim na poltrona adjacente, escolheu uma poltrona desconfortável do outro lado da sala. Fiquei tentada a começar a conversa fiada de sempre - eu ansiava fortemente por um retorno à normalidade com meu marido -, mas resisti. Queria ver se ele perguntaria sobre minha mãe.

Finalmente, ele falou:

— Está tudo bem?

Isso devia ser sua pergunta sobre a morte de minha mãe? Essa questão simples que podia ser sobre o clima? Pela primeira vez, em vez de me preocupar sobre o modo como ele me percebia, comecei a sentir uma decepção profunda com Archie. Até raiva.

— O *que* está tudo bem? — Eu precisava fazê-lo dizer as palavras em voz alta, parar de fingir.

— O funeral. Tudo aquilo com sua mãe.

Lágrimas brotaram em meus olhos. Não as lágrimas de luto e tristeza que transbordavam desde a morte de mamãe, mas lágrimas de fúria ao ver a perda dela menosprezada por aquela abordagem trivial. Eu as contive e, com o máximo de dignidade que pude reunir, disse:

— Não, Archie, não está tudo bem. Estive terrivelmente deprimida e precisei do meu marido. Preciso dele agora.

Ele congelou ao ouvir minhas palavras; embora tivesse se acostumado a meus arroubos de emoção, não estava acostumado a ouvir algo que não a passividade que cultivara em mim. Mas não disse nada. Não houve condolências. Não houve desculpas. Não houve juras de amor. Não houve abraço.

Sua boca se abriu e se fechou várias vezes enquanto testava frases diferentes. Mantive silêncio até ele falar.

— O tempo cura, Agatha. Você verá.

As lágrimas suprimidas se soltaram e escorreram por meu rosto.

— Tempo? Devo ficar sentada estoicamente, esperando que o tempo cure meu luto? Sem o conforto do meu marido? Nem um abraço?

Archie se ergueu de repente, derrubando um pouco da bebida nas calças. Isso normalmente o teria incomodado e exigido uma ida imediata a nosso quarto para uma troca de roupa. Mas ele não pareceu notar, em sua pressa para fazer sua proposta.

— Tive uma ideia, Agatha. Tenho de voltar à Espanha na semana que vem para concluir os negócios. Por que não vem comigo? Você pode se distrair de tudo isso.

Ele não respondera à minha pergunta sobre sua habilidade de me confortar diretamente, percebi. Não tinha vindo até mim e me envolvido do jeito que eu tanto desejava. Simplesmente oferecera uma distração temporária, sem um reconhecimento real da minha perda. Apesar da minha decepção, apesar da sensação de ter sido abandonada em um momento de extrema necessidade, decidi respeitar as limitações da natureza de Archie – seu desconforto com toda essa emoção – e perdoá-lo. Lembrei-me de que uma boa esposa cederia à sua vontade em qualquer situação. E eu queria desesperadamente ser uma boa esposa.

Capítulo 34
DIA 7 APÓS O DESAPARECIMENTO

Sexta-feira, 10 de dezembro de 1926
STYLES, SUNNINGDALE, INGLATERRA

Archie jura que Charlotte se recusa a olhá-lo nos olhos.

— Tenha um bom dia na escola, querida! — ele grita para a filha, do corredor.

Ela e a governanta estão esperando a escolta policial de Rosalind para sair, o que se faz necessário para evitar a multidão de repórteres que cerca Styles e a escola de Rosalind.

— Sim, papai — responde Rosalind, com um sorriso hesitante.

O comportamento dela em relação a ele tem sido tímido desde as palavras duras de ontem à tarde, e Archie desesperadamente deseja poder voltar no tempo. Não basta ela ter de ir à escola em uma viatura para não ser assediada por repórteres e fotógrafos e ainda ser recebida lá por grupos de crianças mal-educadas com provocações? Que tipo de pai fica irritado com a filha em tais circunstâncias? Ele já infligiu sofrimento demais a ela e sabe que ainda não acabou.

— Cuide bem dela no caminho, Charlotte — ele pede. A declaração é desnecessária, dado que ninguém cuida de Rosalind com mais atenção que a governanta, mas Archie precisa de uma desculpa para se conectar com ela e analisar sua reação.

Charlotte está de fato evitando seu olhar ou é coisa da cabeça dele?

— Sim, senhor — ela responde com formalidade incomum e um aceno breve. E sem contato visual.

Por quê? Ela ficou com medo depois que ele explodiu com Rosalind? Ou é outra coisa?

Enquanto ele observa a pobre filha enfrentar a multidão de repórteres acampados no jardim, avista Kenward e Goddard vindo em direção à porta da frente. Há todo tipo de policial se movendo em sua casa a qualquer hora do dia e da noite - detetives à paisana, policiais de uniforme de duas forças diferentes, até jovens em treinamento -, e todos eles usam a entrada dos fundos. Por que o vice-comissário e o superintendente estão se aproximando da casa com tanta formalidade?

— Bom dia, cavalheiros.

— Bom dia, coronel Christie — responde Goddard, educadamente, é claro.

— Gostariam de entrar? — oferece Archie.

— Não, senhor — responde Kenward. — Precisamos que venha conosco.

Aonde eles querem que ele vá? O que descobriram?

— Sinto muito, não entendi — ele sussurra.

— À delegacia.

Archie está perplexo. Ele suportou inúmeros interrogatórios da polícia e nenhum deles exigiu uma visita oficial à delegacia. O que mudou? Por que agora? O que eles descobriram?

— Ir com vocês? P-por quê? Não podemos falar no meu escritório... ou na cozinha, como sempre? — Uma leve gagueira embaraça sua língua.

— Precisamos de um depoimento oficial — diz Goddard suavemente.

— Não foi o que fiz todo dia da semana p-passada?

— Não, coronel Christie — responde Kenward, dando um passo mais para perto de Archie até ficarem quase cara a cara. — Não é. Você foi interrogado sobre o desaparecimento de sua esposa. Isso é algo muito diferente de um depoimento formal à polícia. Por favor, pegue seu casaco e seu chapéu e venha conosco.

Com os olhares de Kenward e Goddard fixos nele, Archie veste o sobretudo cinza e o fedora e sai pela porta da frente. Embora caminhe atrás dos policiais e a aba do chapéu esteja puxada bem para baixo, os flashes dos fotógrafos quase o cegam. Para a maior parte da imprensa, esse é o primeiro encontro com ele tão de perto, e as perguntas se erguem em um rugido ensurdecedor. Questões se transformam em acusações e se misturam umas com as outras, tornando-se denúncias indistinguíveis durante o que parece uma caminhada rumo à forca. Archie supõe que é precisamente essa a intenção de Kenward e Goddard com esse desfile, ainda mais quando eles o acomodam no assento traseiro da viatura.

Durante o trajeto à delegacia de polícia de Bagshot, todos ficam em silêncio. O silêncio é geralmente um estado confortável para Archie, mas, nesse contexto, com o tipicamente verboso Kenward mudo, ele fica perturbado. E por que ninguém está falando sobre esse depoimento, explicando a necessidade dessa formalidade? As inúmeras declarações anteriores dele não bastariam? Será que devia chamar seu advogado ou isso indicaria culpa de sua parte? Sem as zombarias usuais de Kenward - que seriam estranhamente bem-vindas agora –, Archie tem uma crescente premonição de desgraça.

Os dois homens saem do veículo antes e o escoltam até a delegacia. Uma fileira de policiais novatos se reuniu para assistir à procissão até o que Kenward chama de sala de interrogatório. Com os olhares condenatórios da polícia sobre ele, essa marcha é pior do que a caminhada de Styles até a viatura. Os pensamentos de Archie disparam em todas as direções. Será que esse foi seu último dia em Styles? Ele devia ter dado um adeus mais adequado a Rosalind?

Ninguém oferece um copo de água nem uma xícara de chá quando Archie se senta em uma cadeira de frente para os outros homens na sala pequena e sem janelas. Ninguém fala. Eles parecem aguardar, mas o quê? Ambos os policiais estão presentes.

A porta da sala de interrogatório se abre com um estrondo, assustando até Kenward. Um homem esguio e quase calvo, usando um terno imaculado, entra na sala. Ele se senta na quarta cadeira, vazia, arruma papéis e canetas na mesa, então seleciona um instrumento de escrita específico, apoiando a ponta numa página. O estenógrafo, então, assente para Kenward e Goddard.

— Passamos a maior parte da noite passada interrogando o sr. e a sra. Sam James, assim como a srta. Nancy Neele — anuncia Kenward. — De novo.

Ah, Deus, por que Nancy ou Sam não ligaram para ele? Deviam ter ignorado o bloqueio de comunicação. Isso se qualifica como emergência. Archie sente-se nauseado ao pensar em seus amigos e sua amada sendo submetidos às atenções sarcásticas de Kenward – e ainda pior ao pensar no que eles podem ter divulgado –, mas se recusa a demonstrar.

Força o rosto a permanecer impassível diante das provocações de Kenward e lembra-se de obedecer aos termos da carta, não importa quão terrivelmente preocupado esteja com Nancy e os James.

— Dessa vez, enfim chegamos à verdade. Eles confirmaram que o fim de semana passado não foi como os outros, e sim uma celebração do seu noivado com a srta. Neele. Assim como a criada relatou a nós e à imprensa. — Kenward continua: — Aparentemente, vocês dois vêm tendo um caso nos últimos seis meses. Pelo menos.

— Os James lhe contaram isso? A srta. Neele lhe contou isso? — Archie não conseguia imaginar sua recatada e fiel amada confessando a transgressão deles.

— Bem, não a srta. Neele. Ela se recusou a comentar, exceto por ordem judicial. Mas os James admitiram saber de seu relacionamento. — Um sorriso presunçoso aparece no rosto de Kenward. — E Sam James aludiu a uma conexão entre o caso de vocês e o desaparecimento de sua esposa.

Archie não acredita que Sam o denunciaria e se pergunta se Kenward só está tentando induzi-lo a revelar algo. Mas os portões trancados foram abertos e ele não consegue se impedir de falar a verdade - talvez pela primeira vez desde que esse pesadelo começou.

— Mesmo que fosse verdade que eu estava em um relacionamento com a srta. Neele, o que não admito, a única conexão entre isso e o desaparecimento de minha esposa é que a sra. Christie entrou em seu carro e partiu num ataque de raiva.

Goddard fala pela primeira vez desde que eles entraram na sala de interrogatório:

— Então por que o senhor queimou a carta que sua esposa lhe deixou?

A pergunta o deixa sem ação. Como eles ficaram sabendo da carta? Ele percebe – tarde demais – que a maldita carta é o motivo real de ele estar na delegacia; que suas declarações ontem sobre seu relacionamento com Nancy teriam sido suficientes, não fosse por isso.

— Vejo que está surpreso, coronel Christie. Isso é perfeitamente compreensível. Afinal, a existência da carta permaneceu secreta até agora, assim como o fato de que o senhor a queimou. Lembra-se do que eu disse sobre sua entrevista ao *Daily Mail*? Ela fez as pessoas falarem — diz Goddard.

Archie ainda não diz nada. Por que deveria? Está condenado se falar e condenado se não falar. Sabe exatamente a impressão que passa o fato de ter queimado a última missiva de Agatha a ele antes de seu desaparecimento. Só conduz a uma interpretação.

— Perguntarei novamente, coronel Christie. Por que queimou a carta de sua esposa?

Ele se agarra a uma última aposta.

— Os senhores estão presumindo a existência de tal carta.

— Ah, o senhor quer ser literal. — Goddard dá um olhar a Kenward. — Tudo bem. Nós também podemos brincar. Alguém viu o envelope que sua esposa lhe deixou na mesa do saguão antes de ela desaparecer. Essa mesma pessoa lembrou-se da carta porque estava junto com a que sua esposa deixou a ela.

Ah, é assim que eles sabem. Charlotte cedeu. Ele devia ter adivinhado pelo comportamento irrequieto dela nesta manhã. Será que ele a empurrou ao limite com a entrevista ao *Daily Mail*? Foi o modo como tratou Rosalind ontem? Ou a irmã Mary a instigou?

Não adianta negar agora, ele pensa.

— Eu não falei sobre a carta porque se referia a uma questão estritamente pessoal, irrelevante aos eventos que transpiraram posteriormente.

— Então a carta existe? — Kenward insiste.

— Sim — responde Archie. Como continuar negando?

Goddard retoma controle do interrogatório.

— O senhor espera que acreditemos que queimou aquela carta porque seus conteúdos envolviam alguma questão pessoal que não está relacionada ao desaparecimento de sua esposa?

— Exato. — Ele se agarra a essa explicação, embora saiba que é fraca, no melhor dos casos.

— Essa questão poderia ser seu caso com a srta. Neele? Certamente o senhor percebe que *esse* tipo de questão pessoal é enormemente relevante à investigação sobre o desaparecimento de sua esposa.

— Não sei de nada do tipo. E não estou preparado a discutir o tópico da carta da minha esposa.

Ele não tem escolha. Para sobreviver a essa catástrofe ileso, deve ater-se ao que disse a carta. Na verdade, a carta em si demanda que ele mantenha silêncio sobre seu conteúdo.

Kenward se levanta e vai para perto de Archie, inclinando-se até ficar cara a cara com ele.

— Devo dizer que queimar a última carta deixada por sua esposa poucos momentos depois que a polícia encontrou o carro dela abandonado não é o comportamento esperado de um homem inocente. Não é o ato de um homem sem nada a esconder, um homem que está preocupado com o desaparecimento da esposa. É destruição de evidência por parte de um homem culpado.

Capítulo 35
O MANUSCRITO

3 a 5 de agosto de 1926
ASHFIELD, TORQUAY, INGLATERRA

A primavera se tornou verão, e Archie e eu continuávamos separados. Sua viagem de trabalho à Espanha se estendera de alguns dias a semanas, e o dever me obrigou a ir a Ashfield nesse período. A morte de mamãe significava que o futuro da nossa casa de infância – vender, alugar ou manter – deveria ser determinado, porque não podíamos calcular os impostos sobre a herança, e isso exigia organizar os pertences dela. Madge não podia deixar Abney Hall antes de agosto, então cuidei de tudo em Ashfield principalmente sozinha, exceto por Rosalind, nosso novo cachorro Peter e uma ou outra criada provisória que vinha da cidade, dado que Charlotte permanecia na Escócia com o pai doente. Até Archie voltar da Espanha em junho e planejarmos que ele ficaria em seu clube de Londres durante a semana e visitaria Ashfield nos fins de semana, eu não o vi. Uma desculpa ou outra sempre o impedia de vir.

Eu permaneci refugiada em Ashfield, que se tornara um repositório de lembranças, um museu das vidas que tivéramos ali em vez de uma casa transbordando de vida por si só.

Cada um de seus cinco quartos, a biblioteca, o escritório, a sala de jantar e o solário transbordava de caixas de memórias, algumas das quais passaram anos guardadas conforme o espaço que mamãe habitava em Ashfield se reduzia. Apenas os dois quartos tristes onde ela existira em seus meses finais estavam livres dos resquícios de tempos passados. Nas semanas após sua morte, enquanto decidíamos o que fazer com a casa de nossa família, eu me tornei catalogadora e curadora do passado de Ashfield.

Nunca sabia o que uma caixa poderia conter. Podiam ser pilhas de cartas trocadas entre mamãe e papai em seus tempos de namoro. Podia estar lotada de vestidos de festa, carcomidos por traças, que mamãe vestira em noites frescas de Torquay. Podia estar entulhada com velhos jogos de tabuleiro e o Álbum de Confissões que registrava anos de passatempos familiares. Podia conter pilhas de posses de tia-vovó, incluindo tiras de seda que ela guardara para algum baile de outrora. A cada caixa que abria, eu era atacada pelo passado.

Mas continuei, segurando minhas lágrimas pelo bem de Rosalind. Explorei lentamente as pilhas e os baús e as caixas, sem ser confortada por ninguém, nem mesmo meu marido. Tentei amparar meus momentos mais sombrios e a decepção crescente com Archie com as palavras de minha mãe – *se você afastar pensamentos indignos sobre seu marido e olhá-lo com mais amor, vai merecer o amor dele* –, mas então lembrava que o conselho sábio viera de minha mãe e mergulhava novamente em meu luto. Ainda assim, perseverei.

Embora o cheiro de mofo fosse onipresente em Ashfield, o aroma foi magnificado pelas tempestades do dia. Tentei ignorá-lo enquanto revistava os baús na sala de jantar e os jogos de talheres guardados em aparadores e armários, mas a certa altura não aguentei e tive de evitar certos corredores e salas nos fundos conforme a água da chuva começava a escorrer pelas paredes. Fui obrigada a me retirar à cozinha, onde o aroma de comida mascarava em parte o cheiro de deterioração.

Rosalind estava encolhida num canto, com lápis e um caderno de desenho na mesa da cozinha de madeira.

— Algum dia vai sair sol de novo? — ela perguntou.

Sentei-me diante dela e segurei suas mãozinhas.

— É claro, querida — eu a tranquilizei, mas também estava na dúvida.

A Torquay da minha infância parecia um borrão infinito de dias claros e ondas cintilantes, mas a de agora parecia infligida por uma chuva sem fim. Rosalind estivera confinada à casa fazia dias e, embora fosse uma criança séria que se ocupava com atividades que ela mesma inventava, estava ficando entediada.

— Acho que teremos sol amanhã. E então vamos brincar na praia, prometo.

Ela suspirou e retornou ao desenho.

— Tudo bem, mamãe.

— Obrigada por ser uma boa menina enquanto estou ocupada, Rosalind.

— De nada — ela disse, sem erguer os olhos do desenho. — Só queria que papai viesse brincar comigo nos fins de semana.

Achara que ela não tinha notado a ausência contínua de Archie. *Como ela é perceptiva*, pensei.

— Eu também, mas assim aproveitamos o verão juntas, Rosalind.

Embora esse tempo a sós inesperado com minha filha não tivesse nos tornado íntimas como eu era com mamãe, a ausência de Charlotte e Archie tinha resultado em certo entendimento e camaradagem entre nós duas.

Ela me deu um pequeno sorriso, e eu senti uma pontada de triunfo. Talvez esse período não fosse só de luto e pensamentos sombrios. Talvez uma conexão forte tivesse sido forjada de fato.

Peter interrompeu essa ideia com seus latidos e, uma vez que eles não cessaram, perguntei-me qual roedor ele estava perseguindo agora. Rosalind e eu o tínhamos pegado encarando uma série de esquilos e texugos ao longo do verão. Ergui-me da mesa e encarei a janela da cozinha, perguntando-me se teria de contratar um jardineiro para ajudar com as pragas e as plantas que cresciam desgovernadas no jardim.

Mas Peter não estava caçando um animal. Latia com a chegada de minha irmã, que embicara o Rolls-Royce prateado na entrada de Ashfield. Apesar de todas as invejas e as rivalidades que nutríamos ao longo dos anos, tudo o que senti naquele momento foi amor e alívio.

Saí da casa correndo.

— Madge, você finalmente está aqui! — eu gritei, abraçando-a assim que ela saiu do automóvel.

— Que recepção, Agatha! Devo dizer que não esperava algo tão caloroso depois de deixá-la aqui sozinha para resolver essa bagunça no verão.

Fechei a porta e tomei seu braço, então seguimos juntas até a casa, cada uma carregando uma das malas dela.

— Você está aqui agora. É o que importa.

Apesar da longa viagem e do calor de agosto, Madge estava impecavelmente trajada, como sempre, em um vestido de seda curto e sem mangas, com um cardigã azul-marinho jogado sobre os ombros como um lenço.

— Claro que estou aqui. Não concordei em ficar com Rosalind enquanto você e Archie passavam férias na Itália? Esqueceu? — Madge olhou para mim com uma expressão preocupada.

Quando Archie começou a apresentar desculpas para não vir a Ashfield – fosse que a greve geral o forçara a trabalhar nos fins de semana, fosse que os gastos de viagem eram um desperdício de dinheiro dado que nos veríamos em breve –, ele tinha jurado organizar uma viagem à Itália para nós dois, e Madge e eu havíamos combinado que ela viria um dia antes do sétimo aniversário de Rosalind. Archie prometeu vir a Ashfield para celebrar o aniversário, então partiríamos juntos para a Itália, enquanto Madge cuidaria de Rosalind e se encarregaria de organizar Ashfield.

Como esqueci que era hoje?, perguntei-me. Eu tinha perdido a noção do tempo conforme ficava cada vez mais imersa no passado de Ashfield e não tinha percebido até ela mencionar que a data para a chegada de Madge chegara. Não que o tempo tivesse passado rápido, é claro. Houve muitas tardes que pensei que não acabariam nunca e várias noites longas em que solucei até o amanhecer. Mas o tempo não parecia exatamente linear quando eu estava mergulhada em anos longínquos, e eu esquecera o calendário e até as férias programadas.

Apesar de ficar acordada até tarde, dividindo com Madge os tesouros que descobrira, levantei-me antes da aurora, meu estômago se revirando de antecipação. Para passar as horas até ouvir o som do carro de Archie no cascalho, preparei o café da manhã, organizei as áreas da casa que já tinha liberado de caixas e, então, enquanto Madge brincava com Rosalind no jardim, comecei a embrulhar os presentes de aniversário dela. Quase não notei quando o Delage estacionou em Ashfield, mas pulei a tempo de encontrar Archie na porta.

Ciente de sua reação ao voltar a Styles da Espanha após o funeral de mamãe, recebi-o com um beijo leve na bochecha em vez de um abraço forte. Mas até essas boas-vindas brandas pareceram sobrecarregá-lo. Ele se encolheu e se afastou do meu toque.

— Olá, Agatha — disse, numa voz tensa, quase como se falasse com um parceiro de negócios que encontrava pela primeira vez, não com a esposa que não via fazia meses. Era como se fôssemos estranhos.

Enquanto passos se aproximavam atrás de mim, percebi que algo estava terrivelmente errado. Não tive a oportunidade de perguntar, porque Rosalind veio correndo até a entrada.

— Papai, papai! — ela exclamou, deixando claro que suas lealdades não tinham mudado ao longo dos meses de verão.

Archie a girou nos braços, subitamente afetuoso e caloroso. Essa mudança brusca de atitude passava uma mensagem importante para mim, mas eu ainda não conseguia compreendê-la por completo. Estendi a mão para Madge, que a apertou com força, sentindo meu alarme.

Gentilmente, ele pôs Rosalind no chão e virou-se para mim.

— Agatha, podemos conversar a sós? — perguntou.

— É claro — respondi, embora pensasse que esse pedido era estranho e desconcertante.

O que ele queria discutir que não podia revelar diante de Rosalind ou Madge? E por que a discussão precisava ocorrer no instante em que chegara a Ashfield?

Ele me seguiu até a biblioteca, e fechei a porta atrás de nós. Eu havia me esquecido desse cômodo, que já fora um favorito, onde eu passara longas tardes preguiçosas puxando livros aleatoriamente das estantes abarrotadas. Agora estava sem mobília, e fomos forçados a conversar em pé.

Ele me olhou com os olhos azuis brilhantes.

— Não fiz nada a respeito da viagem à Itália. Não estou com vontade de viajar ao exterior.

Eu me senti momentaneamente aliviada. Talvez fosse essa a fonte de seu comportamento estranho: estava preocupado sobre como eu reagiria a essa falha de planejamento. Eu me apressei em tranquilizá-lo:

— Não importa, Archie. Teremos férias igualmente boas na Inglaterra. Ou podemos até ficar aqui em Ashfield com Rosalind. Faz tanto tempo que não ficamos juntos como uma família.

— Acho que não está entendendo. — Gotas de suor brotaram em sua testa e concluí que a perspiração não se devia ao calor. Minhas costas começaram a suar conforme os nervos assumiam o controle. Algo estava errado. — Sabe a garota de cabelo escuro que era secretária de Belcher? Nós a recebemos em Styles uma vez com Belcher, cerca de um ano atrás, e a vimos em Londres uma ou duas vezes.

Por que ele estava mencionando essa garota aleatória? Alguém que encontráramos poucas vezes? Ela era agradável – cabelos e olhos escuros, vinte e poucos anos, talvez –, mas sem graça de modo geral. Tinha sido a secretária do major Belcher, o infame da Empire Tour, e fizera parte de um grupo maior que convidáramos para uma festa em Styles.

— Sim, sei de quem fala. Não me lembro do nome dela. Visitou Styles com um grupo grande.

— Nancy Neele — disse ele, as bochechas corando violentamente. — Seu nome é Nancy Neele.

— Sim, isso — eu disse, mas me perguntei o que ela poderia ter a ver com quaisquer que fossem as notícias desagradáveis que ele ia me dar. Ao mesmo tempo, queria e não queria que ele fizesse seu terrível anúncio.

— Bem, passei bastante tempo com ela durante o verão em Londres... — Sua voz foi diminuindo até um quase sussurro, e seus olhos estavam focados no parquete preto e branco.

— Bem, por que não deveria ter companhia durante as refeições enquanto estava sozinho?

Será que esse flerte era a notícia terrível? Um casinho inocente era certamente melhor que câncer ou a demissão que eu tinha imaginado. Não estava feliz por meu marido se encontrar a sós com uma garota de vinte e cinco anos quando eu, sua esposa havia doze anos, tinha sofrido a maior perda da vida sozinha. Fui tomada pela raiva, mas sabia que não devia expressá-la. A notícia dele não podia ser muito pior.

— Acho que você não entendeu, Agatha. Não é uma amizade inocente. Eu estou apaixonado por Nancy.

Finalmente, ele olhou para mim. Naqueles olhos azuis vívidos, vi seu asco em relação a mim. Sua decepção com minha aparência envelhecida e meu corpo mais pesado, diferentemente do semblante doce e jovem de Nancy e de seu físico curvilíneo e magro. Sua repulsa pelo meu luto descontrolado por mamãe enquanto Nancy era discreta e tinha boas maneiras. Em um instante, vi como eles tinham se apaixonado ao longo de refeições quietas e intensas à luz de velas em Londres e no campo de golfe em Sunningdale.

— Eu lhe disse uma vez como odeio quando as pessoas estão doentes ou infelizes. Isso estragou tudo para mim. Estragou a nós dois, Agatha.

Essa deveria ser sua desculpa para ter um caso?, eu me perguntei, horrorizada e chocada com suas palavras. *Se sim, foi bem ruim.* Mas então percebi, por sua expressão e seu tom, que não era uma desculpa; mal era uma explicação. Na verdade, era um anúncio.

— Quero o divórcio quanto antes — disse ele, sem hesitar.

Com essas palavras, eu desmoronei no chão da biblioteca. E minha existência desmoronou junto comigo.

Capítulo 36
DIA 8 APÓS O DESAPARECIMENTO

Sábado, 11 de dezembro de 1926
STYLES, SUNNINGDALE, INGLATERRA

As risadas na cozinha chamam atenção de Archie. Desde que a polícia a transformou em sua central de comando – para a irritação da cozinheira, que ainda tem que preparar as refeições ali –, não tem sido exatamente um lugar alegre. O que raios pode ser tão divertido para fazer dez policiais gargalharem? Especialmente depois que eles foram repreendidos pelo secretário de Estado para assuntos internos Joynson-Hicks por não avançar mais rápido no caso.

Ele devia preparar uma reconstrução palavra por palavra da última carta de Agatha para ele – tarefa que nunca vai realizar –, mas a curiosidade vence. Na ponta dos pés, sai do escritório no fim do corredor e se aproxima da cozinha. Atrás de uma parede grossa perto da despensa, escuta a conversa.

— Vamos, chefe — diz um policial com voz jovial e sotaque particularmente carregado. — Você só pode estar de brincadeira.

A voz retumbante e familiar de Kenward responde:

— Cuidado com a língua, Stevens. Podemos não estar na delegacia, mas isso não lhe dá liberdade para esquecer sua posição e seus modos. Para não mencionar que estamos operando na casa de outra pessoa, então deve tomar cuidado especial. Há crianças por perto, e elas podem ouvir.

— Desculpe, senhor. Seu anúncio me fez esquecer meus modos — desculpa-se o jovem policial.

Kenward retoma de onde deve ter parado:

— Estou falando muito sério. Recebemos uma bronca pública do secretário de Estado ontem. Ele vem dizendo por aí que estamos enrolando nessa investigação, o que, como todos sabemos muito bem, não podia estar mais longe da verdade. Vocês estão trabalhando sem parar, e alguns não veem a família há dias. Mas Joynson-Hicks pediu que aqueles agentes de Londres... da maldita Scotland Yard... que eles intervenham se não produzirmos resultados rápido. Então é mãos à obra até encontrarmos essa mulher. Mas, no meio-tempo, se Joynson-Hicks acha que Conan Doyle devia ser uma das mãos à obra, não cabe a nós questionarmos sua decisão.

Certamente Kenward não pode estar falando de sir Arthur Conan Doyle, Archie pensa. Por que diabos o secretário de Estado pensaria que o criador de Sherlock Holmes poderia ajudar a encontrar Agatha? A ideia é absurda. Deve ser algum *outro* Conan Doyle.

A cozinha se enche com o burburinho de policiais falando entre si. Archie consegue ouvir alguns homens rindo e um sujeito ousado exclamar "Sherlock Holmes", até que Kenward grita:

— Acalmem-se, homens. Temos trabalho a fazer, e a pressão é grande. Hoje, começamos a planejar a maior busca por uma pessoa desaparecida que a Inglaterra já viu. Lançamos a operação amanhã e vamos mobilizar não só a polícia de todos os condados vizinhos, mas qualquer voluntário que desejar participar. Prevemos que milhares aparecerão.

Um policial corajoso arrisca uma pergunta:

— Ahm, senhor, antes de começarmos a busca, se importa em nos contar o que sir Arthur Conan Doyle disse? Se ele fez qualquer contribuição importante, tenho certeza de que todos gostaríamos de saber — falou com a voz hesitante, pois sabe que está instigando a ira de Kenward.

O vice-comissário adjunto solta um suspiro alto e, então, diz:

— Ouvi dizer que o secretário de Estado contatou o famoso escritor através de um conhecido em comum. Acredito que Joynson-Hicks pensou que o escritor poderia partilhar das mesmas habilidades que seu famoso detetive. Mas, quando o secretário pediu ajuda ao escritor, Conan Doyle, que parece ser algum tipo de ocultista, ofereceu-se para consultar um amigo médium sobre o paradeiro da sra. Christie. Esse médium, um sujeito chamado Horace Leaf, segurou uma das luvas da sra. Christie...

Um dos homens interrompe:

— Uma das luvas que encontramos no Morris Cowley?

— O que eu acabei de dizer sobre a língua? Você me interrompeu, sargento. — A voz de Kenward soa irritada de novo.

— Perdão, senhor — diz o policial repreendido.

— Sim, uma das luvas que encontramos no carro dela — Kenward confirma. — Onde eu estava? Ah, sim. Sem ouvir nada sobre a dona da luva, esse sr. Leaf disse que a pessoa que a possuía não está morta, mas está atordoada. De

acordo com o médium, ela vai aparecer na próxima quarta-
-feira. Se é que isso serve de algo.

Irônico, pensa Archie, que o renomado sir Arthur Conan Doyle tenha sido chamado para ajudar a localizar Agatha, que, por sua vez, idolatra o autor.

Kenward pigarreia.

— Agora, de volta ao trabalho. Vamos planejar essa busca. Cooper e Stevens, quero vocês dois preparando panfletos...

Archie ouve passos e se vira. Rosalind chegou em casa após uma caminhada com Charlotte e sua irmã Mary. As bochechas da filha estão coradas pelo frio, e ela tem um sorriso nos lábios que desaparece quando o vê. Archie não quer que elas saibam que ele estava espiando ou que está preocupado com a investigação, então tenta explicar sua presença perto da cozinha.

— Faz ideia de onde está a cozinheira, Charlotte? Eu gostaria de outra xícara de chá e não encontro Lilly.

— Acredito que ela tenha ido ao mercado, coronel Christie. Mudou seu cronograma habitual e está fazendo as compras enquanto a polícia faz suas reuniões pela manhã. Incomoda menos, eu acho. E é menos inquietante — explica Charlotte, sem o olhar nos olhos.

Archie não pensou que os empregados estariam inquietos com o desaparecimento de Agatha; esteve focado demais em sua própria posição na investigação para refletir sobre as reações de outras pessoas fora Rosalind. Eles estão de fato preocupados com ela? Será que Archie devia lhes dizer algo? Não há protocolo para esse tipo de coisa, mas ele quer se comportar de modo adequado a um homem ansioso em relação à esposa. Tem de fazer isso.

Charlotte o encara, assim como sua irmã e Rosalind. Ele se esqueceu delas enquanto refletia sobre os outros empregados. Estão esperando que ele responda, então precisa dizer alguma coisa.

— Sinto muito por ouvir isso.

Rosalind puxa a mão de Charlotte, que olha para a filha dele em alívio. Não vê a hora de se afastar dele, está claro, e pela expressão azeda no rosto da irmã, esta também não. Como ele queria nunca ter convidado Mary a Styles. Mas não pode focar nisso agora, dado que tem algo a discutir com Charlotte.

— Charlotte, tem um minuto? — ele pergunta.

A testa dela se franze em preocupação enquanto diz:

— É claro, senhor. — Então orienta a irmã a levar Rosalind para o quarto dela, no andar de cima. E, voltando-se para ele, indaga: — Como posso ajudá-lo?

— Vamos conversar no escritório — ele pede, conduzindo-a pelo corredor.

Eles mantêm silêncio enquanto caminham. Ele só fala depois de entrar no escritório e fechar a porta.

— Fiquei sabendo que você contou à polícia sobre a carta que a sra. Christie deixou para mim.

O rosto dela empalidece, e a estoica Charlotte parece prestes a se debulhar em lágrimas.

— Sinto muito, senhor. Sei que não queria que eu os informasse, mas eles me questionaram sobre isso especialmente. E é ilegal mentir para a polícia.

— Eu entendo, Charlotte. Não quero que pense que estou bravo com você. O único motivo de estar levantando o assunto é que estou curioso sobre as perguntas deles.

— Eu não contei nada para eles, senhor. Só que o senhor recebeu uma carta também.

— Eu sei, mas o que eles perguntaram a esse respeito?
Ela respira fundo e diz:
— O vice-comissário adjunto Kenward perguntou repetidamente se eu sabia o que estava escrito na carta. O superintendente Goddard ficou mais calado.
— Kenward arriscou algum palpite sobre o que a carta poderia dizer?
— Não, senhor.
— Ele pediu que *você* arriscasse algum palpite?
O rosto pálido dela fica vermelho, revelando a resposta à pergunta dele.
— Sim.
— O que você disse?
— Eu disse que, se tivesse que adivinhar... e não queria fazer isso... que pensei que sua carta deveria ser similar à minha. A minha focava a mudança de planos para o fim de semana... Ela me pediu para cancelar as reservas de Yorkshire e disse que entraria em contato quando decidisse para onde iria. Suponho que a do senhor fosse igual.
Perfeito, pensa Archie. Isso vai ajudá-lo em sua reconstrução da carta que Agatha lhe deixou. *No entanto*, ele reconsidera, *eu disse à polícia que a carta não tinha nada a ver com o desaparecimento, então as declarações de Charlotte podem não ser tão úteis assim.*
— Ele perguntou como estavam as coisas entre mim e a sra. Christie?
Desde que descobriu que Charlotte revelou a existência da carta à polícia, apesar de seu pedido para que não o fizesse, ele imaginou que ela poderia ter compartilhado ainda mais detalhes. A questão é o real motivo de ter chamado Charlotte ao seu escritório.

As bochechas vermelhas dela ficam ainda mais vermelhas, e Archie teme que ela terá medo de falar. Ele precisa saber o que Charlotte contou a Kenward e Goddard para se preparar para as perguntas que certamente lhe farão em breve sobre Nancy. Ele vai até ela, apoiando a mão em seu ombro, num gesto que espera ser tranquilizante. Quando a moça se encolhe, ele percebe que a ação teve o efeito contrário.

— Eu... e-eu prefiro não dizer, senhor.

— Por favor. Não se preocupe em poupar meus sentimentos.

Quando ela inspira profundamente antes de falar, está trêmula.

— Eu disse a eles que fiquei ciente do grande afastamento entre o senhor e a sra. Christie, que o fez passar a maioria das noites desde o outono fora de Styles. Também contei que vocês tiveram a pior briga de todas na manhã em que ela desapareceu. Mas quando liguei de Londres naquela noite... ela tinha me deixado livre para continuar com minha viagem a Londres... Ela parecia perfeitamente bem e até me incentivou a ficar e desfrutar da cidade naquela noite.

— Mais alguma coisa? — Ele se força a manter a voz calma. Precisa saber o que ela sabe e o que revelou.

Charlotte hesita por um segundo eterno, então responde à questão:

— Só se eu suspeitava que alguma coisa... ou alguém... tinha entrado entre vocês.

Capítulo 37
O MANUSCRITO

5 de agosto de 1926
ASHFIELD, TORQUAY, INGLATERRA

As sete velas brilhavam forte. Elas iluminavam a sala de jantar escura, transformando o bolo de aniversário de Rosalind, uma sobremesa tradicional de baunilha branca, em um doce laranja-avermelhado. Madge, Archie e eu formávamos um semicírculo ao redor da nossa pequena protegida em uma tentativa forçada de transmitir alegria para o seu aniversário. Eu só torcia para que Rosalind não notasse as lágrimas em minhas bochechas nem a vermelhidão dos meus olhos.

Archie tinha planejado partir para Londres – para Nancy – logo depois de lançar sua notícia devastadora sobre mim. Um bombardeio de precisão, era como se chamava esse tipo de ataque preciso sobre um alvo durante a guerra, e este não parecia menos explosivo. Eu lhe implorara para ficar pelo menos um dia – o aniversário da filha, ainda por cima –, e ele concordara de má vontade. Por mais que a atração por Nancy parecesse urgente, tendo até superado o poder gentil que Rosalind tinha sobre o pai, eu fiquei encorajada ao ver que o decoro e o dever ainda exerciam uma influência limitada sobre ele.

— Feliz aniversário, querida Rosalind — cantamos juntos. A mão de Madge apertou a minha com força quando minha voz ficou embargada e ameaçou falhar. Eu ainda não havia lhe contado o que Archie revelara na privacidade da biblioteca, mas ela sentia que algo dera terrivelmente errado.

— Sopre as velas, querida! — Madge disse a Rosalind em uma voz alegre.

Eu apreciava seus esforços para aliviar o clima sombrio que se assentara sobre aquele grupo desconexo e tornar aquela uma ocasião festiva.

Eu não aguentava olhar diretamente para Archie. Como ele podia querer me deixar? Eu sabia que nossa relação não era idílica fazia algum tempo, mas como ele podia querer separar nossa família e abandonar nosso lar? Afinal, tínhamos apenas nos acomodado em Styles e entrado em um ritmo, por assim dizer, e havíamos escolhido Sunningdale por ele. Para a felicidade dele.

Rosalind sorriu para sua tia Punkie, como ela a chamava, e soprou com toda sua força. Uma a uma, as chamas das velas oscilaram e se apagaram.

— O que você desejou? — provocou Madge.

— Sabe que eu não posso contar, tia Punkie — respondeu Rosalind com um sorriso largo.

Ela e Madge trocavam gracejos e provocações de um modo que eu nunca conseguira fazer com minha filha austera. Pensando na nossa conexão, ou na falta dela, eu culpava Archie, com sua insistência para que o pusesse em primeiro lugar. Aquela admoestação me deixara cautelosa ao lidar com minha filha por anos. A que custo?

— Só conte o tema dos seus desejos. Não tem que revelar os detalhes — falou Madge com uma piscadela conspiratória.

— Tudo bem — concordou Rosalind, e o sorriso abandonou seu rosto quando ela continuou: — Todos os sete desejos são sobre mamãe e papai.

— É muito gentil da sua parte compartilhar desejos com seus pais, Rosalind — disse Madge, apertando a mão de Rosalind.

Um pânico súbito me tomou. As palavras da minha filha evocaram uma reação bem diferente em mim que em Madge. Será que Rosalind tinha ouvido aquela conversa horrível na biblioteca? Era por isso que *todos* os seus desejos eram para nós dois em vez de, digamos, torcer para ganhar um pônei? Eu não suportaria algo assim. Soluços subiram por minha garganta, e eu deixei a sala de jantar e fui até a cozinha. Um segundo antes de um deles escapar, consegui dizer:

— Só vou pegar seus presentes, querida.

As batidas dos saltos de Madge ecoaram atrás de mim enquanto ela me seguia até a cozinha, onde me encontrou inclinada contra a parede de reboco áspera, tentando acalmar a respiração.

— O que está acontecendo, Agatha?

— Não é nada. Estou bem. — Achei que não conseguiria manter a farsa ao longo do aniversário de Rosalind se contasse a verdade a Madge. Um olhar de pena certamente surgiria em seu rosto, e eu não conseguiria tolerá-lo sem desabar.

— Não minta pra mim, Agatha. Você está obviamente chateada por alguma coisa, e Archie também está agindo estranho, como se estivesse doente ou algo assim. E teve toda aquela discussão misteriosa na biblioteca.

Eu não conseguia dizer as palavras em voz alta. Enviar as palavras terríveis que Archie falara para mim de volta ao mundo poderia torná-las realidade. Se eu pudesse mantê-las em segredo, talvez elas desaparecessem.

— Agatha. — Madge apertou meus ombros e me olhou nos olhos. — Está me ouvindo? O que está acontecendo?

— Você não vai precisar ficar com Rosalind em Ashfield — eu avisei. Foi tudo o que consegui e o mais perto da verdade de que ousava me aproximar.

— Como assim? Por que está falando em enigmas? — Os nervos de minha irmã geralmente tão serena estavam começando a se desgastar. — Que diabos aconteceu naquela biblioteca? Vou ser obrigada a perguntar a Archie se você não me contar.

Não, isso não, pensei. Não suportaria que Madge ouvisse sobre a rejeição da sua fonte e, de toda forma, talvez houvesse uma possibilidade de ele mudar de ideia. Quanto mais ele repetisse as palavras terríveis que me dissera, mais provável que se agarrasse a elas.

Sem opções, vocalizei o impensável:

— Archie quer me deixar.

Capítulo 38
DIA 8 APÓS O DESAPARECIMENTO

Sábado, 11 de dezembro de 1926
STYLES, SUNNINGDALE, INGLATERRA

Archie vasculha a cômoda e o guarda-roupa no quarto de casal. Meias transbordam de gavetas abertas e caixas estão viradas no chão. Ele já colocou o andar de cima de ponta-cabeça; supõe que terá de organizar tudo antes de voltar sua atenção ao andar de baixo, que já revistou uma vez. Não pode deixar ninguém ver o que está fazendo.

Onde estão os papéis? Ele acredita que destruiu todas as cartas e todas as recordações de Nancy. Na verdade, tinha o costume de fazer isso assim que cada uma era recebida e lida. Mas, agora, não tem certeza de que realmente destruiu os itens. E muita coisa depende da falta de provas do caso deles. Ele sabe que os bilhetes de Nancy, transbordando de afeto e planos, darão a Kenward o motivo que ele procura.

Ele se atrapalha para devolver as roupas de baixo à cômoda, as roupas ao guarda-roupa e as caixas de sapato ao lugar a que pertencem. Segundos depois de terminar, ele ouve Charlotte o chamando. O que ela pode querer agora?

Sem se dar ao trabalho de esboçar um sorriso, ele vai até o topo da escadaria. Olha para baixo e vê o rosto dela o encarando em pânico.

— Sim, Charlotte? — ele pergunta.

— Perdão, senhor. Não esperava que estivesse aí em cima ou teria ido chamá-lo em vez de gritar.

— Não tem problema. Do que precisa?

— É o telefone, senhor.

— Ah, obrigado — ele diz, descendo as escadas e caminhando em direção à mesinha em que fica o telefone.

Talvez seja a secretária da Austral ou mesmo o chefe, Clive, ele pensa, grato pela distração. Mas então se lembra de que é sábado e é tomado pelo terror. Quem diabos está ligando? Nos primeiros dias após o desaparecimento de Agatha, Archie recebeu uma enxurrada de ligações, mas, conforme os dias passaram e ele deixou claro seu desejo por silêncio, as chamadas praticamente cessaram - exceto por sua mãe, é claro, e pela família de Agatha.

— Alô?

— Archie, é Madge.

A voz autoritária da cunhada ressoa através da linha, e ele se encolhe. Sempre evitou a mulher confiante e afluente, sempre sentiu o olhar crítico dela sobre ele. *Não é bem-sucedido o suficiente, não é rico o suficiente, não tem status o suficiente*: ele quase pode ouvir os pensamentos de Madge quando está em sua presença. Agatha sempre insistiu que essa avaliação desfavorável era fruto da imaginação dele, mas Archie sabe que não. Conhece bem o tipo de Madge.

— Olá, Madge — ele diz, em um tom reservado.

— Estou ligando por notícias. Combinamos que você ligaria duas vezes ao dia e não ouvi nada desde ontem de manhã — reclama.

— Não liguei porque não há notícias.

— Nosso acordo foi duas ligações por dia mesmo assim.

A raiva ameaça dominá-lo. Por que ela acha que ele lhe deve satisfações? Mas sabe que a raiva não vai servir de nada, então simplesmente pede desculpas.

Madge passa ao verdadeiro motivo para ter ligado.

— Estou pensando em ir a Surrey hoje para ajudar na busca amanhã. Fiquei sabendo que será um evento grande e gostaria de estar lá para representar a família de Agatha.

— Não sei se é uma boa ideia, Madge. Assim que a imprensa descobrir quem você é, o que sem dúvida farão pelos moradores locais, será cercada pelos repórteres. Especialmente porque estão promovendo a tal Grande Busca de Domingo e esperam milhares de voluntários.

— Isso é bom, posso me esconder em plena vista entre os milhares — ela diz, embora sua confiança tenha minguado.

— As pessoas vão identificá-la e uma multidão de repórteres vai cercá-la. Não acho que gostaria de se tornar o foco de um artigo do *Daily Mail* — Archie comenta. A afirmação é verdadeira, mas não é o motivo real para a resistência. Ele não suportaria ter a dominadora Madge em Styles e faria qualquer coisa para detê-la.

A linha fica em silêncio enquanto ela considera o alerta dele.

— Pelo menos me deixe levar Rosalind por um tempo. Ela deve estar morrendo de preocupação e não deveria ficar exposta a esse circo. Eu posso ir de carro e pegá-la, e ela fica em Abney Hall até localizarmos Agatha.

Archie sabe que há uma ligação forte entre a filha e Madge, e, para ele, esse relacionamento é a única qualidade redentora de Madge. Mas não acha que suportaria ter Madge em Styles nem por uma hora, mesmo presumindo que o que Agatha disse é verdade: que ela não contou a Madge sobre os problemas maritais deles. De toda forma, o que ele faria com Charlotte e a irmã Mary na ausência de Rosalind? Sem a filha dele como foco de preocupações, as irmãs Fisher ficariam à toa em Styles, enervando-o com sua presença e seus cuidados. Rosalind deve ficar em sua própria casa.

— Não acho que é a melhor ideia, Madge. Ela não entende direito o que está acontecendo. Pensa que Agatha está numa viagem de escrita e que a polícia demonstra uma reação exagerada por estar terrivelmente enganada sobre seu paradeiro — ele diz.

Madge fica estranhamente quieta, e Archie consegue ouvi-la tragar um de seus incontáveis cigarros.

— Deixe-me falar com ela. Julgarei eu mesma.

— Madge, não há necessidade. Ela é minha filha e eu sei o que é melhor para ela.

— É mesmo? — Ela solta uma gargalhada cáustica e horrível que lhe dá frio na espinha. — Assim como sabia o que era melhor para a minha irmã quando teve um caso e partiu o coração dela?

Capítulo 39
O MANUSCRITO

7 de agosto de 1926 e 14 de outubro de 1926
SURREY, INGLATERRA, E GUÉTHARY, FRANÇA

Uma calma curiosa se assentou sobre mim quando Rosalind e eu voltamos para Styles. Certamente, nos dias em Ashfield depois que Archie partiu para Londres, eu cedi à desolação. Madge ficou sentada junto a minha cama de menina, segurando minha mão e me deixando soluçar, quando não estava cuidando de Rosalind. Enquanto eu ficava ali, mais arrasada do que achava possível, repassei todas as vezes que vira Nancy e Archie juntos nos últimos dois anos desde que nos mudamos para Sunningdale, caçando qualquer sinal de seu caso e chafurdando na dor da traição do meu marido. No entanto, uma vez que decidi deixar Ashfield e pegar o trem rumo a Styles – um lugar que não conseguia mais considerar um lar, apenas uma estação de parada –, eu arrumei os ombros e determinei que faria o que fosse necessário para reconstruir minha família.

Enquanto o trem estrepitava através dos campos bucólicos sob o sol, que pareciam zombar de mim com seu aspecto verdejante e esperançoso, percebi que Archie não era o homem que eu imaginara. Eu o idealizara. Em algum nível, sempre soube que ele não incorporava inteiramente as características de seu equivalente fictício em *O homem do terno marrom* – Harry Rayburn –, mas será que era inteiramente diverso do homem corajoso e moral que eu criara em minha mente e nas páginas? *Não importa*, disse a mim mesma. *Archie é meu marido e aceitarei seu eu verdadeiro, mesmo se não for o que eu esperava.* De toda forma, provavelmente era minha culpa ele ter se fascinado por Nancy. Mamãe não me alertara sempre de que eu não devia deixar meu marido sozinho por tempo demais? E eu não o abandonara, emocional e fisicamente, durante meu luto nesse verão? Mesmo quando ele estava na Espanha, sabia que meu coração e minha mente não estavam com ele, e sim perdidos à minha dor por mamãe.

Com isso em mente, deixei Rosalind com Charlotte, que acabara de retornar a Styles após a recuperação do pai, e pulei para o Morris Cowley. Archie estaria no fim de seu expediente na Austral Limited, e eu o encontraria assim que saísse. Eu o levaria para um jantar elegante e imploraria que retornasse a sua família.

Archie acedeu a minhas súplicas. Mas sua concordância veio com enorme relutância e uma abundância de condições. Enquanto eu chorava e tomávamos vários drinques em um pub num canto remoto de Londres – Archie não queria que ninguém do escritório presenciasse nossa conversa emocional –, ele consentiu em um teste de reconciliação de três meses, assim como férias a dois. Pensei que os Pireneus se provariam o cenário perfeito.

A paisagem coberta de neve do vilarejo de Guéthary, nos Pireneus, era ainda mais esplêndida ao luar do que durante o dia. Eu considerara planejar uma viagem a

Cauterets, outro vilarejo ao sopé da cordilheira que visitara com meus pais quando criança. Ao longo dos anos, minhas lembranças daquela viagem não tinham desvanecido – nossos passeios em caminhos margeados por pinheiros e brotos vívidos de flores silvestres e a risada de meus pais ecoando através da floresta enquanto caminhavam de mãos dadas. Mas temi que minha viagem com Archie, ainda que fosse bem-sucedida, jamais se comparasse com aquele verão perfeito. Agora, dado como Archie andava se comportando, fiquei contente por não ter estragado minha visão de Cauterets e ter escolhido Guéthary.

Para ter uma vista melhor da janela, ergui-me na ponta dos pés ao lado da nossa cama de hotel, na qual tínhamos dormido, mas não dividido, para ver um pequeno vilarejo de montanha nos Pireneus, famoso por seus spas, agora iluminados por centenas de velas tremeluzentes. Abri a boca para chamar Archie para ver a paisagem espetacular, mas então reconsiderei. Ele ficara quieto no jantar na hospedaria, e nem uma segunda garrafa de Cabernet e o calor do fogo tinham soltado sua língua.

O que fiz de errado desta vez?

Inicialmente, interpretara a disposição dele de embarcar nessa viagem como um sinal de seu comprometimento de abandonar a ideia louca de nos deixar por Nancy. Mas, desde que tínhamos chegado à cordilheira pitoresca na península Ibérica, entre Biarritz e a fronteira da Espanha, ele se tornara mais recalcitrante a cada dia. Nas primeiras tardes, se dispusera a sair em passeios e tinha se engajado em conversas durante as refeições, por mais desconexas que fossem. Mas, no quinto dia, sua voz aparentemente desapareceu e, exceto por uma série de sins e nãos tensos, ele parou de se comunicar ou realizar qualquer atividade comigo além das refeições.

Olhei ao redor da suíte do hotel, com seu quarto adjacente e a sala de estar. Onde ele estaria? Conforme as férias progrediam, Archie passara a deixar a suíte em silêncio e se acomodar nas áreas públicas do hotel com um livro. Ler sozinho se tornara seu refúgio e sua rebelião.

Abrindo a porta, espiei o saguão abaixo, mas Archie não estava lá. Quando olhei de volta para a suíte de dois cômodos, me perguntei para onde ele teria ido no breve tempo desde o jantar. Eu era repulsiva a ponto de ele fugir do hotel e seguir ao pub da cidade? Percebi, então, que não tinha verificado a varanda, principalmente porque não imaginei que minha companhia era tão detestável que ele preferiria enfrentar o gélido ar noturno.

Puxando a porta pesada de mogno e vidro, saí para a varanda. As costas de Archie me encaravam e chamei no que pensei ser uma voz animada:

— Archie?

Meu belo marido, com um chapéu puxado sobre a testa e um cachecol xadrez envolvido no pescoço e no queixo para se proteger do frio, virou-se. Abaixou o cachimbo e gritou:

— Um homem não pode ter um segundo de privacidade? Eu só queria um pouco de paz e silêncio longe da sua tagarelice interminável. — Seu rosto se retorceu num esgar feio.

Senti como se ele tivesse me estapeado. Movendo-me lateralmente para longe, bati nas ripas de madeira da balaustrada da varanda.

— Eu... sinto muito.

Archie se aproximou com passos firmes até que seu rosto se sobrepôs ao meu.

— Acha que eu gosto de ficar aqui com você? Ouvindo você falar sem parar sobre cultura, músicas, ideias tolas para livros, sua mãe e seu... seu desespero?

Era mesmo Archie falando comigo desse jeito horrível? Eu me acostumara com sua frieza, mas ele geralmente me feria com silêncio, não com palavras. Essa era uma arma nova, e doía.

Seu rosto se transformou outra vez, formando um sorriso doentio e satisfeito.

— Finalmente a deixei sem palavras, é? Bem, vou responder por você. Não quero estar aqui com você. Não quero estar em lugar nenhum com você.

Ele estava tão próximo do meu rosto que eu podia sentir seu cuspe congelar em minhas bochechas. Archie ergueu a mão e, por um segundo, pensei que me bateria ou me empurraria. Mas então ele a abaixou de repente.

Um pensamento rebelde cruzou minha mente e senti uma pontada de pavor. E se ele tivesse concordado com a reconciliação de três meses sem qualquer intenção de reatar de fato? Ele mal voltara a Styles, exceto por um ou outro jantar de família e alguns eventos do clube de golfe. E se tivesse concordado com a viagem só para me levar àquela cidade de montanha isolada onde podia se livrar de mim de uma vez por todas para se casar com Nancy Neele? Olhei para baixo, percebendo que, com um único empurrão, Archie podia me mandar daquela varanda por doze metros até o chão pedregoso e coberto de neve.

Afinal, aquele tipo de coisa não acontecia apenas em meus livros. Poderia muito bem acontecer na vida real.

Capítulo 40
DIAS 8 E 9 APÓS O DESAPARECIMENTO

*Sábado, 11 de dezembro, e domingo,
12 de dezembro de 1926*
STYLES, SUNNINGDALE, INGLATERRA

A imprensa quer me enforcar só com base em insinuações e inferências. Uma carta queimada, um fim de semana longe da esposa, as fofocas de uma criada sobre um caso. Repórteres e leitores tanto de pasquins como de jornais respeitáveis se agarraram a esses boatos não confirmados e os costuraram para criar a imagem de um marido mulherengo transformado em assassino.

Mas eles não encontraram o corpo, pelo menos não ainda, e não têm nenhuma prova de infidelidade, ele diz a si mesmo. Então, como uma turba carregando forcados, eles clamam por um fim definitivo à busca por sua esposa e pela justiça que estão certos de que vai resultar disso. Criticando tanto a polícia de Berkshire como a de Surrey, exigem que a Scotland Yard se envolva no caso. "Desaparecimento de romancista continua sem solução, polícia local requer perícia da Yard", as manchetes trazem.

Quando a Scotland Yard se recusa a se envolver na investigação pelos mesmos motivos que apresentou a Archie quase uma semana antes, os jornais oferecem as próprias resoluções. Depois de desenterrar policiais aposentados, juízes e autores para dar suas interpretações dos eventos, o *Daily News* triunfa sobre as outras publicações ao solicitar as opiniões de Dorothy Sayers, uma escritora de romances de detetive que Agatha admirava. Embora alegue que a resolução certeira do desaparecimento – voluntário, suicídio, instigado por perda de memória ou resultado de um crime – seja impossível apenas com base em relatos de jornais, ela levanta várias questões cujas respostas, argumenta, podem apontar para o paradeiro da sra. Christie. Inflamados com a possibilidade de que a conhecida escritora possa resolver esse mistério, convidam-na à Grande Busca de Domingo.

Enojado por toda a especulação e as acusações e aterrorizado ao pensar em como elas podem acabar, Archie joga a pilha de jornais no chão do escritório. Acendendo um cigarro, ele se levanta e começa a andar pelo cômodo pequeno. Deus, como ele gostaria de poder falar, mas está imobilizado pelos grilhões muito espertos da carta e de sua autora. Então agora ele espera, mas não pela Grande Busca de Domingo.

— Você esqueceu um pontinho, papai — diz Rosalind, com uma risadinha, esfregando uma mancha de sujeira com um trapo úmido.

Desesperado por uma distração e inquieto de ansiedade, ele perguntou à filha se gostaria de lavar o Delage com ele. É o seu ritual de domingo, um que ele prefere realizar sozinho; no entanto, precisa consertar a fissura entre eles. De toda forma, Charlotte e a irmã estão na igreja e Rosalind está sob seus cuidados.

Rosalind também adora rotinas e um cronograma rígido, e essa tarefa específica, embora seja um desvio de seus domingos tranquilos, faz parte da rotina dele, então ela abraçou a ideia. Como o pai, Rosalind entende a necessidade de ordem. É algo que Agatha nunca compreendeu nem abraçou, mesmo por ele.

Ele sorri para a pequena criança, grato por um momento de paz. Tomou a decisão certa ao não deixar Madge levá-la a Abney Hall. A enchente vai chegar logo. É a única coisa de que ele tem certeza. O cronograma sempre esteve claro, desde o momento que rasgou aquele envelope com seu abridor de cartas prateado.

Há o som de cascalho triturado sob pés, e Archie espia atrás da curva para ver quem está se aproximando pelos fundos de Styles. A polícia vigia todo o perímetro, então ele não se preocupa com um intruso ou um repórter qualquer, mas não esperava ver qualquer outra alma até que Charlotte e Mary retornassem, passada uma hora.

Quando espia um jovem ruivo familiar de cerca de vinte anos se dirigindo até eles, Archie suspira de alívio. É só o filho do jardineiro, que ajuda o pai com a manutenção da propriedade de tempos em tempos. Archie ergue a mão em um aceno e vira-se novamente para Rosalind e o carro que estão lavando.

Robert se aproxima do lado da garagem onde as ferramentas de jardinagem são guardadas e os cumprimenta.

— Coronel Christie, srta. Rosalind, estou surpreso por ver vocês aqui. Meu pai e eu pensamos que estariam na Grande Busca de Domingo, então pensamos que seria um bom momento para terminar o trabalho para o inverno.

Archie não sabe o que pensar. Será possível que Robert não esteja ciente das suspeitas lançadas sobre o marido da desaparecida? Por que outro motivo pensaria que Archie seria bem-vindo na Grande Busca de Domingo, como todos a estão chamando? O garoto parece sincero demais para o provocar atrás de alguma declaração condenatória.

Lendo uma recusa na hesitação de Archie, Robert dá um passo para trás.

— Mas posso voltar outra hora, senhor, se estou incomodando.

— Não, não, não seja tolo, Robert. Rosalind e eu estamos quase terminando com o Delage, não é, querida? — Ele sorri para a filha.

Ela está preocupada com uma pequena marca no lado do motorista e esfrega aquele ponto como se seu esforço pudesse retornar a porta à condição original e imaculada.

— Tudo bem, então. Tem certeza, senhor?

Archie assente e pega o pano de polimento de novo, dando ao Delage um lustro satisfatório. *Ah, se eu pudesse prolongar este momento*, ele pensa. Mas o barulho de metal o assusta, interrompendo seus pensamentos nostálgicos, até que percebe que é apenas Robert juntando as ferramentas no carrinho de mão.

O carrinho de mão chacoalha enquanto Robert se aproxima deles. *Por que ele não sai daqui?*, Archie pensa. *Por que não nos deixa em paz para aproveitar esta curta folga?* Em breve, muito em breve, tudo estará perdido.

— O senhor precisava ver como está a cena lá em Newlands Corner. Dizem que há cinquenta e três grupos de busca, com trinta a quarenta pessoas cada! Consegue imaginar, mais de duas mil pessoas procurando a sra. Christie ao mesmo tempo? Com todo esse pessoal, tenho certeza de que a encontrarão, senhor.

Archie só quer silenciar o jovem, mas sabe que qualquer comentário da sua parte ou vai incentivá-lo, ou será relatado a outras pessoas, ou ambas as coisas. De toda forma, o rapaz só está tentando reconfortá-lo. Então, ele assente na direção de Robert para indicar o fim da conversa e retorna a seu projeto.

Mas o filho do jardineiro não entende a indireta e continua tagarelando:

— Quer dizer, as pessoas não param de chegar, embora algumas só estejam assistindo ou comendo, porque Alfred Luland montou um quiosque de bebidas improvisado para servir os voluntários. Uma mulher que cria cães de caça premiados levou os bichos para a busca, e com certeza eles vão farejar a sra. Christie se ela estiver por perto. Ah, e aquela escritora, a sra. Sayers, veio também. Deu uma olhada em Silent Pool e anunciou que sua esposa não está lá. Não ajuda muito, né?

— Por que as pessoas não sabem que mamãe só está escrevendo, papai? — Rosalind pergunta com a vozinha estridente. *Quando ela começou a ouvir a conversa?* Archie não escutara sua aproximação. Pensou que ainda estivesse focada na mancha. — Você não contou pra eles?

Robert encara a criança, pasmo com sua ignorância quanto ao desaparecimento da mãe. Ou talvez pasmo com o fato de Archie incentivar essa ignorância. De toda forma, o filho do jardineiro finalmente se afasta e empurra o carrinho de mão até o canto mais distante da propriedade.

— Papai, você não respondeu à minha pergunta — observa Rosalind. Então, no caso de ele ter esquecido, ela a repete: — Por que não contou para todo mundo que mamãe só está escrevendo um livro e que vai voltar quando terminar?

Archie se vira para Rosalind, ajoelhando-se e olhando diretamente em seus olhos escuros.

— Querida, por favor, não se preocupe. Logo, logo tudo isso vai acabar.

Capítulo 41
O MANUSCRITO

3 de dezembro de 1926
STYLES, SUNNINGDALE, INGLATERRA

Três meses. Noventa dias. Duas mil, cento e sessenta horas. Foi isso que Archie me concedeu para salvar nosso casamento e, quando retornei a Styles após o fiasco nos Pireneus, percebi que só tinha quarenta e cinco dias para convencê-lo a ficar. Apenas mil e oitenta daquelas horas originais restavam, e pensar nos minutos que passavam era suficiente para fazer meu coração acelerar. Mas como eu podia reconquistar meu marido quando ele quase não dava as caras?

Durante os últimos quarenta e cinco desses noventa dias, houve horas em que pensei em desistir. Houve dias inteiros que tive vontade de cedê-lo a Nancy e me perder na escrita, em minha família e minha filha. *Seria tão terrível assim?*, eu me perguntei. Afinal, se fosse honesta comigo mesma, nosso casamento era vazio fazia algum tempo; o golfe parecia ter um papel mais robusto na vida de Archie do que eu. Mas, quando pensava sobre Rosalind, sabia que tinha de permanecer firme. Não podia deixar a mancha de um divórcio macular minha linda filha e desgastar nosso relacionamento.

Resolvi aguardar o retorno dele, e essa espera foi diferente de todas as outras. De alguma forma, esperar as suas licenças durante o treinamento militar, esperar que voltasse da guerra, até esperar que aparecesse na soleira de nosso apartamento de Londres ou que voltasse da Espanha depois que mamãe morreu não se comparava a esperar que ele retribuísse meu amor.

Eu sentia o relógio batendo constantemente e, cada vez mais, fazia caminhadas ao redor de Silent Pool para acalmar os nervos. Apesar da história macabra do lugar – lendas sobre moças mortas e boatos a respeito de um ou outro suicídio –, eu achava aquela água esmeralda e imóvel e os bosques silenciosos que a cercavam tranquilizadores. Sem contar que era o único lugar onde eu podia me entregar a meus soluços sem testemunhas.

Quando dezembro chegou, os dias que me restavam para tentar uma reconciliação estavam contados e eu me encontrava em um estado frenético. Quando Archie estava ausente – com frequência, passava a semana no clube de Londres –, eu me preocupava que Nancy estivesse com ele, apesar de sua promessa, e Charlotte tinha de me convencer a ficar em Ashfield e não ir de carro à cidade a fim de surpreendê-lo. Quando ele fazia visitas breves e inesperadas a Styles durante a semana e em raras noites de fins de semana, principalmente para ver Rosalind, meus nervos se esfrangalhavam ainda mais conforme a pressão aumentava para ser charmosa e jovial num esforço de tornar Styles – e eu – atraente para ele.

Eu trabalhava no meu novo livro, *O mistério do trem azul*, em um ritmo febril. Minha editora, Collins, estava desesperada por um novo romance de Hercule Poirot e brandiu meu contrato como argumento. O último lançamento, *O assassinato de Roger Ackroyd*, fora não só bem recebido pela crítica, mas também vendera bem, e eles esperavam aproveitar a onda de sucesso com outra publicação imediata, junto com o lançamento de uma antologia de contos de Hercule Poirot que haviam sido publicados como série em revistas e jornais. Mas, toda vez que eu me sentava diante da máquina de escrever, minha mente se anuviava de emoção, e a pressão interna para produzir por necessidade financeira caso meu casamento implodisse não ajudava a clarear meus pensamentos. Mais que tudo, mais até do que a presença reconfortante e sábia de mamãe, eu desejava mais tempo.

Archie e eu nos encaramos de lados opostos da mesa de desjejum. *Como a sala parece comum para uma manhã tão extraordinária*, pensei, por um segundo irreal. A luz do sol era filtrada pelas cortinas, estampando na toalha da mesa um padrão bonito. A mesa reluzia com a porcelana floral de mamãe e um semicírculo perfeito de torradas dispostas em uma bandeja de prata. Leves fios de vapor se erguiam de nossas xícaras, e uma jarra de geleia vermelho-rubi estava no centro de tudo. Podia ser qualquer manhã normal em qualquer lar normal de qualquer família normal. Mas não era.

— Por favor — implorei —, por favor, não faça isso. Vamos discutir no fim de semana, depois de jantarmos hoje. Fiz uma reserva para nós em uma pousada adorável em Yorkshire, e lá podemos discutir o futuro com privacidade.

— Não adianta implorar, Agatha. Só a torna menos atraente do que já é e não ajuda sua causa. Não irei a Yorkshire com você neste fim de semana. Vou passar o fim de semana com os James — respondeu Archie, com seu tom firme e sua postura ereta de modo que o terno não apresentava uma única dobra. Ele falava do mesmo modo desdenhoso de quando respondia aos pedidos incessantes de Rosalind por um pônei.

— E Nancy estará lá também, imagino. Ela é uma grande amiga de Madge James, não é? — perguntei e, embora com certeza fosse verdade, imediatamente me arrependi das palavras.

O rosto de Archie se escureceu de raiva e eu sabia que não o reconquistaria assim.

— Por favor, escute, Archie.

Tentei segurar sua mão, mas ele a puxou e recuou. Eu prossegui com meu argumento, embora pudesse ouvir a voz de Charlotte na cabeça me avisando para não implorar. Ela acreditava que isso só fazia emergir o lado mais cruel dele e insistiu para que eu não suplicasse a ele, após testemunhar uma altercação desagradável.

— Você me prometeu três meses. Três meses de reconciliação antes de decidir. Mas nós mal o vimos. Você precisa de mais tempo, é só isso. Natal em Abney Hall, uma viagem de Ano-Novo a Portugal com nossos amigos do bairro, os três meses completos que combinamos.

— Não preciso de mais tempo para tomar minha decisão e não quero mais continuar com essa farsa. Estou farto! — Sua voz não vacilou e seu olhar também não.

Será que ele praticou essa serenidade no espelho?, eu me perguntei.

— Como pode dizer que está farto de sua família quando nem tentou? — perguntei, minha voz falhando.

Ele não se deu ao trabalho de responder à minha pergunta. Em vez disso, repetiu as palavras odiosas que dissera em Ashfield:

— Eu quero o divórcio.

— Eu não quero o divórcio, Archie. Quero nossa família e nosso casamento de volta. — As lágrimas vieram, e eu comecei a soluçar. — Rosalind o ama. Eu ainda o amo. Quando você estava na guerra, costumava escrever que faria qualquer coisa para ficar comigo. Como chegamos a esse ponto?

— Agatha, vou encontrar um advogado para abrir o processo de divórcio. Vou me casar com Nancy assim que estiver finalizado. — Ele soava como se conduzisse uma reunião de negócios para a Austral Limited, não terminando seu casamento e arruinando sua família.

Pela primeira vez, fui dominada por raiva em vez de desespero. Como ele ousava? Como podia falar do casamento com Nancy na mesma frase em que discutia nosso divórcio? *Por Deus*, pensei, *se ele quer esse divórcio vergonhoso, então eu também terei o que quero. Eu o farei me dar exatamente aquilo que ele quer proteger. Caso contrário, será o meu fim.*

Puxando um lenço do bolso do meu roupão de seda, eu enxuguei os olhos e o nariz em um esforço para me controlar.

— Só concordarei com um divórcio se você citar Nancy Neele como sua amante e a razão para a dissolução do nosso casamento. — Mantive meu tom tão imperturbável e pragmático quanto o dele a manhã toda, reprimindo a fúria que se agitava dentro de mim.

Com essa afirmação, o semblante de calma e determinação que ele assumira com tanto cuidado se desfez. Seus olhos se arregalaram com o meu pedido e, naquele momento, soube que eu o atingira no seu âmago, no coração que pensei que ele não tinha mais.

— Não vou citar Nancy no divórcio sob quaisquer circunstâncias.

Como ele ousava recusar? Quem ele achava que era para negar meu pedido? Minha incredulidade e o volume de minha voz aumentaram junto com minha fúria.

— Acha mesmo que eu concordaria com um divórcio sem o motivo explicitamente descrito? Para que todos pensem o que bem quiserem e culpem a *mim* como a causa? Vão pensar que eu sou uma esposa irracional. Ou que *eu* fui infiel! Imagine o que Rosalind pensaria um dia. — Eu alisei meu roupão, encaixei uma mecha atrás da orelha e, muito devagar e distintamente, disse: — Quero Nancy Neele citada como a razão para nosso divórcio. Ou não o concederei a você.

Seus olhos se estreitaram, e ele veio em minha direção pela primeira vez naquela manhã.

— Nancy é a mulher que amo e com quem planejo me casar. Não vou sujar a reputação dela.

Eu ri, não me importando pela primeira vez em meses com o fato de minha gargalhada ser alta ou deselegante. Porque, naquele momento, não me importava a opinião que ele tinha de mim.

— Que piada, Archie. Não quer sujar a reputação de sua amante, mas acha perfeitamente aceitável trair sua esposa e arrastar o nome dela na lama? — Eu o olhei nos olhos. — Sem Nancy, sem divórcio.

Uma expressão ameaçadora, familiar de nossa viagem a Guéthary, surgiu no rosto dele. Ele agarrou meus ombros como se quisesse me sacudir até eu ver as coisas da *sua* perspectiva, e, quando me afastei, minha mão bateu na mesa de desjejum, mandando o bule de mamãe para o chão e eu junto com ele. Quando tentei me erguer, ele me empurrou de volta para baixo. A próxima coisa de que me lembro foi o som de seus passos furiosos se afastando da sala de jantar e de Styles. Senti a vibração daqueles passos no chão, seguidos rapidamente pelas batidas rápidas do passo eficiente de Charlotte e dos passinhos leves de Rosalind.

Rosalind deu um gritinho ao me ver no chão em meio à porcelana quebrada enquanto Charlotte corria para perto de mim. Ajoelhando-se para me ajudar a levantar, ela perguntou:

— Sra. Christie, está bem?

— Não foi nada, Carlo. — Tentei dar um sorriso. — Sou desastrada, só isso.

— Você não é desastrada, mamãe — falou Rosalind em sua vozinha estridente. — Você e papai estavam brigando. Nós ouvimos.

— Não é nada com que tenha de se preocupar, Rosalind — eu disse enquanto me levantava com dificuldade e amparada por Charlotte. — Não tem nada a ver com você. Não se preocupe.

— Ah, eu sei disso, mamãe — respondeu ela, cheia de confiança. — Afinal, papai gosta de mim, mas não gosta muito de você.

Capítulo 42
DIA 10 APÓS O DESAPARECIMENTO

Segunda-feira, 13 de dezembro de 1926
STYLES, SUNNINGDALE, INGLATERRA

O jornal está aberto na mesa do escritório: "Maior busca por pessoa desaparecida na história não resulta em nada. Há um crime por trás do estranho sumiço da romancista?". Ele não precisa ler o artigo inteiro para saber quem é o suspeito. Só há, e sempre houve, um único suspeito.

Não importa que ele tenha ouvido um ou outro policial murmurar que Agatha sumiu por motivos próprios. Não importa que a série recente do *Liverpool Weekly Post* de *O assassinato de Roger Ackroyd* tenha levado alguns comentadores a especular que Agatha forjaria o próprio desaparecimento como um truque publicitário para o seu livro mais recente. Nada disso realmente altera o fato de que o público em geral – e os detetives no comando – pensa que ele é um mulherengo que matou a esposa para ficar livre para se casar com a amante, especialmente dadas as evidências recentes.

Archie pensa que fez as pazes com seu destino, mas sabe que seu estado de ânimo não faz diferença alguma. O fim está próximo, independentemente de como ele se sente em relação a isso. Um mero olhar para o artigo do jornal e, ao lado dele na mesa, o maço de papéis intitulado *O manuscrito*, que foi recentemente entregue a Styles, o lembram a inevitabilidade do resultado.

Desde sempre, houve apenas um caminho para fora dessa teia intrincada. Seu único recurso sempre foi seguir o fio de seda viscoso até o centro da teia, e só então ele terá uma chance de desatar o nó – como se fosse Teseu agarrando-se ao fio vermelho de Ariadne através do labirinto mortal do rei Minos. Mas quem sabe o que realmente o aguarda no centro do labirinto? Afinal, Agatha não é nenhuma Ariadne, e ele não é o Teseu de ninguém.

Mesmo assim, em seus momentos mais sombrios e privados, ele não consegue acreditar na guinada que sua vida deu. Sua existência costumava ser normal e ordenada, e ele não passa de um homem comum. Como a situação chegou a esse ponto? Será que ele é realmente o culpado de tudo, como leu?

Uma batida alta e determinada soa na porta do escritório, diferente da batida discreta dos criados de Styles. Por um momento fugaz, ele considera não abrir. A porta está firmemente trancada por dentro, afinal. Ele a manteve trancada desde que esse acesso de loucura mais recente começou. Com a quantidade de policiais por perto, a resistência será inútil, ele sabe, e só adiará o inescapável. Ele esfrega os punhos como se já conseguisse sentir o aperto de algemas de aço ao seu redor.

— Coronel Christie! — Uma voz masculina grave o chama. É uma voz desconhecida, o que o surpreende. Ele estava esperando que Kenward ou Goddard dessem esse golpe final, com uma boa dose de júbilo e satisfação. — Abra, coronel

Christie! — A voz ressoa. — Sabemos que está aí dentro. A srta. Fisher nos informou. E temos polícia vigiando a janela do escritório, então nem pense em fugir.

O som da voz de Charlotte se infiltra em sua antiga fortaleza.

— Desculpe, coronel Christie. — Charlotte soa submissa, mas não terrivelmente arrependida.

A cada dia desde o desaparecimento de Agatha, ela se tornou mais hostil em relação a ele, e Archie começou a temer que ela esteja compartilhando seus sentimentos com Rosalind. As conversas mais recentes deles só cimentaram essa opinião.

Ele está paralisado. Incapaz de responder. Incapaz de se mover. Apesar de toda a inevitabilidade do próximo passo, agora que a hora chegou, ele se sente incapaz de encará-lo. Mesmo assim, se recuar e se recusar a interpretar o papel determinado para ele naquela maldita carta, qualquer chance de liberdade, qualquer chance de uma vida com Nancy - por mais ínfima - vai se inviabilizar.

A porta estremece com uma batida como de um martelo. Uma voz que ele conhece bem demais reverbera pelo ar.

— Coronel Christie, é o vice-comissário Kenward aqui. Estou com o superintendente Goddard. Abra a porta de livre e espontânea vontade ou vamos derrubá-la.

Então é isso, ele pensa. Está no centro da teia e só há uma direção a seguir, detalhada para ele passo a passo nas instruções que recebeu. Ele caminha até a porta do escritório e a destranca. Abrindo-a com um rangido para o corredor lotado à sua espera, ele se rende à equipe - e a seu destino.

Capítulo 43
O MANUSCRITO

3 de dezembro de 1926
STYLES, SUNNINGDALE, INGLATERRA

Eu já tinha feito muitas refeições sozinha na minha vida. Chá, quando era criança com pais idosos e dois irmãos mais velhos ocupados com a própria vida. Desjejum como enfermeira jovem no turno da manhã enquanto meu marido estava longe, lutando na guerra. Almoço na mesa no meu escritório de Styles enquanto trabalhava em uma história de detetive batida na máquina de escrever. Mas nunca tinha passado por uma refeição tão solitária quanto aquela.

Mais cedo naquele dia, eu instruíra o *chef* a preparar um jantar formal para dois e pedira à criada, Lilly, que arrumasse a mesa da sala de jantar apropriadamente. Não falara com Archie desde nossa briga horrível naquela manhã, com uma medonha troca de ultimatos, mas ainda esperava que ele voltasse para casa para o jantar como tínhamos combinado antes da discussão. Archie era um homem de ordem e rotina, e eu contava com essa qualidade para garantir sua presença no jantar. Mantive-me ocupada durante o dia planejando uma ceia perfeita e passeando de carro pelo campo; quando Rosalind voltou da escola, ela e eu visitamos a mãe de Archie como tínhamos planejado. Ao longo da visita, eu repassava nossa briga na mente e fazia preces silenciosas para que Archie voltasse para casa ao crepúsculo. Se ele viesse, talvez pudesse salvar o fim de semana em Yorkshire; por isso, quando voltamos para Styles, arrumei minha mala para a viagem. Então, depois que ela tomou seu chá, coloquei Rosalind na cama, garantindo que seu ursinho azul estivesse a seu lado no travesseiro, e lhe dei um beijo de boa-noite.

Eu tinha me vestido para o jantar com esmero. Selecionando um conjuntinho verde de tricô, virei-me de um lado para o outro diante do espelho. *Essa roupa me faz parecer mais magra?*, me perguntei. Archie reclamara do meu peso nos últimos anos, mas uma vez me elogiara quando eu usara aquele conjunto. Eu esperava que achasse agradável ou, pelo menos, não ofensivo.

Eu me acomodei na sala de jantar. Enquanto esperava Lilly servir o primeiro prato, mantive os olhos afastados da cadeira vazia que me encarava. Em vez disso, examinei a sala. Nas prateleiras e no aparador havia fotos em molduras de prata: eu, Archie e Rosalind, junto com imagens de minha família e um único retrato de Archie, seu irmão, Campbell, Peg e o falecido pai deles. Espalhadas entre as molduras havia estatuetas de porcelana e um vaso que mamãe adorava; eu os trouxera de Ashfield para Styles na esperança de transformar aquela casa artificial em uma outra, cuidadosamente orquestrada, um lar caloroso e natural como Ashfield.

O relógio sobre a lareira batia alto, ou pelo menos assim parecia, enquanto eu esperava. Examinei a tigela fumegante de consomê límpido que o *chef* preparara como entrada, um prato que sempre aliviava o estômago sensível de Archie.

O ponteiro do minuto passou um, então dois, então três. Quando pairou entre três e quatro, notei que a sopa não estava mais fumegando. Embora não planejasse comer até a chegada de Archie, decidi fazer isso antes que ficasse fria.

Com o som de uma colher batendo, Lilly reapareceu. Sua expressão era um tanto ansiosa, e percebi que seu treinamento não a preparara para aquela situação. Ela devia tirar a mesa ou esperar o patrão? Eu quase podia ver a pergunta atravessar sua consciência.

— Pode tirar as duas tigelas de sopa, Lilly. O sr. Christie parece estar atrasado, então diga ao *chef* que vamos direto ao segundo prato. — Eu estendi a mão para acariciar Peter, que se acomodara a meus pés. O filhote gentil parecia sentir o desespero que me tomara desde a traição de Archie e raramente saía de perto de mim nos últimos dias.

Quando ergui os olhos, Lilly ainda olhava para mim, embora sua expressão tivesse passado de perplexidade em relação às tigelas de sopa para pena de minha desculpa para o atraso de Archie. *Meu Deus*, pensei, com um susto. *Nem os criados acreditam que meu marido voltará para mim.* Eu me perguntei se realmente o queria de volta. Será que os eventos da manhã tinham me feito mudar de ideia, mas eu estava tão acostumada a esperar por ele que ainda não sentira a mudança? Aquilo não devia ter mexido comigo?

Em alguns instantes, Lilly reapareceu com carne de veado para o segundo prato e, após um intervalo apropriado, entrou na sala de jantar novamente, carregando o terceiro. Hesitou em colocar o linguado na mesa, dado que o segundo prato não fora tocado. Eu a guiei com um aceno gentil; embora não se costumasse servir um terceiro prato quando o anterior não havia sido consumido, naquela ocasião não representava um problema.

    Resolvi não comer nenhum dos dois pratos que Lilly serviu. Não tinha fome, mas, conforme os minutos passavam, resistir se tornou quase uma obsessão supersticiosa. Se eu ao menos pudesse esperar até ouvir o som do carro dele sobre o cascalho, tudo ficaria bem. Se eu desse uma mínima mordida que fosse na carne de veado ou no linguado, Archie nunca voltaria para casa. Mas, às vezes, olhava para a minha mão e o garfo estava nela, pairando sobre a comida, e percebi que eu estava vacilando sobre o que queria.

    A rua de Styles ficou silenciosa conforme os vizinhos voltavam para casa, para suas refeições noturnas, e se acomodavam atrás de portas fechadas com a família e os amigos. Mesmo assim, aguardei na sala de jantar como se tivesse me tornado uma das estatuetas de porcelana de mamãe, à espera de que alguém me trouxesse à vida. Mas, quando o ponteiro dos minutos chegou nos doze, eu soube que Archie não voltaria a Styles. Talvez jamais atravessasse aquelas portas de novo.

    Uma onda de tristeza me dominou, e engoli um soluço que eu não queria que Lilly ou o chef ouvissem. Eu tinha liberado Charlotte naquela noite para visitar uma amiga em Londres, então não precisava me preocupar em alarmá-la. Não achei que pudesse suportar aquela onda de emoções. Todos aqueles arrependimentos, toda aquela dor, tudo era demais, mesmo que em meio a certo alívio. Se ao menos eu pudesse desaparecer...

    Então o telefone tocou, estilhaçando minha vigília solitária. Quando atendi, quase chorei de alívio ao ouvir uma voz familiar. Mas então a voz falou. E, naquele momento, eu soube que tudo tinha mudado.

PARTE II

Capítulo 44

Terça-feira, 14 de dezembro de 1926
HARROGATE HYDRO, HARROGATE, INGLATERRA

Observo os vestidos de festa pendurados no guarda-roupa. Como um arco-íris de tonalidades pastel, eles cintilam contra a madeira escura e polida e não resisto a correr o dedo ao longo das faixas de seda. Cada um é adorável à própria maneira, todos recém-comprados em lojas de roupas de Harrogate e Leeds. Mas qual usar? Eu quero ficar especialmente bonita. *Não, não é isso*, eu penso. Quero estar perfeita nesta noite, mas só para mim mesma.

Meu olhar se demora em um vestido de crepe georgette salmão. Com cintura baixa e camadas de renda alternadas com contas perolizadas sutis, ele cai particularmente bem – pelo menos foi o que a vendedora na loja exclusiva de Harrogate me disse. Ela pareceu sincera, mas será que estava só tentando me convencer a comprar? *Vejamos*, penso enquanto o tiro do guarda-roupa e o giro no cabide.

Visto a peça sobre minha combinação de cetim marfim. Vou até o espelho de corpo inteiro no canto do quarto de hotel, evitando meu reflexo até o último segundo. Faz algum tempo desde que gostei dele. Abrindo os olhos, quase arquejo. Essa sou realmente eu? O vestido roça minha figura novamente esguia, e a cor salmão dá à minha tez um brilho saudável e, eu diria até, mais jovem. Pela primeira vez em muito tempo, eu me sinto atraente.

Escovo o cabelo até que fique brilhante, enfiando uma mecha rebelde atrás da orelha e arrumando outra de modo a esconder o pequeno corte e hematoma que estão evanescendo na testa. Acrescento uma camada translúcida de batom cor de damasco e passo perfume atrás das orelhas. Amarrando os sapatos de salto prateados ao redor dos tornozelos, viro de um lado e do outro na frente do espelho. *Um xale dará o toque final*, penso enquanto jogo um tecido finamente bordado ao redor do corpo. Um último olhar para o espelho confirma que estou pronta. De fato, é o vestido perfeito para esta noite.

A maçaneta de cristal parece pesada em minha mão enquanto a giro para abrir a porta do quarto. Há um tumulto incomumente alto no piso térreo do hotel, bem abaixo da escadaria fora do meu quarto. Desacostumada ao barulho, eu fecho a porta, voltando à segurança do quarto. Eu me acostumei à maré de sons e silêncios do hotel durante a última semana; consigo prever um aumento de atividade na hora do desjejum, do chá e dos coquetéis, com certa calmaria nas horas entre eles. Sempre escolho essa hora silenciosa – o intervalo entre coquetéis e jantar – para entrar discretamente na agitação noturna do hotel e me sentar para fazer minha refeição acompanhada de um dos livros que selecionei da biblioteca de Harrogate. Ou talvez palavras cruzadas.

Por instinto, afasto as pesadas cortinas de brocado que cobrem a janela principal do quarto. A vista dá para os jardins bem cuidados na entrada do hotel, resplandecentes mesmo no inverno, com viburno, azevinho e louro intermeados com heléboro florescente, também conhecido como rosa de Natal. Noto que o estacionamento está cheio de automóveis e que três grupos pequenos estão delineados contra as lâmpadas a gás enfileiradas nos jardins. *Ah*, penso. *Aqui está a explicação para a algazarra inesperada: haverá uma festa no salão de baile do hotel, talvez uma comemoração de Natal antecipada*. Ou talvez seja outra coisa, algo tão bem planejado quanto uma *soirée*. De toda forma, eu me sinto preparada. Venho planejando esse momento há algum tempo.

Abro a porta de novo. Meus saltos dão batidinhas satisfatórias enquanto percorro o corredor do meu quarto à escadaria larga e imponente que leva ao saguão. O tapete persa carmesim e dourado que recobre as escadas abafa meus passos, mas não o drama de minha entrada. Um mar de rostos me olha enquanto eu desço.

Eu aceno para a sra. Robson, com quem compartilhei uma xícara de chá e uma discussão animada sobre jardinagem. O sr. Wollesley, com quem joguei várias partidas enérgicas de bilhar enquanto discutíamos os diversos serviços do spa, me dá um aceno. Eu sorrio para a doce garçonete, Rose, que serve o desjejum e o jantar, mas volta para casa durante o turno do almoço para cuidar da avó idosa. *Que grupo adorável de pessoas encontrei aqui no Hydrogate Hydro*, eu penso. Neste lugar, com essas pessoas, fora do tempo normal, eu me sinto segura. Estou em um casulo criado por mim mesma, em um reino protegido que paira além da realidade, e desejo poder ficar aqui mais tempo. Às vezes, desejo ficar aqui para sempre.

Mas então o vejo, como sabia que veria. Ali, aos pés da escadaria, ao lado da coluna que separa o saguão da sala de chá, um homem está de pé. Ele parece tão pequeno e insubstancial, tão diferente das minhas lembranças, que, por um momento, quase não o reconheço. Mas então ele entra em uma poça de luz e, de repente, é ele. E sei que chegou a hora.

Capítulo 45

Terça-feira, 14 de dezembro de 1926
HARROGATE HYDRO, HARROGATE, INGLATERRA

O homem dá um passo na minha direção. Eu paro, sem saber se devo ignorá-lo e seguir em frente em direção à mesa que reservei para o jantar. Qual é a escolha certa neste momento preciso da narrativa? Quando ele abre a boca para falar, reparo que dois outros cavalheiros – um em um casaco amarrotado e um chapéu de feltro que já viu dias melhores e o outro em um terno cor de carvão perfeitamente passado e um sobretudo preto, que não se deu ao trabalho de remover ao entrar – se afastam das sombras projetadas pelos beirais da escada e vêm em minha direção. Algo a respeito de sua atitude me deixa desconfortável, e eu me afasto dos três.

Virando na direção dos cavalheiros, o homem ergue a mão, como para os manter afastados. Ignorando seu gesto, pelo menos até certo ponto, eles continuam a se aproximar, mas param a certa distância. Eu lhes dou um olhar confuso, mas eles não encontram meus olhos.

Puxo o xale ao redor dos ombros – como se o tecido bordado delicado pudesse servir de escudo protetor – enquanto o homem dá um passo em minha direção.

— Poderíamos conversar a sós enquanto bebemos algo?
— ele pergunta em uma voz alta o bastante para os outros cavalheiros ouvirem.

Seu pedido perturba a paz que senti aqui em Harrogate Hydro, e desesperadamente desejo recusar. Sei que, se aceitar, meu casulo ficará comprometido. Mas também sei que, se refutar, não posso continuar me agarrando a esse mundo irreal. Tudo me conduziu até este momento.

— Só por um minuto? — ele pergunta, os olhos azuis suplicantes.

Concordo com um aceno e o levo na direção das poltronas de couro dispostas em pares diante da lareira do saguão. Enquanto caminhamos, ouço as batidas de saltos – não só aqueles pertencentes a mim e ao homem, mas também aos dois cavalheiros. Eles estão nos seguindo.

Propositadamente, paro de supetão no meio do caminho, fazendo um deles quase colidir comigo. O papel que estou interpretando requer que eu os confronte.

Girando, eu os encaro e pergunto:

— Posso ajudá-los?

Eles olham um para o outro e, então, para o homem, que assente. O mais robusto diz:

— Por favor, permita que eu me apresente, madame. Meu nome é vice-comissário adjunto Kenward de Surrey.

— E o senhor? — pergunto na pausa desconfortável ao outro cavalheiro, vestido de modo mais meticuloso.

— Sou o superintendente Goddard de Berkshire. É um prazer conhecer a senhora.

— Por mais agradável que seja conhecê-los — eu hesito enquanto tento me lembrar dos nomes e dos títulos exatos —, vice-comissário adjunto Kenward e superintendente

Goddard, devo dizer que a presença dos senhores é um mistério. Estão ambos a uma boa distância de casa, afinal, mas inconfortavelmente perto de mim. — Forço uma risadinha, como se a pergunta que estou prestes a fazer fosse absurda. — Eu fiz algo errado?

Kenward pigarreia e responde por ambos:

— De modo algum, senhora. Acho que, depois que vocês dois — ele gesticula para o homem de olhos azuis — tiverem chance de conversar, o motivo de nossa presença se tornará mais claro. Vai ficar confortável a sós com esse homem enquanto aguardamos aqui?

O policial corpulento gesticula para uma área do saguão próximo, mas fora do alcance de audição das poltronas perto da lareira, aonde o homem e eu estávamos nos dirigindo antes da nossa pequena colisão.

Dou um aceno após uma breve hesitação.

Antes que os policiais se afastem, um rosto familiar se insere em nosso estranho grupo.

— E quem temos aqui? — O cavalheiro idoso abana o dedo para mim enquanto olha para os três homens, um de cada vez. — São jogadores?

Os homens me dão um olhar confuso. Apesar da tensão estranha entre mim e eles, não consigo evitar uma risada. Mais cedo, durante o desjejum, eu prometi ao sr. Wollesley uma partida de bilhar após o jantar. Ele se acostumou a ganhar esses jogos noturnos, e acho que a aparição inesperada de três homens bastante robustos o deixou preocupado com suas chances de sucesso.

— Não se preocupe, sr. Wollesley. Nosso jogo de bilhar será como de costume, só o senhor e eu — eu lhe garanto com um sorriso largo. — E possivelmente a sra. Robson

— faço referência a outra hóspede que se junta a nós ocasionalmente.

Ele retribui meu sorriso.

— Bem, que alívio. Pensei que talvez tivesse chamado reforços.

— De modo algum. Se eu vencer nesta noite, será de forma justa. Não que eu espere vencer, é claro.

— Fico aliviado em ouvir.

O sr. Wollesley olha para os cavalheiros com curiosidade. A cortesia exige que eu os apresente, uma regra que não tenho a intenção de seguir.

— Pode nos dar licença, sr. Wollesley? Meus convidados inesperados chegaram da cidade e queremos tomar um drinque antes de jantar.

— É claro. — Ele nos faz uma pequena mesura e, então, diz: — Aproveite seu jantar, sra. Neele.

Capítulo 46

Terça-feira, 14 de dezembro de 1926
HARROGATE HYDRO, HARROGATE, INGLATERRA

Cuidadosamente escolhendo o assento voltado para a porta, eu me sento e permito que a poltrona me envolva. Aliso a saia de meu vestido georgette, enfio uma mecha atrás da orelha e me obrigo a assumir uma expressão agradável e interessada. *Espero que esteja atraente*, penso, mas me repreendo pelo pensamento, como se não devesse importar o que qualquer outra pessoa além de mim pensa sobre minha aparência. Então, aguardo que ele fale. Mal posso esperar para ouvir o que tem a dizer.

Mas ele está sem palavras, ao que tudo indica. Sua boca abre e fecha como se as palavras girassem em sua mente, porém não conseguissem decidir se devem se formar em seus lábios. Eu seguro a língua por alguns longos momentos, mas, no fim, parece que nada vai emanar da boca dele. Sou obrigada a assumir o comando e estou pronta.

— Não está feliz de me ver, Archie? — pergunto a meu marido boquiaberto.

— Sra. N-Neele? Você está se chamando de s-sra. Neele? — ele balbucia. Então sua voz começa a aumentar de volume: — Que diabos está aprontando, Agatha?

— Quer dizer ao me chamar de sra. Neele ou em geral? — pergunto, com um sorrisinho. Sei que não deveria provocá-lo, mas não consigo evitar. Esse momento demorou para chegar. Mantendo o tom tranquilo e jovial, continuo: — Talvez seja melhor limpar essa raiva do rosto e substituí-la por um sorriso, Archie, ou pelo menos uma expressão preocupada. Podemos estar fora dos holofotes, mas há olhos em todo lugar. — Eu aceno para uma garçonete que passa, então de volta à polícia. — Um homem que sente falta da esposa, um homem que passou onze dias preocupado que ela estivesse morta, deveria estar jubilante e aliviado quando ela reaparecesse. Até poderia segurar sua mão ou abraçá-la. *Se* ele não teve nada a ver com o desaparecimento dela, é claro.

Os punhos de Archie abrem e fecham ao lado do corpo, e qualquer observador veria sua fúria aumentar em vez de se dissipar. Enquanto ele tenta administrar a raiva, eu continuo:

— Tenho certeza de que percebe que fotógrafos e jornalistas estão cercando o hotel. Eu os vi se reunindo da janela do meu quarto antes de descer. E, é claro, há viaturas a postos lá fora, com as autoridades locais, assim como os homens de Kenward e Goddard. Suponho que você esteja ciente de tudo isso apesar do fato de que eles não soaram nenhum alarme. Então, se ceder a sua raiva, vai confirmar os preconceitos de todos sobre você.

Ele não responde, e eu não esperava que respondesse. Minha meta é apenas o alertar contra liberar o acesso de fúria que claramente cresce em seu interior. Não tenho nenhum desejo de protegê-lo, mas adiar sua raiva é importante para o resto do meu plano.

Em vez disso, ele pergunta:

— Como pôde? — As palavras estão carregadas de acusação.

Sua expressão é incrédula, e eu acho seu desconforto delicioso.

— Como pude? Como *você* pôde? Como *você* pôde ter um caso com Nancy Neele? Como *você* pôde me abandonar em meu luto por minha mãe sem um pingo de compaixão e, então, usar esse luto como uma desculpa para ter um caso? Como *você* pôde abandonar sua família depois de exigir tanto de mim? — pergunto tudo isso com bastante calma, deixando clara a ironia do comentário dele.

Sua boca se abre e se fecha de novo enquanto ele considera e rejeita uma série de respostas. Uso seu silêncio como uma oportunidade para continuar. Já permaneci sem voz por tempo demais.

— Talvez eu não tenha entendido sua pergunta, Archie. Você está perguntando não como pude usar o nome de Nancy Neele, e sim como pude orquestrar meu desaparecimento? — Finjo que ele assentiu. — Ah, bem, essa é uma pergunta interessante, *não é*? Mas, antes de contar como, não está curioso sobre o porquê? Vamos fazer outra pergunta: *por que* orquestrei meu desaparecimento? — Eu pauso, fingindo lhe dar a oportunidade de comentar, mas rapidamente prossigo: — Talvez você ache que sabe o motivo, Archie. Talvez acredite que eu desapareci para puni-lo. Mas isso seria uma visão incrivelmente estreita e, o que não surpreende, muito ególatra. O real motivo começou no momento preciso em que você cometeu assassinato.

— Assassinato?! — ele praticamente berra.

Eu olho de relance para ver se Kenward e Goddard ouviram. Eles estão ocupados demais sussurrando um para o outro.

— Eu cometendo assassinato? Que diabos está falando, Agatha? É você quem vem me acusando injustamente de um assassinato que eu não cometi, e sua presença aqui hoje prova que eu não a feri.

Mantendo a voz calma e o rosto plácido, eu digo:

— Você matou a mulher inocente que eu já fui, aquela que acreditava que tinha um casamento feliz e uma vida familiar agradável, aquela que moldou sua existência inteira ao seu redor e ao redor de sua felicidade, tão evidentemente quanto se tivesse cometido assassinato.

— Isso... Isso não é justo, Aga...

Enquanto falo com Archie, mantive Kenward e Goddard em minha visão periférica. Eles estão pairando nas margens do tapete da sala de chá, sempre a uma distância respeitosa para não nos ouvir, envolvidos em sua própria conversa. Mas, agora, começam a vir em nossa direção.

Interrompo Archie:

— Seus amigos detetives estarão aqui em um momento. Quero que lhes diga que precisamos de mais tempo a sós, que ainda estou sofrendo de amnésia. Assim como estabeleci na minha carta a você. Siga os passos. O tempo todo, o momento e as ações que você deve realizar, e não realizar, estiveram muito claras.

— Por que eu deveria fazer isso? Agora que você reapareceu, não serei suspeito de sua morte. E, de toda forma, aqueles desgraçados não são meus amigos.

— Acha que atingi o limite do meu poder? Imagina que meu reaparecimento o absolve de toda responsabilidade, que eu não tenho outro plano?

Os olhos de Archie se estreitam enquanto ele me avalia, me vendo – com todas as minhas capacidades e toda a minha determinação – pela primeira vez. Não fico surpresa com sua reação. Eu mesma só entendi a extensão do meu poder recentemente. Por que eu esperaria que Archie, com sua visão de mundo limitada, estivesse ciente de minhas capacidades antes de mim?

— Tudo bem — ele concorda. — Por enquanto, pelo menos, farei o que pediu.

O passo pesado de Kenward troveja no piso enquanto ele se aproxima de nós. Ergo os olhos como se os notasse pela primeira vez.

— Ah, detetive Kenward e inspetor Goddard, vocês voltaram.

— É vice-comissário adjunto Kenward — o homem me corrige depressa.

— Perdão — eu digo.

Goddard se mete na conversa, sua avidez evidente.

— Como vocês dois estão?

— Acho que vamos jantar a sós. Minha esposa e eu precisamos de mais um tempo para conversar — Archie responde por nós dois.

Eu me obrigo a arregalar os olhos à palavra *esposa* e observo Kenward e Goddard analisando.

Como se seguisse uma deixa, Archie continua:

— Entendam, precisamos de mais um tempo para nos conhecer.

Capítulo 47

Terça-feira, 14 de dezembro de 1926
HARROGATE HYDRO, HARROGATE, INGLATERRA

— Uma mesa para dois, por favor — ouço Archie dizer ao *maître* do hotel.

Este me dá um olhar confuso. O homenzinho em seu terno formal fastidioso, que me lembra meu Hercule Poirot de certas formas, se acostumou a me ver jantar sozinha durante a semana passada, com um livro ou com palavras cruzadas como companhia, e parece confuso com essa mudança. Geralmente, só me junto aos outros hóspedes para tocar algo no piano ou participar de uma partida amigável de bilhar após o jantar.

Dou um aceno para indicar concordância.

— Por aqui, sra. Neele — ele diz.

Observo as costas de Archie se tensionarem ao ouvir o nome.

Não vamos longe. Assim que cruzamos o umbral para a sala de jantar – um cômodo formal, cor de creme e verde-sálvia, com um teto de vidro adorável –, sinto a mão de alguém em meu braço.

— Sra. Neele, a senhora tem um convidado para o jantar. Que agradável.

É a sra. Robson, sempre intrometida na movimentação dos hóspedes. Antes que eu possa responder ou explicar, ela pergunta:

— Isso significa que não se juntará a nós para o bilhar? Eu tinha uma rodada com ela e o sr. Wollesley nesta noite.

— Temo que não poderei jogar com vocês hoje — eu digo e começo a seguir o *maître* de novo.

Mas ela não vai embora.

— Seu convidado vem da África do Sul também? — ela insiste.

Archie me dá um olhar de relance quando respondo:

— Não, temo que não. Tenha uma ótima noite, sra. Robson.

Ela finalmente aceita esse sinal de dispensa e se dirige ao próprio jantar.

O *maître* nos leva a uma pequena mesa nos fundos, flanqueada por colunas. É discreta e eu não poderia ter escolhido um lugar melhor. A distância, vejo que Kenward e Goddard se posicionaram em poltronas do saguão com uma vista da entrada do restaurante. *Estão observando para reunir evidências ou garantir que nenhum de nós escape?*, eu me pergunto.

Quando me sento na cadeira estofada que o *maître* puxa para mim, ele pergunta:

— Devo trazer à senhora e seu convidado taças do seu vinho tinto preferido, sra. Neele?

— Sim, por favor — respondo, observando Archie estremecer com o nome.

Não falamos enquanto o garçom nos serve um vinho cor de granada nas taças de cristal já dispostas na mesa. Enquanto ele está ocupado em nossa mesa, observo os hóspedes ao nosso redor, homens e mulheres endinheirados que vieram pelas águas e pelos tratamentos do spa, ocupados consigo mesmos e uns com os outros. Devo atentar para que continuem entretidos e não se interessem pela conversa que Archie e eu estamos prestes a ter.

Quando o garçom finalmente se afasta, eu tomo um longo gole e, quando vou começar meu discurso ensaiado, subitamente me sinto acanhada, até nostálgica. Uma saudade profunda de minha filha emerge na companhia familiar de Archie.

— Como está Rosalind? — pergunto.

— Ela não sabe de nada que está acontecendo, fora alguns comentários maliciosos dos colegas de classe, então está bem — ele responde com surpreendente afeição. Mas, claro, ele sempre se importou mais com Rosalind do que comigo, embora tivesse me proibido de me sentir do mesmo jeito.

— Graças a Deus.

— Bem, certamente não é graças a você. — A afeição desaparece de sua voz, e uma amargura fria a envolve de novo.

Eu me pego prestes a pedir desculpas e partir numa longa racionalização para meu comportamento, então paro. Não devo ter uma recaída sentimental e retomar velhos padrões de comportamento com Archie. Em vez disso, permito que a mesma frieza que ouvi em seu tom permeie meu coração e minha voz. E começo:

— Vamos retornar ao porquê de meu desaparecimento antes de abordar o como, que tal? Embora, na verdade, os dois estejam inextricavelmente entrelaçados — eu digo.

Archie não fala e apenas me encara furioso, então continuo meu discurso, que venho praticando sem parar na solidão do meu quarto de hotel. Eu me preparei para esse momento por muito, muito mais tempo do que os onze dias em que estive desaparecida, mas agora que está aqui devo me manter firme e resistir aos sentimentos e aos anos de maleabilidade e suavidade que tive com Archie.

— *Por que* eu desapareci, Archie? Eu lhe disse antes que foi a consequência necessária do assassinato que você cometeu. Isso deve soar confuso para você, porque aqui estou à sua frente, sã e salva. Mas o assassinato do qual falo é o assassinato do meu eu autêntico, aquele espírito vivaz e criativo que você conheceu em Ugbrooke House tantos anos atrás. Você o matou aos poucos, ao longo de dias e semanas e meses e anos de pequenas injúrias, até essa Agatha se tornar tão pequena e fraca que quase desapareceu. No entanto, ela se agarrou à vida em algum recesso cavernoso dentro de mim até que você deu seu golpe final e impiedoso no aniversário de Rosalind em Ashfield.

— Você não está falando coisa com coisa, Agatha. Talvez sua sanidade tenha desaparecido junto com você — ele diz com uma risada pesarosa.

Ignoro o comentário sarcástico.

— A história desse assassinato está no manuscrito que lhe enviei. Você o leu?

Ele dá um aceno a contragosto.

— Não tive escolha. Sua carta ameaçava consequências catastróficas se eu não me familiarizasse com aquelas páginas... e se eu não seguisse suas instruções sobre como lidar com seu desparecimento, o que eu fiz.

— Ótimo. Não vou perguntar se gostou, pois sei que é difícil ler sobre si mesmo, mesmo se tiver uma noção suficiente da própria pessoa para se ver naquelas páginas.

Suponho que alguns chamariam aquele manuscrito de autobiografia, mas eu e você sabemos que há um pouco de ficção ali. Não no modo como você é retratado, é claro. Não, não nisso. Embora suponha que você tenha resistido ao retrato que pintei de você; sei que ninguém gosta de ver suas verdades desagradáveis expostas.

Vejo por sua expressão como ele achou meu manuscrito desagradável, mas reparo que não está contestando sua caracterização. Pelo menos, ainda não.

— Naquelas páginas, eu me revelei: da garota que fui à mulher na qual me transformei, assim como a esposa e mãe que me tornei. E demonstrei como aquela mulher passou a ser cada vez mais desagradável para você. Como você evitava minhas emoções, como recuava quando eu conversava com animação, como seus olhos se perdiam de tédio quando eu falava de meus livros, como você recuava do meu toque. E mostrei a você como as partes que achava desagradáveis foram destruídas, uma a uma, até que não restava quase nada de mim. Acima de tudo, sacrifiquei meu relacionamento com Rosalind porque você não podia suportar qualquer competição por atenção. Não que eu o culpe inteiramente, que fique claro. Mamãe sempre me ensinou que você e suas necessidades vinham primeiro, antes mesmo daquelas de minha filha e das minhas próprias. E, por muito tempo, eu acreditei nela.

"Imagine minha surpresa quando a esposa ideal à imagem da qual eu me moldara... ou pelo menos do que você me disse que era ideal... não foi boa o suficiente. Imagine meu espanto quando, embora eu tivesse abandonado todas as partes reais de mim mesma e me transformado em sua esposa perfeita, exceto pelo peso que você me atormentava para perder e que eu não conseguia, descobri que eu ainda lhe era intolerável. Então, imagine o choque mortal que sofri quando você me informou que, na verdade, existia uma companheira idílica para você no mundo e não era eu, mas uma mulher mais jovem, mais bonita, mais dócil e mais 'apropriada' chamada Nancy Neele.

"Então, veja que você assassinou a Agatha pura, assim como muitas pessoas lá fora acreditam que assassinou a Agatha física. Seu caso foi só o golpe final de um assassinato que transcorreu ao longo de muito, muito tempo."

— Isso é loucura, Agatha. Pura ficção. Assim como qualquer um dos seus livros tolos. — A voz dele é baixa, mas seu rosto transparece uma fúria turbulenta.

— É mesmo, Archie? Conforme você mudava, passou a querer alguém que se adequasse ao seu novo eu confiante e bem-sucedido. Quando ficou claro que eu não podia ser essa pessoa, porque estava familiarizada demais com seus fracassos, suas decepções amargas e sua história, você se sentiu atraído por Nancy. Queria se tornar seu próprio narrador não confiável, reescrevendo sua história passada e presente para combinar com a história que contou a si mesmo e Nancy. Mas eu não podia deixá-lo fazer isso.

Archie não se move, não discute, quase não pisca. Será que minhas palavras o estão tocando de um modo que meu manuscrito não o tocou?

— Por quê? — ele pergunta de repente. — Por que teve de fazer isso? Por que não me deixou simplesmente ter um divórcio discreto?

A raiva começa a substituir minha resignação calma.

— Você chegou a ouvir tudo o que eu disse, Archie? Ouviu naquela manhã de sexta-feira quando anunciou que estava me deixando? Não leu sobre isso nas páginas do meu manuscrito? Se eu tivesse lhe dado o que queria, se deixasse me apagar da sua história completamente depois de me alterar e alterar meus relacionamentos a esse ponto, sem se responsabilizar por suas ações e seu caso com Nancy, eu nunca poderia ter emergido do meu leito de morte como a pessoa nova e mais forte que me tornei nos últimos meses. Você teria levado não só meu eu mais verdadeiro, mas também minha reputação e, mais importante, minha filha.

— Que diabos está dizendo, Agatha? Eu nunca insisti em tirar Rosalind de você no divórcio e, de toda forma, a doutrina dos anos tenros favorece a custódia materna até que a criança complete dezesseis anos. Não acho que conseguiria a custódia nem se tentasse. — Ele soa exasperado e confuso.

É minha vez de rir. Será que está sendo intencionalmente obtuso para me frustrar ou é realmente burro a esse ponto? Como eu pude pensar que esse homem egoísta, com um raciocínio literal, era tão incrível? Sem que ele pese como uma âncora em minha vida, minha mente e minha caneta estarão livres para voar. Mas, primeiro, eu devo cortar a corda da âncora, e só há um jeito de fazer isso.

— Você não entende nada, Archie, apesar de todos os meus esforços para esclarecer as coisas. Não estou falando sobre a perda legal de minha filha. Estou falando sobre a perda emocional, além do distanciamento que você já causou ao insistir que ela ficasse em segundo lugar na minha vida e por minha estupidez em ouvir. Se eu tivesse permitido que você se divorciasse de mim sem citar Nancy como sua amante, e ambos sabemos que o ato de causas matrimoniais exige que alguma forma de adultério seja citada, Rosalind e o mundo todo teriam pensado para sempre que a culpa era minha. E, dado como ela atualmente o favorece, eu a perderia para sempre. Eu já perdi tanta coisa para você; não vou perder Rosalind. A fim de evitar isso, preciso que todos saibam que você é a causa de nossos problemas e que eu fiz tudo que podia para salvar nosso casamento e nossa família.

— É por isso que armou essa farsa de desaparecimento?

— Se estivesse me ouvindo, veria que só é parte do motivo. Mas, sim, eu tive de cuidadosamente forjar meu desaparecimento de modo que meu paradeiro fosse um mistério, e os motivos por trás de minha partida parecessem funestos, mas também para que você fosse implicado em algum momento e seu caso revelado como parte da investigação. Porque você se recusou a confessar sozinho. Nos meses antes de desaparecer, eu me certifiquei de que nosso distanciamento não fosse um segredo; amigos, familiares e os criados todos sabiam que você ficava na cidade, longe de Styles, por causa de uma ruptura entre nós. As poucas vezes que nos encontramos em Styles foram desconfortáveis, no melhor dos casos. Eu desapareci na noite após nossa maior briga, uma briga por você se recusar a viajar comigo no fim de semana, optando, em vez disso, por uma festa na casa dos James, *com Nancy*, uma discussão testemunhada por várias pessoas. Meu carro foi encontrado nas primeiras horas da manhã, a manhã que se seguiu àquela briga terrível; os faróis acesos em uma área deserta enquanto as pessoas iam trabalhar. Quando a polícia localizou meu Morris Cowley, ele estava na beirada de um precipício, impedido de tombar no terreno abaixo por um fortuito emaranhado de arbustos. Meu carro, que estava cheio de itens para a viagem a Yorkshire que eu esperava fazer com você, fora abandonado ali, perto de Silent Pool, um local notório por servir de cenário a suicídios. Mas eu não estava em lugar nenhum, e as pistas que deixei para trás, para você e para a polícia... meu casaco pesado no assento traseiro do Morris Cowley apesar da noite fria, minha mala de fim de semana apesar dos planos cancelados, meu carro oscilando na beirada de um precipício sem nenhum corpo à vista, a estranha carta para o seu irmão que evocou o espectro de alguma doença nebulosa, a ligação naquela noite que aparentemente precipitou minha partida embora fosse apenas uma chamada normal de Charlotte... As pistas estavam abertas a múltiplas interpretações, todas elas nefastas, e a maioria apontando para você. Quanto tempo achou que a polícia levaria para ligar os pontos até você? E de você para Nancy? A partir daquele momento, quanto tempo achou que as autoridades levariam para preencher os vazios daquela imagem com o meu assassinato ou o meu suicídio, instigado por você em ambos os casos?

Ele cruza os braços e se recosta na cadeira, com um sorriso satisfeito se espalhando no rosto.

— Você se acha tão esperta, Agatha, mas esqueceu algo importante. Perdeu sua vantagem quando reapareceu.

Por um momento breve e inexplicável, a imagem de Reggie Lucy cruza minha mente. Como minha vida teria sido diferente se eu tivesse me casado com aquele homem gentil em vez de Archie. Nunca teria acabado desse jeito. Mas talvez eu jamais tivesse me transformado na mulher forte e talentosa que hoje sou.

Não posso me permitir qualquer fraqueza, então afasto Reggie da mente. Em vez disso, eu me firmo e sorrio de volta para Archie.

— Você se esqueceu do meu talento em tecer tramas de mistério complexas. Acha que o manuscrito que lhe enviei era só para sua educação? Para provocar simpatia por mim? Não, Archie, esse não é o seu propósito primário. É uma cópia de um documento que será enviado a Kenward e Goddard se você não seguir minhas instruções à risca. Nesse caso, se tornará evidência de um crime diferente.

— Você está blefando, Agatha. O único crime em questão aqui era seu suposto assassinato, e isso foi resolvido por sua presença, extremamente viva, em Harrogate Hydro. Então, se me der licença... — Ele faz menção a se levantar.

— Pense, Archie. Pense na história que meu manuscrito conta. Pense no retrato que ele pinta de você.

Relutantemente, senta-se de novo. Sabe que deve ouvir, mas ainda tem uma centelha de rebeldia nos olhos. Espero apagar essa faísca para sempre. Eu continuo:

— A frieza quanto à morte de minha mãe. O caso e o anúncio casual de seu abandono. O efeito debilitante que teve sobre mim. O comportamento ameaçador na varanda, nos Pireneus. A violência no desjejum naquele último dia.

— Nada disso é verdade, Agatha — ele diz, furioso.

— É mesmo, Archie? Admito que há um tanto de ficção no manuscrito, mas só certo exagero na questão de seu comportamento ameaçador nos Pireneus e no desjejum... assim como no desejo contínuo que senti de permanecer sua esposa e na atitude emocional com que enfrentei aquele último jantar na sexta-feira à noite. Fora isso, a ficção entrou em outro ponto, principalmente na forma de omissão. Óbvio, omiti todo o planejamento que realizei nos meses antes de meu desaparecimento. Foram precisos tempo e paciência para preparar o terreno... e certa habilidade dramática quando eu estava com você, admito... mas eu não podia compartilhar isso no manuscrito, não é? — eu disse com uma risadinha. — Também omiti certos sentimentos que eu tinha sobre a maternidade, uma ambivalência que cresceu da distância que você impôs entre mim e Rosalind, e a irritação que eu sentia ocasionalmente quando as necessidades dela se sobrepunham a minhas demandas de trabalho. Precisava me retratar de modo favorável no manuscrito, então é claro que deixei isso de fora. A mesma regra se aplicava a minhas ambições para a escrita. Eu disse que a realizava em primeiro lugar em benefício de nossa família, e isso só é verdade em parte. Eu escrevo principalmente porque adoro criar mundos e quebra-cabeças e quero ser extremamente bem-sucedida nisso. Mas "ambição" é uma palavra feia quando usada por mulheres; nem um pouco apropriada a uma dama, na verdade. Por consequência, eu tive de descartar essa informação também.

A luz do entendimento começa a iluminar os olhos de Archie conforme a centelha de resistência vai morrendo. Será que finalmente entendeu? Eu pauso para lhe dar espaço para comentar, mas ele não diz nada. Preciso garantir que compreenda aonde quero chegar, então falo mais abertamente do que gostaria:

— Para todos os efeitos, o manuscrito é a história da minha vida, a qual eu compartilharei com a polícia se necessário. Nas mãos deles, se tornará evidência de sua *tentativa* de assassinato naquela noite perto de Silent Pool, uma tentativa da qual eu mal escapei depois que você ligou para me atrair até lá. Uma tentativa que me forçou a buscar refúgio em Harrogate Hydro.

— O quê? Tentativa de assassinato? Refúgio? Não aceito isso, Agatha. Você vai me dar o divórcio que eu quero e eu vou expô-la ao mundo no processo — anuncia Archie, erguendo-se.

O movimento súbito faz sua cadeira tombar no chão. Os hóspedes ao redor nos olham em alarme, e vejo Kenward e Goddard se levantarem de onde estavam cuidadosamente posicionados e se aproximarem da entrada do restaurante. Será que planejam me proteger de Archie... ou vice-versa?

Capítulo 48

Terça-feira, 14 de dezembro de 1926
HARROGATE HYDRO, HARROGATE, INGLATERRA

— Sente-se, Archie — insisto, com um sussurro afiado enquanto deslizo o xale para mostrar os machucados no braço e ergo a franja para revelar o corte fundo e o hematoma em minha testa. — Imagino que não queira que eu mostre isso para a polícia.

Depois que ele se senta, ergo a mão para indicar a Kenward e Goddard que está tudo bem e digo a Archie que ele deve fazer o mesmo. Só então subo o xale sobre os ombros e continuo:

— Além de meus ferimentos, que as criadas do hotel, para não mencionar três massagistas, viram por acaso em várias ocasiões, desde a noite em que cheguei aqui, o manuscrito vai estabelecer um padrão de comportamento ameaçador da sua parte, que culminou na noite do meu desaparecimento. Naquela manhã, recusei-me a lhe dar o divórcio discreto que você desejava e, como resultado, naquela noite, você me atraiu a Silent Pool, onde garantiria que ficaria livre para se casar com Nancy ao pôr fim a minha vida. Mas eu escapei. Temendo pela minha vida, fugi e me escondi até que a ameaça passasse e meus malfeitos se tornassem conhecidos.

— Você está louca, Agatha. — Ele permanece sentado, mas não se dá ao trabalho de baixar a voz. — Exceto pela ficção do seu manuscrito e seus ferimentos autoinfligidos, é a sua palavra contra a minha. Ninguém acreditará em você.

Eu me inclino sobre a mesa, deslizando um envelope manchado de preto em direção a ele. Reconhecendo a letra, ele o agarra de imediato. Abrindo a aba, apalpa o interior.

— Não tem nada aqui. Que diabos acha que pode fazer com um envelope de Nancy para mim? Ainda não existem provas de meu relacionamento com ela, o que significa que não há evidências concretas de sua alegação absurda de agressão — ele desdenha.

— Eu tenho a carta que estava dentro do envelope, é claro. É uma carta de amor de Nancy para você. — Penso em minha desolação quando encontrei a carta. Os detalhes sobre os encontros deles em Londres e seus planos para o futuro quase me destruíram, mas agora fico feliz por ter descoberto aquela correspondência e mais duas parecidas com ela. Elas me proporcionaram força para dar esse passo em vez de continuar a lutar por um casamento e um homem que eu nunca teria. Um homem que jamais existiu de verdade. — E tenho certeza de que a carta fala sobre a importância do divórcio para você poder se casar com ela.

Archie empalidece, toda a bravata sumindo de seu rosto.

— Como conseguiu isso? Eu queimei todas as cartas.

— Não todas. Eu tenho uma bela coleção. As três servem como prova do seu caso e da sua motivação para o ataque contra mim em Silent Pool.

Ele fica muito quieto, imóvel.

— Você ganhou, Agatha. Imagino que vai conseguir o que deseja agora. O que quer que seja.

A raiva arde dentro de mim. Como ele pode pensar que eu *desejo* os eventos que transcorreram e o resultado que certamente se seguirá a eles?

— Você não poderia estar mais errado. O que eu desejo é minha antiga vida e meu antigo eu. Desejo ser aquela pessoa cheia de confiança e otimismo que já fui, que acreditava na felicidade do casamento e da família. Mas você tornou impossível para mim obter o que desejo.

— Então o que você quer? Pra que fez tudo isso?

— A maior parte do que *preciso* eu já obtive. Precisava que você fosse visto por quem e o que é, para que meu relacionamento com Rosalind não fosse arruinado. Junto com minha reputação.

— Sua reputação? — Ele praticamente bufa. — Pelo contrário, você é mais famosa agora do que nunca, e isso só vai ajudar sua popularidade como escritora de mistério.

— Isso não foi parte do meu plano original, Archie. Eu não antecipei que o público fosse se interessar pela história desse jeito. Também não planejava que durasse tanto tempo. Quem sabe quanto ainda teria durado se eu não tivesse começado a carregar o jornal comigo por Harrogate Hydro até que alguém finalmente notasse a semelhança entre mim e a mulher na capa? Foi quase um alívio quando finalmente me identificaram e ligaram para a polícia. Eu queria que essa farsa acabasse quase tanto quanto você.

Archie sorri; parece que acha divertida a maneira pela qual acelerei minha descoberta aqui no hotel. As rugas ao redor de seus olhos azuis e o brilho dos dentes brancos me lembram de tempos mais felizes, mas eu resisto às lembranças e a ele. Não posso me trair com emoções residuais. Como ainda posso sentir qualquer coisa por ele depois de tudo o que passamos? Eu me censuro por minhas emoções rebeldes.

— Ainda assim, se essa fama for útil para vender livros, eu a aceitarei. Vou ter de me sustentar como romancista no futuro, afinal — eu digo.

Seus olhos se iluminam quando eu digo "me sustentar". Porque, é claro, a noção do divórcio está implícita na frase.

— Por favor, entenda que eu não tenho nenhum desejo de permanecer sua esposa depois de tudo isso. Pouco tempo atrás, isso teria sido meu maior desejo no mundo, mas não mais. No entanto, preciso que você mantenha seu status como meu marido, mesmo que apenas em nome, por mais um tempo. Para ter sucesso com minha história de que sofri de amnésia e esqueci minha identidade, em vez de alegar que você tentou me assassinar e eu desapareci para me proteger, que é a única outra opção, preciso de seu apoio público. Você precisará contratar um médico para confirmar minha amnésia, transmitir informações sobre minha condição à imprensa enquanto eu finjo me recuperar... Só então, depois que você deixar claro para Rosalind o que todos já entendem, que a culpa pela nossa separação e meu desaparecimento é sua, concederei o divórcio. Nossa filha deve ter certeza de que eu fiz tudo que podia para que nosso casamento funcionasse.

— Por que não podíamos chegar a esse acordo para começo de conversa, quando eu pedi o divórcio pela primeira vez?

Eu rio da memória seletiva dele.

— Imaginei que isso seria mais que evidente a essa altura, Archie. Parece que foi você que sofreu de perda de memória. Esqueceu sua insistência para que o nome de Nancy Neele permanecesse imaculado no divórcio, o que levaria a implicações inaceitáveis sobre mim? Não, Archie, sempre houve apenas um modo para atravessar a ruína em que você transformou nossa vida e a perspectiva míope que sustentei por tanto tempo sobre você, e é seguindo o caminho que mapeei e que você seguiu, o caminho que começou com a carta que eu lhe deixei no dia em que desapareci.

O FIM OU OUTRO COMEÇO

Quarta-feira, 15 de dezembro de 1926
HARROGATE HYDRO, HARROGATE, INGLATERRA

Ergo o colarinho do casaco como se a lã suave pudesse, de alguma forma, me proteger das câmeras e dos jornalistas e dos membros do público que esperam fora das portas pesadas de carvalho como um destacamento militar. Estendo a mão para trás, em busca de Madge. Acho que não conseguiria dar o passo necessário para fora do casulo de Harrogate Hydro e para o mundo real outra vez sem minha irmã, que foi tanto minha rival – me instigando a me tornar uma versão melhor e maior de mim mesma, tenha isso sido sua intenção ou não – como minha amiga mais querida. Madge sabe, sem explicação, sem discussão, o que se passou nos últimos onze dias, e eu terei seu apoio incondicional e seus conselhos enquanto me reconstruo na forma da mulher que devo me tornar, que comecei a forjar.

Eu nunca teria me transformado nessa pessoa como esposa de Archie. O homem que eu acreditava que ele fosse, o homem que poderia ter estimulado minhas forças e meus talentos, nunca existiu. Eu o criei com minha caneta na noite em que nos conhecemos, na pista de dança em Chudleigh Hall, assim como criei os personagens de meus romances de detetive. Mas nunca consegui caracterizá-lo bem, porque era a narradora não confiável de minha própria vida, com uma noção muito vaga de mim mesma. De qualquer forma, mesmo se ele tivesse sido o homem que eu esperava, nunca poderia ter sido meu *Destino* como eu entendia a palavra quando garota. Porque cada um de nós, homem ou mulher, tem *seu próprio Destino*, que é menos destino do que trabalho árduo e circunstâncias, como passei a acreditar.

Eu queria que tivesse havido outro modo, de verdade. Quando ficou claro que a moral da sociedade e os conselhos de mamãe – aos quais eu me agarrei durante toda a vida adulta como a um evangelho – estavam fatalmente equivocados, queria ter sido capaz de reescrever minha história. Mas não estava pronta; ainda esperava que outra pessoa ditasse minha narrativa, esperançosa de que outro fim estivesse reservado para mim. Só quando Archie matou aquela mulher inocente eu aceitei que não tinha escolha exceto pegar a caneta e salvar a mim mesma.

A mão de Madge aperta a minha, e sei que nunca estarei mais preparada que isso. Kenward e Goddard olham para mim, e dou um aceno. Eles conduzem nosso grupo, que consiste em mim, Madge, o marido de Madge e Archie, pelo saguão de Harrogate Hydro, e os dois policiais abrem juntos as portas da frente do hotel. Os flashes das câmeras de uma centena de jornalistas estouram, e, por um momento, não vejo nada. Quando as luzes fortes cessam e meus olhos recuperam o foco, um mar de olhos curiosos se ergue para mim, esperando minha história.

Eu retribuo o olhar, desejando não ter precisado criar um mistério insolúvel a fim de resolver meu próprio mistério. Mas prometo a mim mesma – e a eles – que, agora que criei um eu autêntico, escreverei um fim perfeito.

NOTA DA
AUTORA

Sou uma escritora com uma missão. Não há nada que adore mais do que desenterrar uma mulher importante e complexa da história e trazê-la à luz no presente, quando podemos finalmente perceber a extensão de suas contribuições, assim como as reflexões que ela traz a questões contemporâneas. Foi esse desejo de redescobrir mulheres do passado e suas histórias, e de reinserir seu legado na narrativa, que inspirou este livro. No entanto, como talvez você saiba, a mulher no coração deste romance é diferente de qualquer outra pessoa sobre a qual já escrevi e, consequentemente, estas páginas também o são.

Diferentemente de muitas das mulheres com que trabalho, a heroína deste livro é certamente conhecida. Na verdade, é famosa. Eu leio suas histórias desde a adolescência. Ela é a romancista mais bem-sucedida de todos os tempos – mais de dois bilhões de exemplares de seus livros foram vendidos em todo o mundo – e recebe o crédito tanto por criar muitos dos princípios essenciais do romance de mistério moderno como por desafiar esses princípios para criar alguns dos mistérios mais envolventes e menos ortodoxos já feitos. Décadas após sua morte, seus livros ainda vendem, adaptações deles continuam virando filmes blockbusters, e seus enigmas ainda são impossíveis de desvendar.

A própria fama de Agatha Christie quase me desencorajou de escrever sobre ela. Eu ficava me perguntando se deveria focar, em vez disso, uma mulher cujo legado nos beneficia todos os dias, mas cuja identidade é inteiramente oculta. No entanto, descobri que um mistério envolvente e insolúvel cerca Agatha, a mulher da vida real, e tive a sensação de que a resolução desse mistério poderia ajudar a explicar como ela se tornou a escritora mais bem-sucedida do mundo. Sabia que eu tinha de me dedicar a sua história em seguida.

Quando descobri sobre seu desaparecimento em 1926 – um caso aparentemente arrancado das páginas de um de seus próprios livros –, fiquei ainda mais fascinada com a escritora best-seller. Não pude evitar a pergunta: o que aconteceu com ela durante os onze dias em que ficou desaparecida? Ela sumiu por ação própria ou de outra pessoa? Estava fugindo de sua vida ou criando uma nova? Eu não conseguia parar de pensar no papel que Agatha teve em seu próprio desaparecimento e por quê.

Afinal, embora ela não fosse ainda a famosa Agatha Christie que conhecemos agora, era uma romancista de mistério em ascensão que acabara de publicar o revolucionário *O assassinato de Roger Ackroyd*. Enquanto eu relia esse mistério, fiquei impressionada com sua trama magistral, especialmente com o uso hábil de um narrador não confiável. Decerto uma escritora tão talentosa na arte da narrativa não poderia ter sido uma vítima em seu sumiço. Como ela poderia ter sofrido de amnésia, conforme alguns teorizaram? Ela *tinha* de ter forjado seu desaparecimento tão habilmente quanto forjava seus mistérios, como um meio para seus próprios fins.

A especulação sobre Agatha Christie, a escritora e a mulher, foi a gênese de *O mistério de Agatha Christie*. A meu ver, Agatha foi aquele raro exemplo de mulher que usou sua habilidade, seu talento e sua coragem para escapar das restrições de sua era – com as limitações impostas sobre as mulheres – e recuperar o controle de sua vida. Então, em vez de reinserir uma mulher esquecida na história, como meus outros livros fizeram, esta obra explora a tentativa bem-sucedida de uma mulher para ter em mãos o controle de sua história e se restituir à narrativa.

GUIA DE GRUPO DE LEITURA

1. Agatha Christie é uma das escritoras de mistério mais celebradas de todos os tempos. O que você sabia sobre a história dela antes de ler *O mistério de Agatha Christie*? O livro desafiou alguma de suas noções preconcebidas sobre a vida dela?

2. Agatha Christie foi uma escritora bem-sucedida em vida, o que era bastante incomum para uma mulher em sua época. Como seu desejo por independência moldou o rumo de sua história, tanto de modos óbvios como de modos mais sutis?

3. Você acha que Agatha Christie é uma boa representante dos desafios que as mulheres enfrentavam em sua era? Ela tinha privilégios ou responsabilidades que a apartavam de outras mulheres naquele período?

4. Descreva a noite em que Archie e Agatha se conheceram. Como o relacionamento deles mudou com o tempo e por quê? Você acha que o manuscrito de Agatha contou a

história completa? Quais detalhes acha que ela mudou ou omitiu? Por que acha que ela teria alterado a "verdade"?

5. Archie passa boa parte da história tentando proteger sua reputação. Na sua opinião, esse seria o caso se a história se passasse hoje? Seria mais fácil ou mais difícil para ele evitar a culpa no contexto contemporâneo?

6. Que diferenças você viu entre a Agatha no manuscrito e a Agatha que aparece ao fim do livro? Que licenças criativas ela tomou com sua própria personalidade e sua história? Elas eram justificadas?

7. Mais para o fim do livro, Agatha vive o luto pela mãe que não pôde ser para Rosalind. Que forças dominaram o relacionamento delas? Você acha que a luta de Agatha para conciliar marido e filha era comum em seu período histórico? Como imagina que o relacionamento dela com Rosalind evoluiu após os eventos do livro? Como isso se compara com os desafios que as mães enfrentam hoje?

8. Com quais personagens você mais se identificou? Houve algum? Você se conectou com Agatha? Houve personagens sobre os quais quis saber mais?

9. Agatha deixou uma marca enorme na comunidade de mistério e no mundo dos livros de forma geral. Você acha que seu casamento teve efeito em seu sucesso? Ou seu desaparecimento? Se sim, qual? Como você caracterizaria seu legado pessoal e profissional?

UMA CONVERSA COM A AUTORA

Ao contrário de algumas de suas heroínas precedentes, muitos leitores estão familiarizados com Agatha Christie. O que a inspirou a examinar a vida menos pública dela?

Na verdade, o fato de Agatha Christie ser tão famosa e bem-sucedida – ela vendeu mais livros que qualquer outro escritor! – quase me impediu de escrever *O mistério de Agatha Christie*. Eu considerei se deveria focar em desenterrar do passado uma mulher menos conhecida que fez contribuições importantes. Mas, quando comecei a pesquisar as circunstâncias e a história de seu desaparecimento de 1926, tive a forte sensação de que isso teve um papel-chave em sua jornada para se tornar a escritora mais bem-sucedida do mundo e me senti impelida a explorar essa ideia. Uma das questões que gosto de explorar em todos os meus livros é como uma mulher no cerne da história se transformou na pessoa que deixou uma contribuição tão extraordinária, que nos afeta até hoje.

Quais foram os detalhes mais surpreendentes que descobriu no processo de pesquisa? Houve

algo particularmente fascinante que não entrou no livro?

Ah, descobri dados espantosos sobre Agatha! Particularmente, adorei o fato de que ela foi uma das primeiras europeias a aprender a surfar e *tive* que inserir essa informação no livro, mesmo que não fosse necessária para a história! O mesmo se aplica a seu conhecimento extensivo de venenos, que ela adquiriu em um dispensário de hospital durante a Primeira Guerra Mundial; eu sabia que precisava encontrar um lugar para isso na história, dado que essa experiência acabou sendo útil em muitos dos seus mistérios. Alguns dos detalhes intrigantes que *não* entraram nas páginas são, é claro, as muitas hipóteses propostas sobre seu desaparecimento, que vão de amnésia a um estado dissociativo, e até uma trama contra a suposta amante do marido, entre muitas suposições. Isso e o fato de que Agatha escreveu uma série de romances românticos sob o pseudônimo Mary Westmacott.

Em que ponto do processo de pesquisa você decidiu quem seriam os personagens secundários? Como desenvolveu personagens como o vice-comissário Kenward ou a mãe de Agatha?

Ao escrever ficção histórica, constantemente encontro detalhes e pessoas fascinantes dos períodos, os quais adoraria inserir em meus livros. Mas sempre tenho de parar e me perguntar se o detalhe ou a pessoa é importante para criar o cenário ou avançar a narrativa. No caso da mãe de

Agatha, eu sabia que a ligação de Agatha com ela era essencial não só para o desenvolvimento de sua personalidade, mas também para seu estado emocional na época em que desapareceu; portanto, realmente precisava ser incluída. Quanto ao vice-comissário adjunto Kenward, acreditei que Archie necessitava de um antagonista para impulsionar a versão de Agatha de seu desaparecimento, embora Kenward não percebesse que estava fazendo isso.

Como você geriu as linhas do tempo da busca e do manuscrito? Foi difícil escrever sobre a atração inicial de Agatha e Archie sabendo para onde eles estavam se encaminhando?

Criar as histórias duplas da busca e do manuscrito certamente deixou meu escritório coberto de folhas com linhas do tempo, listas de datas e fluxogramas! E com certeza experimentei alguns momentos dolorosos sabendo o que a história reservara para Agatha e Archie - e o que Agatha reservara para Archie! Mas aproveitei muito a montagem da trama e a complexidade de escrever esse tipo incomum de ficção histórica. Nunca serei uma mestra do suspense e do mistério como Agatha, mas foi divertido tentar, e vejo a experiência como uma homenagem a ela.

O manuscrito de Agatha é crítico para o seu triunfo sobre Archie. Ela já escreveu um manuscrito que tivesse uma semelhança tão grande com a própria vida?

Quanto a escrever sua própria história de vida, Agatha publicou sua autobiografia, que foi imensamente útil para minha pesquisa e uma inspiração para a sua voz. Ela registrou alguns detalhes interessantes sobre sua criação e os primeiros anos de escrita, mas não diz *nada* a respeito do desaparecimento. *Nada*. Ela salta o evento completamente, assim como se recusou a discutir aqueles onze dias pelo resto de sua vida. Então, sua autobiografia só compartilha trechos seletivos do seu passado.

Como você se sentiu investigando as expectativas da sociedade que a mãe de Agatha continuamente lançava sobre ela? Acha que as demandas de marido e filhos ainda são conflitantes hoje?

Senti compaixão por Agatha quando descobri o tipo de mensagens que a mãe lhe ensinava repetidamente sobre o relacionamento que ela precisava nutrir com o marido - a saber, colocá-lo acima de tudo. Dada a proximidade entre mãe e filha que elas tinham, eu sabia que aquele conselho acarretaria um impacto enorme no relacionamento de Agatha com Archie - consequentemente, no relacionamento de Agatha com a própria filha - e influenciaria os sentimentos de Agatha sobre perseguir sua carreira. Embora ache que mulheres contemporâneas lutem com as demandas de equilibrar trabalho e família, não acredito que isso derive necessariamente da noção de que as mulheres devem pôr o marido em primeiro lugar, mas que elas ainda sustentam boa parte do fardo do trabalho doméstico.

Que conselho você daria a outros escritores de ficção histórica, especialmente aqueles que estão começando?

Eu sugeriria que, junto com a escrita, aspirantes a escritores foquem tópicos pelos quais têm uma paixão real e duradoura, em vez de ir atrás de supostas modas no gosto dos leitores. O entusiasmo pelo assunto vai ficar claro, atrair interessados, e pode até lançar uma nova tendência!

Como você descreveria o legado de Agatha Christie tanto para contemporâneas quanto para as mulheres hoje?

O aspecto mais óbvio de seu legado é seu papel na Era de Ouro da ficção de mistério, em que ela foi central na criação do romance de mistério clássico. Sua habilidade e talento extraordinários são tais que seus livros continuam a vender até hoje, o que resulta em parte da natureza elusiva de seus quebra-cabeças. Esses enigmas, junto com personagens moralmente ambíguos e cenários deslumbrantes situados naquele período crítico, mas às vezes pouco explorado, entre as duas guerras mundiais, tornam os livros envolventes e explicam por que se tornaram best-sellers. Mas, a fim de atingir esse sucesso, Agatha teve de superar as limitações impostas às mulheres em sua era, e é o ato de transpor obstáculos que exploro em *O mistério de Agatha Christie*.

AGRADECIMENTOS

O mistério de Agatha Christie teria permanecido nas sombras sem os esforços e o incentivo de muitas, muitas pessoas. Como sempre, devo começar meus agradecimentos com Laura Dail, minha incrível agente, cujos conselhos sábios e apoio constante foram críticos para pôr essa ideia no papel. Aprecio muito o pessoal talentoso da Sourcebooks, que apoiou este livro incansavelmente, em particular minha editora magistral e maravilhosa, Shana Drehs; a líder inspiradora da Sourcebooks, Dominique Raccah; além de Todd Stocke, Valerie Pierce, Heidi Weiland, Molly Waxman, Cristina Arreola, Lizzie Lewandowski, Heather Hall, Michael Leali, Margaret Coffee, Beth Oleniczak, Tiffany Schultz, Ashlyn Keil, Heather Morris, Heather Moore, Will Riley, Danielle McNaughton e Travis Hasenour. E sou profundamente grata aos incríveis vendedores, bibliotecários e leitores que gostaram de *O mistério de Agatha Christie*, assim como de meus outros livros.

Tive uma sorte incrível com minha família e meus amigos, especialmente minhas SITAS, o grupo de Sewickley: Illana Raia, Kelly Close, Laura Hudak, Daniel McKenna e Ponny

Conomos Jahn. Mas é a Jim, Jack e Ben – com amor, confiança e sacrifícios – que sou mais grata.

    Se você tiver interesse na vida da inimitável Agatha Christie, além da versão fictícia dela que criei nestas páginas, posso recomendar os seguintes livros, entre muitas escolhas maravilhosas: 1) *Autobiografia*, de Agatha Christie; 2) *Venham dizer-me como vivem*, de Agatha Christie Mallowan; 3) *The Grand Tour: Around the World with the Queen of Mystery*, de Agatha Christie, editado por Mathew Prichard; 4) *Agatha Christie*, de Laura Thompson; 5) *Agatha Christie: The Disappearing Novelist*, de Andrew Norman; e 6) *Agatha Christie and the Eleven Missing Days*, de Jared Cade. No entanto, para aqueles intrigados pelo legado dela, nada se compara a ler os mistérios escritos pela própria Agatha Christie, enigmas e quebra-cabeças sem igual.

SOBRE A AUTORA

Marie Benedict é uma advogada com mais de dez anos de experiência em duas das principais firmas de advocacia do país e Fortune 500. Ela é graduada *magna cum laude* na Boston College com um foco em história e *cum laude* na Boston University School of Law. Também é a autora best-seller do The New York Times com *A única mulher*, publicado pela Editora Planeta e *Carnegie's Maid*, *The Other Einstein* e *Lady Clementine*. Mora em Pittsburgh com a família.

LEIA TAMBÉM

Um romance poderoso, baseado na incrível história real de uma linda mulher, atriz de estrondoso sucesso e cientista brilhante, responsável pela invenção que revolucionou os sistemas de comunicação de sua época e foi precursora de tecnologias como o Bluetooth e o Wi-Fi modernos.

**Acreditamos
nos livros**

*Este livro composto em Leitura
News e Equinox e impresso pela
Geográfica para a Editora Planeta
do Brasil em novembro de 2021.*